MAR DE CRISTAL Y FUEGO

colección
Los días terrestres

LVIII

Esta obra ha contado para su edición
con una Ayuda a la Producción Editorial
de interés para Andalucía.

Junta de Andalucía
Consejería de Turismo, Cultura y Deportes

© de esta edición: **EDA Libros**
Urb. Torremuelle, Pueblo Andaluz F1
29630 Benalmádena Costa
Málaga
edalibros@edalibros.com

Imagen de cubierta: Pixabay

I.S.B.N.: 978-84-92821-37-2

Depósito Legal: MA-3023-2024

José Fabio Rivas

Mar
de cristal y fuego

Benalmádena, Málaga, 2024

A Teresa

Y vi otra señal en el cielo, grande y maravi-
llosa: siete ángeles que tenían siete plagas,
las últimas, porque en ellas se ha consumado
el furor de Dios. Vi también como un mar de
cristal mezclado con fuego, y a los que habían
salido victoriosos sobre la bestia, sobre su
imagen y sobre el número de su nombre, en
pie sobre el mar de cristal, con Arpas de Dios.

(Apocalipsis, 15:2)

I.

Aún no era el tiempo de las chicharras, solo el exordio –apresurado, abrupto– del verano que estaba por llegar, pero las chicharras parecían haber enloquecido de repente, como si los machos atolondrados hubieran despertado de pronto del frío letargo del invierno y las hembras, laboriosas y ocupadas, faenando mudas desde el alba, todavía medio sordas, ajenas al canturreo viril, chuparan la savia escondida en los tallos que quedaban frescos. Después, lustrosas y saciadas, cuando llegara la hora, oirían apaciblemente la serenata recia de los timbales que, con la urgencia de los incautos, las reclamarían para el apareamiento. De cuando en cuando, se oía el crepitar de los pasos en la yerba ya casi seca. En el cielo –un mar azul de cristal transparente–, una bandada de pájaros (negros) volaba hacia poniente. Sin cruzar palabras, alcanzaron el pequeño recodo. Una ligera brisa les llegó desde el mar.

–Aquí, cerca de mi casa –dijo el hombre que los guiaba, señalando con la mano a la enorme vivienda, engalanada de barroca yesería y de retorcidas rejas en las ventanas y en las terrazas, que se levantaba unos metros más arriba, seguramente ilegal cuando se la construyó, como todas las que había en aquel paraje–. Ya hemos llegado –añadió a continuación–. Este es el coche que os dije, con la puerta del conductor abierta. El herido o..., para mí que está muerto, está aquí al lado. Yo creo que es Rafael Rubiales, el teniente de alcalde. Lo conozco ¡claro que lo conozco!, pero no estoy seguro.

A unos metros pasada la vivienda, tras un pequeño recodo cubierto de matojos, había un cuerpo de hombre tendido en el suelo, boca abajo. Desde donde estaban, se podía observar la mancha de sangre que tenía en la cabeza, alrededor de la cual revoloteaba, voraces, una nube de moscas. Se aproximaron. El policía municipal lo zarandeó con cuidado, como si quisiera despertarlo. A continuación, escéptico, miró al médico que estaba a su lado.

–Yo creo que... –murmuró el policía, mientras el médico buscaba el lugar del corazón del hombre–. ¿Y cómo dice usted, don Miguel, que lo encontró...? –le preguntó al hombre que los había guiado hasta allí.

–Ya te lo dije –respondió el hombre–. Salí a dar una vuelta con el perro. Lo hago todas las mañanas. Y me encontré con esto –añadió señalando al hombre caído–. ¡Qué susto! Estas cosas impresionan... El perro se me escapó.

–Está muerto. Lo han hecho pedazos. No podemos hacer nada por él –dijo el médico, corroborando las sospechas silenciosas del policía.

–¡Un eccehomo! No toquéis nada que luego la bronca me cae a mí –añadió el municipal, mientras se quitaba la gorra para abanicarse, además de que, descubrirse, le parecía un acto de respeto, sobre todo ante la presencia de un muerto–. Es don Rafael, el teniente alcalde. ¡Lo han dejado peor que un eccehomo! –exclamó.

–Sí, ya os lo dije, Rafael Rubiales, el teniente alcalde –asintió el hombre que los había guiado–. ¡Qué ruina! La familia vive aquí al lado –añadió, mientras se secaba el sudor de la frente con un pañuelo que acababa de sacar del bolsillo–. A esta hora, la hija sale a correr por aquí. No sé..., habría que advertirla; la impresión puede ser muy fuerte.

El policía municipal estaba hablando por teléfono con alguien.

–Los de la judicial vienen ya hacia aquí –anunció el policía, mientras se guardaba el teléfono–. Hay que acotar el terreno e impedir que pase nadie. Ni la hija ni nadie... –añadió, con la seguridad del que comprende la utilidad de las órdenes que acababa de recibir–. Esto se va a llenar de curiosos.

De pronto sonó un móvil y todos hicieron el ademán de llevarse la mano al lugar donde tenían guardados sus teléfonos. Las miradas, inquisitivas, se entrecruzaron.

–Es el móvil del concejal –dijo el médico–. Alguien lo está llamando. ¿Qué hacemos?

–¡No, no, no se toca nada! –volvió a exclamar el policía–. Aquí ya no tenemos nada que hacer. Vámonos. Dejad que suene. ¡Total...!

Con pasos acelerados, como si temieran que cualquier dilación pudiera fastidiar el plan previsto y encontrarse de bruces con la hija del concejal, tal como el vecino les había advertido, el grupo siguió adelante.

–¡Detrás de mí, detrás de mí...! –advertía una y otra vez el policía, con voz de mando–, sin tocar nada, sin salirse de la veredilla... ¡Vayamos a fastidiar los rastros!

—Un día de estos iba a ocurrir una desgracia —advirtió el hombre que los había guiado—, pero ¡claro!, quién se espera una cosa así...

—Lleva usted razón, don Miguel —comentó el médico.

El policía, apesadumbrado, asintió con la cabeza. Una ligera brisa les llegó desde levante. Algunos vecinos habían salido a la puerta de sus casas a ver qué pasaba. Se interrogaban unos a otros, de palabra, con los gestos; sobre todo los recién llegados, que se acercaban silenciosos a los que parecían llevar un poco más de tiempo observando.

—¿Qué ha pasado? —preguntó sobrecogida, como si temiera lo peor, una mujer bien entrada en años que acababa de llegar.

—Una desgracia, Rubia, una desgracia... Rafael, el concejal, que dicen que se lo han encontrado muerto, allí, detrás de la curvilla...

—¡No hagas eso! ¡Te vas a ensuciar las zapatillas nuevas! —le gritó la Rubia a la niña que llevaba de la mano, mientras la niña aplastaba con todas sus fuerzas una chicharra.

Negruzca, las alitas marrón transparente, frágiles. ¡Crac! ¡Crac! Ya no cantaría nunca más. Una pomada blancuzca entre las hojas resecas y unas patitas que durante un momento se movieron en el aire y, luego, se apagaron para siempre. La niña se miró las zapatillas, no se las había manchado ("Estábamos subiendo la cuesta y el bicho negro quería hacerme pupa y lo pisé sin querer y la abuela me dijo: ¡Vas a ensuciar las zapatillas nuevas! Mamá, el hombre de la casa, cuando se sube al bosquecillo, el tito Rafael, dicen que está muerto... Por eso la

16

abuela me ha cogido de la mano y me ha dicho: ¡Vamos a ver!, y después ha tirado de mí").

—¡Date prisa, así no llegamos! —le había dicho la abuela, animándola—. Deja los bichos y no te ensucies las zapatillas. Son inofensivos.

Hacía calor y el sol les daba en la cara. La Rubia con los ojos como platos, atenta. La niña a su lado, como siempre.

—¡Quiero agua! —lloriqueó la niña.

—Ahora no, ahora te callas y miras —le dijo la abuela—. Las niñas mayores se aguantan.

—¡Quiero agua, quiero agua...!

La Rubia alerta, no respondió, mientras con la mirada interrogaba a los que tenía al lado.

—Ya me lo había dicho la abuela antes de salir, pero yo no sabía...: si quieres agua o hacer pipí..., y yo: no, que no... Pues vamos arriba, a ver qué pasa. Mamá, hay mucha gente y un municipal... y don Miguel, el maestro, el de la casa grande, el de la más grande... y todos miran y dicen cosas, pero bajito, como si estuvieran rezando en misa, y la abuela dijo una palabrota del bichito, mamá, pero el bichito ya se ha muerto, debajo de mi zapatilla, ¡crac! ¡Crac! Mamá, fue sin querer... Mamá, el policía, el municipal, tiene sangre en la mano, *colorá*, sangre de verdad. ¡Qué susto!, y también está don Miguel, el maestro.

—Deja de cuchichear —murmuró la abuela, mientras zarandeaba del brazo a la niña.

De pronto, una mujer dio un grito y comenzó a llorar. La niña se estremeció y empezó a llorar también.

—¿Y, ahora, por qué lloras? —le preguntó la abuela.

—Quiero irme, me da susto. Esa mujer está llorando.

Alguien dijo, ¡shhh!, mientras el grupo, con el policía municipal al frente, se aproximaba ya a la puerta de la casa del concejal, que estaba cerrada. Al instante, el silencio se hizo sepulcral.

—¡Susto de qué! Estando con la abuela no te va a pasar nada —susurró la Rubia a su nieta y, luego, volvió a reinar el silencio.

—Sale a correr aproximadamente dentro de unos diez minutos —dijo don Miguel González Canillas, el vecino que los había acompañado, refiriéndose a la hija del concejal—. Yo prefiero quedarme aquí. Alguien debería... Echó en un vaso el zumo de frutas recién exprimidas y se lo tomó casi sin respirar, de un solo trago. Más tarde, a la vuelta, desayunaría. Se colocó las zapatillas, la derecha le apretaba un poco. Se las ajustó bien. Tenía que comprar otras un poco más holgadas. Unas buenas *running*, más de cien euros... El teléfono. El ruido la sobresaltó. Nadie llamaba a esa hora. "¡Cállate, Tula! Sí... ¡No está en casa! ¿Quién lo llama?" "Soy Ángel, el capataz... Ángel Torres... Que no ha venido por aquí, y aquí estamos, en los invernaderos, aguardándolo... No comprendo. Nunca llega tarde. Lo he llamado al móvil y no contesta, y me he dicho: Ángel, a ver si está enfermo o le ha pasado algo". La mujer apartó la perra que seguía ladrando y, a continuación, nada más acabar la conversación que había tenido con el capataz, marcó el número del móvil de su padre. "Nada... No lo coge". Aguardó un momento y, luego, marcó el móvil de su madre, por si ella sabía algo, aunque seguramente estaría ya en clase, con el teléfono en silencio. "Y ahora la puerta... ¡cállate Tula!" Se acercó a la puerta de la calle. El timbre seguía repiqueteando. El que fuera debía tener prisa. "¡Tula, que te calles!" Hizo un gesto con la mano, como para arreglarse el pelo. Abrió la puerta. Había dos hombres. Los reconoció nada más abrir.

El mismo de antes, volvió a sisear, ¡shhh!, y la mujer que había dado el grito y la nieta de la Rubia se callaron de repente, mientras el policía y el médico estaban ya junto al portal de la casa del muerto. Don Miguel González se había quedado unos metros atrás. Habían tocado el timbre. Oyeron que, desde dentro, abrían la puerta. El silencio era absoluto, como si la gente hubiera enmudecido de repente, solo se oía el canturreo de las chicharras y los ladridos de la perra. La hija del concejal, vestida de chándal, acababa de abrir la puerta.

—Es la hija —dijo alguien.

—¿La hija de quién? —le preguntó la niña a su abuela.

—¡Cállate! ¡Cállate! —le respondió tajante la Rubia— ¡De quién va a ser la hija...!¡Del muerto!

—Mamá, la hija del hombre que vive en la casa de arriba, cerca del bosquecillo ¿No te acuerdas? Tú me dijiste... ¡Sí, el tito Rafael! —murmuró la niña para sus adentros, la voz apenas audible—. La hija del tito Rafael.

—¡Shhh! —el de los siseos volvió a insistir.

—La hija, sí, está en la puerta..., la hija del tito..., ¿no te acuerdas?, y se ha asustado cuando ha visto a los hombres que habían tocado el timbre, yo también me he asustado con la sangre y con todo, y ha dado un chillido y luego ha hecho así, con los brazos, igual que el bichito que pisé, y se ha muerto, y los hombres que tocaron en la puerta la han cogido para que no se muera en el suelo, como el bichito, y la abuela me ha dicho que me calle y que deje de llorar, y entonces la mujer no se ha *morido*, mamá, ¡fíjate!, aunque yo la vi como que se moría, y ha dado un grito y ha dicho algo. ¿Qué ha dicho, abuela, qué ha dicho?

–¡Que te calles y dejes en paz a tu madre! Ahora no te escucha.

–¡Shhh! –volvió a insistir el hombre que estaba a su lado, intentando no perder detalle de lo que sucedía.

La niña, perpleja, como si lo imitara, sacó el hocico hacia fuera y se puso un dedo en mitad de la boca: Shhh, silabeó la niña, mirando fijamente al hombre, mientras los que un momento antes habían llamado a la puerta de la casa del concejal, introducían con premura a la mujer en la casa, de la que acababa de salir, cerrando la puerta tras ellos.

–¿Y ahora qué, abuela? –le preguntó la niña a la Rubia, con el dedo todavía pegado a los labios.

La Rubia, moviendo los hombros hacia arriba y hacia abajo, y con los ojos, sin decir palabra, le dijo que no sabía y que tenían que esperar un momento más a ver qué pasaba, entonces la niña se puso a llorar de nuevo.

–¿Y por qué lloras ahora otra vez?

–Voy a ir al Infierno –le dijo la niña, con la voz rota, mientras la Rubia reía en silencio, con los ojos y con la boca, sin palabras ni ruidos.

–Mamá, a mí me gusta cuando la abuela se ríe así, porque entonces soy buena.

–¡Cómo vas a ir tú al infierno, cariño! –exclamó Dolores la Rubia–, y deja en paz a tu madre, que aquí no te puede oír. Ya se lo cuentas cuando estemos en la casa.

La niña la miró como si se despertara de un sueño. Sonrió. Un chorrillo de baba le colgaba de la boca.

–¡Trae que te limpie!

Sintió el trapo seco, áspero, en los labios, y la mano —los dedos delgados como sarmientos, rugosos— de la abuela que se movía tiernamente alrededor de su boca.

—Tengo calor —dijo la niña, mientras intentaba apartarse el trapo de la boca.

—Ya llegará el frío... —le respondió la abuela con resignación, a punto de echarse a llorar—. (*Como siempre* —le habría dicho, pero la Rubia no sabía decir esas cosas con palabras, por eso miró a la niña fíjamente y se las dijo con los ojos: *ya llegará el frío y llegará el otoño y, después, el invierno con sus humedades y con la reúma, y en uno de esos inviernos —no puede quedar muy lejos—, yo ya no estaré aquí... ¿Qué será entonces de ti? ¿Qué será de ti, niña, cuando yo me muera y te quedes sola...?*)

—Quiero agua —dijo la niña, chupándose el babeo.

—¡Ahora no, después, cuando estemos en la casa! —concluyó la Rubia—. ¡Mira, mira...!

La abuela le había señalado un par de coches que acababan de llegar.

—¿Quiénes son esos hombres? —preguntó la niña, mientras un nuevo chorreón de babas manaba de su boca.

—Y yo qué sé... —respondió la Rubia.

—Más policías. Estos vienen de la capital —informó el hombre del siseo—. Ahora hay que esperar a que llegue la juez y levante el cadáver.

—¿Tardará mucho? —preguntó la Rubia.

—Quiero agua —insistió la niña.

—Ahora, no; ahora tenemos que esperar a que llegue la jueza, a ver qué pasa —respondió la abuela.

—Mamá, que la abuela dice que...

—¡Shhh! —la acalló de nuevo el del siseo, atento a lo que comentaban los policías que acababan de llegar.

II.

Volvió a consultar la hora en el móvil. Las 8:15 de la mañana. Los cacharros sucios se amontonaban en lo alto del poyete de la cocina. Acabó de un sorbo el café que le quedaba en la taza –aún estaba caliente– y, luego, abrió el wasap para hablar con su mujer. La luz estaba apagada: bastaba con las claras del día. Desde la ventana de la cocina, observó a un hombre que, con pasos inseguros, sin duda medio borracho, atravesaba la plaza en aquel momento. Lo reconoció. Le hizo una señal en el cristal, intentando atraer su atención, pero el hombre –ensimismado en su tarea– no lo vio. Abrió la ventana y lo llamó. La voz resonó fuerte en el silencio de la mañana y solivantó a una pequeña manada de pájaros que se habían aposentado en uno de los abetos de la plaza.

(Esto es lo que sucede cuando falta una mujer en tu casa... –pensó Pablo Ríos–).

–¡Antonio!

El susodicho alzó la cabeza y miró en dirección al lugar del que provenía la voz.

—Buenos días, Pablo —respondió al que lo había llamado.

—No te olvides, hemos quedado mañana por la tarde —le recordó.

—No te preocupes. No se me ha olvidado —con palabras balbucientes, lo tranquilizó, mientras con el dedo índice se golpeaba con suavidad la frente, como para señalar que, al menos la memoria, la tenía conservada—. Ahora voy a ver si me echo un ratillo... Hoy va a hacer buen día —añadió, como si hablara solo, mirando hacia el cielo—. Ni frío ni calor ni una nube: cero grado. ¡Ja, ja, ja!

Se despidió de él y, como había previsto, llamó a través del wasap a su mujer. Seguramente ella ya estaría levantada.

—Josefina —le dijo, nada más oír la voz de su mujer, intentando transmitir normalidad—, ¡oye!, dame el teléfono de la muchacha. Esto necesita una limpieza...

—Ya la avisé para que fuera hoy. La Antonia lo sabe. Le dije que limpiara a fondo, que te dejara comida preparada... Llegará a las 9, más o menos. Si la ves, le dices que haga un cocido, o mejor yo la llamo y se lo digo. Yo sé dónde están las cosas... —lo tranquilizó—. ¿Cómo está Coque?

—Bien, no ha vuelto a vomitar. Algo le debió sentar mal... Yo me acabo de levantar.

—¿Y los niños?

—Se han ido ya al trabajo. Ellos mismos se prepararon el desayuno. Anoche me acosté muy tarde. Ya sabes que no puedo dormir si no...

—No empieces, Pablo —lo interrumpió, destemplada—. ¡O es que no voy a poder ni moverme!

–No te enfades, que se te arruga la nariz. Claro que puedes moverte, pero es que sin ti... Acabo de ver a Antonio, el guardia civil, por la ventana de la cocina, medio borracho a estas horas... ¡Desde que murió su mujer...! –dijo, con voz apacible. El comentario le pareció apropiado–. Te echo mucho de menos. ¡Qué quieres que haga!

Se despidieron. Puso la radio. Eran las 8:30, pasadas. Buscó el noticiario de la mañana y, a continuación, subió el volumen y se dirigió al salón de la casa. Coque, la perrita yorkshire de su mujer, permanecía adormilada cerca de la maceta del ficus benjamina. Levantó ligeramente la cabeza, al verlo pasar. Al poco, la perra se desperezó y se puso de pie. Sin duda tendría hambre. Volvió a la cocina a buscar el pienso de Coque. El noticiario estaba llegando a su fin. El locutor comentaba los resultados del Villanueva del Mar, en la segunda división de la liga de fútbol. Sin duda, otro año más, el equipo se vería condenado a seguir en segunda B. Del Peñón CF no dijo nada. ¿A quién podía interesarle un equipo que juega en regional? Apagó la radio. Unos minutos después, le estaba colocando el tazón con su comida a la yorkshire. Sonó el teléfono. Ahora era Josefina, su mujer, quien lo llamaba. Sintió que el corazón comenzaba a latirle con todas sus fuerzas. Temió que la voz pudiera traicionarlo. Carraspeó un par de veces

–Han matado a Rafael, a Rafael Rubiales... –dijo la mujer, nada más contestar al teléfono. La voz entrecortada, rota, a punto de llorar.

–¿Qué dices? –le preguntó, como si no hubiera entendido sus palabras.

–Le han destrozado la cabeza... Muerto, cerca de su casa, a pocos metros de aquí –insistió Josefina entre lágrimas.

—¡Dios mío! —exclamó horrorizado Pablo Ríos—. ¿Cómo ha sido eso?

—¡Qué sé yo! —chilló la mujer—. Esto está lleno de policías. Se ve pasar un coche, otro coche... Acaban de decírselo a Carmen. Estaba ya en el Instituto.

—¿Y cómo está ella? —le preguntó, preocupado.

—¡Cómo va a estar! ¿Tú no tendrás nada que ver...? —le preguntó de pronto, como si fuera un vómito incoercible, intentando retener las lágrimas.

—¡Por Dios...! —exclamó Pablo Ríos, indignado.

—Tienes que venir a por mí. Estoy deshecha... Seguro que interrogan a todos los vecinos, a mí ya me han citado. Preguntarán si hemos visto pasar a alguien extraño, a algún desconocido; si no hemos oído nada raro... ¡qué sé yo! Seguro que la policía te querrá interrogar también a ti... —añadió nerviosa.

—¿A mí? ¿Por qué a mí? ¡Qué tengo yo que ver con Rafael ni con los líos que se traen en el Ayuntamiento de Villanueva del Mar! No seas insensata. Yo no he hecho nada. He estado en casa, sin apenas salir... He pasado una mala noche. Pero si me citan, ahí estaré. No tengo nada que ocultar. ¡Pero cómo se te ocurre!

—Si me lo preguntan, tendré que contar lo que pasó, la discusión que tuvimos. ¿No comprendes...? —le espetó Josefina.

—Tampoco hace falta que cuentes nuestras intimidades, pero allá tú. Si eso te aligera la conciencia... Lo peor es que tú no me creas. ¡Eso sí me jode bien jodido!

—¡Dios mío, Dios mío! —volvió a exclamar Josefina, deshecha en llanto.

—Cojo el coche y salgo ahora mismo para allá —resolvió Pablo Ríos—. Tranquilízate. O, mejor, vente tú —añadió, poco después–. No quiero estar ahí, tú lo sabes, además tengo mucho trabajo y no me siento bien. Para mí, la amistad con Rafael se había acabado... ¡Que piensen lo que quieran! Lo que me preocupa es tu desconfianza, eso que has dicho. ¡Como si yo...!

–Y a mí tus celos –lo atajó la mujer, ofendida.

–No discutamos, Josefina, por favor... Vente para acá lo antes posible. No te conviene estar ahí. La policía lo va a poner todo patas arriba...

–Me han citado para dentro de media hora –añadió la mujer, lloriqueando.

–¿Quién te ha citado?

–Quién va ser... ¡la policía! Ya te lo he dicho, lo han matado a pocos metros de su casa, a la salida al bosquecillo, cerca de aquí. Querrán preguntarme si he oído o visto algo, si...

–Si nada... –la interrumpió con firmeza–. Lo que pasó, pasó. Estate atenta con lo que dices, que si la policía coge un cabo suelto tira y tira, y no quiero que estés en la boca de nadie. Aquello pasó. No lo he olvidado, pero pasó y punto.

–Pero tú...

–¡No insistas con lo mismo! –gritó malhumorado–. Yo no soy un asesino, Josefina. He sido un cornudo, así que vamos a dejarlo. Te espero, sin ti no sé lo que haría –añadió al final, más apaciguado, con un tono de voz que quería ser tierno, sin lograrlo del todo–. Sin ti soy como Antonio, el guardia civil.

–Me voy a pasar a ver a Carmen –resolvió la mujer. La oyó sonarse la nariz–. Así haré algo útil... ¡Pobrecilla! En el momento que termine con lo de la policía...

A continuación, después de acabar la conversación

con su mujer, volvió a conectar la radio, a la espera de oír las últimas noticias. Subió el volumen y encendió el ordenador, con la intención de buscar allí, también, las últimas noticias del día. Consultó el reloj. Tal vez la edición digital de los periódicos se haría ya eco de lo que acababa de suceder en Villanueva del Mar. Tecleó una página y otra, sin ningún resultado. Lo intentó de nuevo. A la tercera, fue la vencida: "Aparece muerto el teniente de alcalde de Villanueva del Mar. Todos los indicios apuntan a una muerte violenta".

III.

Hacía calor dentro de aquel tugurio de cristal y mármol blanco de Macael. No soportaba el chorro frío del aire acondicionado, así que desde el primer momento decidió que aquella bomba impoluta de aire capaz de roerle la garganta a un dragón enfurecido permanecería cerrada. Por lo menos en su despacho. No le pareció conveniente prohibirlo en el resto del edificio. ¡A quién se le habría ocurrido proyectar así los nuevos juzgados! –con las consabidas calores del verano, la flama del aire enlatado, el sol que caía como un emplasto de plomo fundido reflejándose inclemente en el cristal de lo que parecían ventanas, puro diseño, difícil abrirlas, correr el cristal, dejar que por lo menos de vez en cuando pasara el aire de la calle, la brisa suave del amanecer o del atardecer, el olor del mar...–. En un rincón de la mesa de cristal, cubierta de papeles, de sumarios apenas incoados, junto a la pantalla fluorescente del ordenador encendido, un pequeño florero del que sobresalía el pompón rosa y blanco de una dalia inodora. El sumario del narcotráfico en el que estaba trabajando, abierto sobre la mesa.

–Cuando quiera... –dijo el funcionario–. Yo ya he recogido.

No le respondió. Sin sentarse, se aproximó al ordenador para apagarlo. No le gustaba dejarlo encendido cuando salía, que alguien pudiera husmear en sus asuntos. Simple precaución profesional. Solo eso. Guardó los documentos que tenía abiertos y le dio a la tecla de apagado, entonces le sonó el móvil. Era su padre. No le extrañó.

–¿Qué pasa, papá? –dijo.

–Acabo de oír la noticia en la radio. Lo del hombre que han asesinado... Sí, ahí, en Villanueva del Mar. ¡Eso huele mal! Cuando hay un político de por medio, las cosas se complican.

–Ahora mismo me dirigía hacia allí. Se ve que las noticias corren más que los jueces. Al parecer, se trata del primer teniente de alcalde de Villanueva del Mar –le confirmó a su padre–. No es un político de relieve a nivel nacional, así que tranquilo. Ya te cuento... Me están esperando. Tengo que dejarte...

–Cuídate, María –la interrumpió el padre–. Ese político no será de primera división, pero si lo han matado es porque la corrupción ya no cabe en ese pueblo... ¡No falla! Siempre hay un primer caso en el que el tejemaneje político está en primer plano. Me temo que no será el último que tengas que instruir. Los políticos han perdido el norte. El dinero y los chanchullos es lo que trae –añadió emocionado, como si tuviera delante de él la resolución del caso y con ella quisiera trasmitirle ánimo a su hija–. Recuerda aquello de que no hay delito que no deje huella...

—Ya te llamo —ahora fue ella la que lo interrumpió. La presencia del funcionario en la puerta la incomodaba—. Besos, besos...

La llamada de su padre le recordó que tenía el sumario del narcotráfico sobre la mesa —el sumario que su padre había abierto hacía años... Un día le contaría a su padre, con pelos y señales, el nuevo rumbo que había tomado aquel viejo sumario. Más pronto que tarde: la fruta estaba madura, a punto de caer del árbol—. Lo guardó en un cajón, que cerró con llave.

Unos minutos después, tras pasar una zona de antiguas cuevas horadadas en la roca, la mayoría de las cuales permanecían deshabitadas por orden municipal, el coche que los conducía al lugar de los hechos se adentraba por un paraje mal asfaltado, circundado a cierta distancia unos de otros, a modo de cuentas de un rosario, por una ristra de chalets recién construidos, todos los cuales debían gozar de una vista privilegiada del mar. El ramaje de vivos colores de las buganvillas aún sin podar, sobresalía por encima de las tapias de los chalets, animando el blanco de las paredes, el ocre arcilloso y resquebrajado de la vereda. De vez en cuando, el coche traqueteaba intentando evitar los desniveles del camino.

—Fueron surgiendo uno tras otro, un día sí y otro también, como los champiñones. Todos ilegales —le comentó el funcionario que la acompañaba, en referencia a los chalets—. Todo esto era terreno baldío y, un poco más abajo, por donde hemos pasado, en las cuevas vivían algunas familias gitanas. Nada más. Un desierto inútil...

—¿Nadie denunció? —le preguntó.

El funcionario sonrió.

—Aunque tiene más de cincuenta mil habitantes, en

el fondo Villanueva del Mar no es más que un pueblo, y en los pueblos estas cosas no se denuncian –dijo el funcionario–. De pronto alguien cae en la cuenta de que se puede hacer negocio con el desierto. O sea, un vecino espabilado y con dinero construye un chalet, otro chalet..., hace negocio, gana dinero, otro vecino hace lo mismo, y otro... La alcaldía gana dinero, los partidos políticos, todos, todos sacan su parte... Hasta hace tres días, esto no era más que un villorrio de mala muerte, vivían de la pesca y del campo, pero la especulación, el turismo, la ley de costas... ¿Quién es capaz de enfrentarse a todo eso? Ni que decir tiene que, por ejemplo, todos estos chalets, construidos a la brava, sobre unos terrenos de miseria, de secano, que hoy valen una pasta, fueron legalizados uno tras otro, al poco de ser construidos. ¡Dinero, dinero negro, corrupción pura y dura, pago de favores...! Así están las cosas. ¡Y a nadie le importa asfaltar el camino! De eso nadie se preocupa, ni siquiera el Ayuntamiento. Han sido muchos años de gobierno clientelar. No me extrañaría que lo del muerto tenga que ver con todo esto. Se han creado muchas rencillas, casi más que fortunas... ¡y ya es bastante!

Tras ascender una pequeña cuesta, el coche se paró bruscamente.

–Aquí es. Ya hemos llegado –anunció el conductor.

María Rivera, la jueza, consultó el móvil. Eran las 11 de la mañana.

–Vamos –dijo, dirigiéndose al funcionario, mientras salía del coche.

("¿Y esta quién es, abuela?". "¡Cállate! ¡Yo qué sé...! Seguramente la jueza o alguien así...". "Es muy guapa. Me gustan los zarcillos que lleva. Yo quiero unos... Mamá, ha llegado una mujer con unos zarcillos muy bonitos, que brillan con el sol, y salen muchos colores, cuando mueve la cabeza... Los guardias han puesto cintas para que nadie pase, tampoco la abuela, pero la mujer ha pasado y los guardias han dicho ¡a sus órdenes!").

—¡Qué calor, no corre ni una pizca de aire! —exclamó el conductor, mientras se ponía unas ridículas gafas negras.

Fuera del coche, la luz era cegadora, la calor sofocante, las chicharras —ajenas a aquel despliegue y a todo lo humano— proseguían chirriando con su concierto... El grupo de curiosos que se había formado desde primeras horas de la mañana, acrecentado, se agolpaba delante de las cintas de protección con las que la policía había acotado el acceso al lugar de los hechos. Varios guardias civiles, muy en su papel, protegían silenciosos el acceso. El funcionario habló con el que estaba al mando, para que les permitieran el paso. Unos metros más adelante, ya dentro del terreno acotado, a la izquierda de un pequeño recodo, justo al lado de un coche con la puerta del conductor abierta, varios policías de paisano parecían estar comentando algo. Uno de ellos se les acercó. Sin duda, los guardias civiles de la entrada le habían advertido ya de la llegada de la jueza.

—Soy el inspector, Montosa, Carlos Montosa —dijo, mientras le extendía la mano a la jueza.

—María Rivera —respondió lacónica—. ¿Qué ha sucedido?

("Es la jueza" —dijo la Rubia—. "¿Y por qué ha venido la jueza tan guapa?". "No seas tonta, pues porque han matado a un hombre, a uno del Ayuntamiento, al Rafael...". "¿Al tito Rafael?..., que me daba besitos cuando venía a la casa". "Eso no se dice. Acuérdate que mamá no quiere que digas esas cosas". "Yo solo se lo digo a mamá, abuela...". "Aquí, no... cuando estemos en la casa, se lo cuentas a mamá". "Tengo miedo, abuela. Tengo calor, abuela, tengo... Y si están aquí los policías, ¿por qué lo han matado? Quiero agua, abuela". "¡Cállate!". "¿Y si nos mata a...?").

(–¡Shhh! –dijo el de siempre).

("Y si nos mata a nosotras, ¿eh?, abuela, y si nos mata a nosotras, ¿cómo le voy a contar a mamá que han matado al tito Rafael?").

–Hay un hombre muerto, unos metros adelante. Es concejal del Ayuntamiento, teniente de alcalde. Este era su coche –dijo, señalando al Renault que tenían al lado–. Tiene la puerta del conductor abierta y las luces encendidas, tal como se le encontró. Por la razón que sea, el concejal debió salir del coche con prisa... Estas vallas –añadió, señalando a cuatro vallas metálicas pintadas de amarillo, próximas unas a las otras–, no sabemos muy bien qué hacen aquí. Son de esas que el Ayuntamiento pone alrededor de las pequeñas obras... El vecino que nos avisó, asegura que ayer por la mañana, cuando sacó a pasear al perro, no estaban.

–Vamos a ver al muerto –ordenó la jueza.

El terreno arcilloso, sin duda un antiguo camino vecinal, estaba mal asfaltado. A la derecha, como si fuera un espléndido mirador, protegido por una empalizada de madera, entre matojos mal cuidados de genistas –amarillentas, vigorosas–, el mar lucía como un espejo azul y blanco, refulgente. De cuando en cuando, las chicharras parecían apaciguarse y, entonces, desde abajo, les llegaba el ruido apagado de las olas.

–Intentad seguir mis pasos –sugirió el inspector Montosa–. No vayamos a fastidiarle las huellas a los de la científica. Ahora están con el cadáver.

Poco después se encontraban delante del cadáver. Los de la científica estaban asaetando al muerto con la cámara fotográfica, mientras intentaban –sin lograrlo del todo– ahuyentar la nube de moscas que revoloteaba por encima de su cabeza. Solo se oía el click-click de la cámara fotográfica y el zumbido machacón, imperturbable, de las moscas.

–¿Les queda mucho? –preguntó María Rivera, mirando de soslayo el cadáver. No le agradaba esa clase de espectáculo.

–Estamos terminando...

–Bien, cuando acaben, pueden retirar el cadáver y llevarlo al anatómico forense. ¿Tiene alguna idea de lo que ha pasado? –le preguntó a continuación al inspector, mientras daba un paso adelante, acercándose al cadáver. Le pareció percibir el olor de la sangre, pero fue solo un momento. Una ligera brisa, que ascendía del mar, arrastró hasta allí el aroma medicinal de un eucalipto cercano.

–Parece que lo han golpeado en la nuca –respondió Montosa–, aunque el médico no descarta que se sintiera mal mientras conducía, un infarto o algo así... y entonces saliera del coche, diera unos pasos, desorientado, debilitado... cayera al suelo, y al caer podría haberse dado un golpe en la cabeza con una piedra... En fin... Todos los indicios apuntan a que se dirigía a su trabajo, casi de madrugada, como todas las mañanas. Tiene invernaderos. Ya sabe: tomates, hortalizas... No lejos de aquí, a la salida de Villanueva, por la zona del cortijo blanco, según nos han dicho. Un mar de plástico... Están en plena recogida. El capataz se quedó esperándolo...

–Olvídese ahora de los tomates –gruñó con frialdad la jueza, como si hubiera comenzado a hacer el inventario sin alma de una pila de cacharros–. Le preguntaba por la causa de la muerte. ¿Usted qué cree? –volvió a preguntarle.

–Lo del infarto no me parece muy verosímil.

–Entiendo... –murmuró la jueza–. Bien, dejemos actuar a la ciencia policial –añadió, como si estuviera recitando la frase–. Mañana mismo, a primera hora, me entrega un informe con las primeras pesquisas. Tendré qué decidir qué vamos a hacer.

El inspector Montosa hizo un gesto con las manos, como si quisiera decir que le parecía poco tiempo, aunque no dijo nada.

–De acuerdo, hoy es martes. Le espero en mi despacho mañana. Procure que el informe resulte comprensible. Yo soy jueza, no policía –concluyó la jueza Rivera, mientras le extendía la mano al inspector para despedirse.

("Ya se ha ido, con lo guapa que es. Yo quiero unos zarcillos como los suyos. Mamá, ¿se los pido a la abuela? Abuela, ¿han matado ya a los malos?". "No, cállate...". "Quiero agua. ¿Y si nos matan a nosotras...? Lo de la chicharra ha sido sin querer, tropezó conmigo, pero no me he ensuciado las zapatillas. Las chicharras seguían cantando y yo quería beber agua. ¡Son bonitos los zarcillos, verdad, abuela!").

Poco después, cuando la jueza se marchó, uno de los de la científica se acercó al inspector para informarle que ellos habían terminado.

–¡Está buena, pero qué carácter! ¡Más seca que la mojama! –exclamó el de la científica, refiriéndose a la jueza.

Una novata marisabidilla... ¡Un coñazo! –pensó el inspector Montosa, pero no dijo nada.

–¡Qué le vamos a hacer! –exclamó a continuación, esbozando un gesto de falsa resignación. Es lo que nos ha tocado.

("¿Y ese quién es?". "El policía que más manda" –dijo la Rubia–. "¿Más que la mujer de los zarcillos? Le he preguntado a la abuela, pero la abuela no me ha respondido. Mamá, se ha encogido de hombros y luego ha tirado de mí". "Aquí ya se ha acabado lo que teníamos que hacer" –ha dicho la abuela).

IV.

¡Me mata, me quema, me abraza...!
El cono de luz iluminaba la carretera. Las farolas estaban apagadas.

–¡Baja esa música! –le ordenó el conductor al que lo acompañaba–. Me pone la cabeza como un bombo, ¡tanto tatachín-tatachán!

El acompañante, un tipo que parecía más ancho que alto, le obedeció.

–Pura salsa –dijo después de apagar la radio–. A mí, a esta hora, me espabila. *¡Y ahora yo paso las noches pensando en ti! y adonde quiera que voy el recuerdo me mata me quema me abraza tremendo problema el que yo me busqué sin tu amor...* –berreó, desafinando.

El conductor, atento a la carretera, no dijo nada. Parecía preocupado. Como si estuviera estudiando el trayecto metro a metro. Pasaron delante de una gasolinera. Las luces de la gasolinera estaban apagadas. No se veía a nadie.

—¿Vamos bien? –preguntó el acompañante.

—Ya falta poco. Abre bien los ojos, Bizco, y fíjate. Solo vamos a estudiar el terreno –le dijo, con la voz apagada, como si lo aleccionara–. Tenemos el tiempo cronometrado. Unos metros más adelante, de pronto el conductor paró el coche.

—¿Aquí es? –preguntó el Bizco.

—No, todavía no, Bizco. Estoy pensando... –dijo–. Bájate y mete una de esas vallas en el coche, puede hacernos falta –añadió, poco después.

Cerca de donde habían parado, en un recodo del camino, había unas cuantas vallas metálicas, de las que se usan para delimitar obras. Parecían abandonadas. El Bizco se apeó del coche. Al instante estaba de vuelta con la valla, que colocó en la parte trasera. El coche arrancó. En el cielo, todavía poblado de estrellas, por levante se dejaban ver las primeras claras del día. Unos minutos después, cuando habían recorrido un par de kilómetros, sin que se toparan con ningún coche en su camino, casi a la entrada de Villanueva del Mar, el coche torció a la izquierda, dejando el mar a un lado, y se adentró por un camino pedregoso, mal asfaltado, en cuyo borde izquierdo, a escasos metros unas de otras, se levantaban viviendas unifamiliares, cuyo aspecto denotaba la construcción reciente de las mismas, y en frente, a la derecha, un muro rocoso horadado de vez en cuando por lo que parecían cuevas.

—Unos tanto y otros tan poco –musitó el conductor–. Yo he estado antes por aquí... Ahora me acuerdo.

—¿Queda mucho? –le preguntó de pronto el Bizco, que se había colocado ambas manos en las entrepiernas–. Me estoy meando...

–¡Cómo que te estás meando! –gritó sorprendido el que conducía, intentando no elevar demasiado la voz–. Aguanta. Hemos parado hace un momento.

–No, mejor para, que me meo...

–¡Coño, que solo quedan unos minutos!

–¡Que no, que no, que me meo! Roque, ¡para ya!

Roque dio un resoplido y paró el coche en seco.

–¡Tanta salsa y tanta porquería...! –gruñó, malhumorado. Las "s" de salsa, parecían finas puntas de lanzas que le salían de la boca.

El de la meada, abrió la puerta y salió disparado del coche, con una mano en las entrepiernas, como si de aquel modo pudiera retener un poco más las ganas de orinar. En el silencio del amanecer, todavía casi en penumbras, oyó el ruido de la orina de su compañero que se estrellaba sobre el seto que aislaba del camino la casa-cueva, junto a la que habían parado. Oyó un perro que ladraba no lejos de allí. La casa (una especie de porche levantado delante de la boca de una de las cuevas) estaba a oscuras, sin duda sus dueños, o quien viviera en ella, estarían todavía durmiendo. Pensó que, aquella casa, desentonando de todas las otras de enfrente, necesitaba una buena mano de pintura. ¿Era esa la casa en la que él había estado? Consultó el reloj. Las siete menos veinticinco. Pronto toda aquella zona quedaría iluminada por la luz del día. Tenían que darse prisa. Al poco, el que había salido a orinar, estaba de nuevo sentado en su asiento.

–¡Qué alivio! –exclamó, nada más dejarse caer en el asiento–. Me meaba "pata abao". *¡Y ahora yo paso las noches pensando en ti!* –volvió a canturrear, ya relajado.

–Bizco, el próximo día, meas antes de salir, que no estamos para tonterías. Esto no es un juego –lo conminó muy serio–, ¡y ya está bien con la cancioncita!

–No te pongas así. Roque, sé lo que me hago, pero no me podía aguantar, ¿qué culpa tengo yo?

–Es por aquí cerca. Así que fíjate bien –volvió a insistir el hombre que conducía.

–Para ser de pueblo, no viven mal, ¡eh, Roque...! –comentó el Bizco.

El coche menguó la velocidad. Unos metros más adelante, aprovechando el enorme seto de otras de las viviendas, que sin duda lo ocultaría de la vista de cualquier vecino, aparcaron el coche. El conductor volvió a consultar el reloj.

–Son las siete menos diez –dijo, con la voz apagada–. En diez minutos debe pasar por aquí. Atento y ni una palabra –le advirtió al Bizco, mientras bajaba el cristal de su ventanilla.

Encendió un cigarrillo. Desde fuera les llegaba la suave brisa del mar y el sonido apagado de las olas. No se oía ni un alma. Al poco rato, oyeron el ruido de un coche que se acercaba. El coche pasó junto a ellos. Conducía un hombre. No les pareció que hubiera nadie más en el interior del coche.

–El Renault blanco... Ese es el tipo que buscamos. Son las siete y unos minutos. Perfecto –murmuró Roque, con tono de victoria.

Al día siguiente, exactamente a la misma hora, volvieron al escenario que les habían indicado, pero en lugar de quedarse sentados dentro del coche, nada más aparcarlo, oculto tras el mismo seto que la mañana anterior, de prisa e intentando no hacer ningún ruido, salieron del coche, sacaron la valla que tenían guardada en la parte trasera del vehículo y la colocaron en mitad del camino, por donde debía pasar el coche que aguardaban; después, sigilosamente, se acercaron al coche, abrieron el portaequipaje y extrajeron un par de bates de baseball. Cada uno cogió además un bote con gas pimienta. Se ocultaron tras el seto, al lado del vehículo. Solo debían aguardar unos minutos. El plan, preparado minuciosamente durante días, no podía fallar. Necesitaban aquel dinero. Le hizo una señal de victoria al Bizco con la mano. Este sonrió y le devolvió la señal.

–Coser y cantar... –murmuró el Bizco, con la voz apenas audible.

Tal como tenían previsto, unos minutos después, en el silencio del amanecer, todavía con las luces encendidas, oyeron el ruido de un coche que se acercaba. El Bizco miró a su compañero, que le hizo un gesto afirmativo con la cabeza y, a continuación, con la mano le señaló que debían aguardar a que el coche que llegaba parara y el conductor saliera a quitar la valla que le impedía el paso.

–Hay que darle un susto que se cague, no lo olvides. Te vayas a rajar... –murmuró Roque entre dientes, la voz apagada–. Que la polla solo le sirva para mear, y ni para eso.

Estaban tensos, atentos, aguardando el momento en el que debían hacer su trabajo. El Renault blanco pasó junto a ellos. Vieron al hombre que lo conducía. Parecía fuerte, sin duda había sido una buena idea que fueran dos a realizar el trabajo. A aquel tipo no lo tumbaba un hombre solo. De pronto el Renault, que se había encontrado con la valla, en vez de parar, tal como tenían previsto, hizo un giro brusco hacia la derecha, bordeó la valla hasta rozarla, que cayó al suelo por el impacto, aceleró un poco la velocidad y siguió camino adelante, sin parar.

–Hijo de puta –murmuró el Bizco.

Oyeron ladridos de perros. Sin duda el ruido del impacto de la valla al caer los había soliviantado.

–Vámonos, vamos rápido –ordenó Roque, mientras se adentraba en el vehículo–. Mañana no fallaremos –le comentó a su compañero, nada más arrancar el coche–. No estamos aquí para perder el tiempo.

Tenía una idea, la solución no podía ser más fácil. Debía haberla previsto desde el principio. Antes de alejarse de Villanueva del Mar, cerca del recodo en el que habían cogido la valla el día anterior, volvieron a parar. El camino, una vieja carretera secundaria por la que con la apertura de la autovía que bordeaba al mar, apenas pasaban coches, y menos a esa hora, estaba solitario. Cogieron las tres vallas que quedaban y las colocaron en los asientos de detrás. Arrancaron con celeridad.

–Mañana será otro día –exclamó Roque, como si rezara una jaculatoria, en el instante en el que el coche, tras girar, iniciaba el regreso–. Vamos a tomar algo por ahí.

El tercer día, a la misma hora, volvieron a repetir las mismas maniobras. Por un instante el Bizco tuvo la extraña sensación de que no había pasado el tiempo entre un día y otro, y que lo que estaban haciendo en ese momento era la continuación sin interrupción de lo que habían hecho los dos días anteriores. Con una sola excepción, donde el día anterior habían colocado una valla, la cual permanecía aún tirada en el suelo, tal como el Renault la había dejado, colocaron las tres nuevas que habían traído, emparejadas de dos en dos, una tras otra, y una al lado de la otra, como si reforzaran así la fuerza disuasoria, a la par que obstaculizaban totalmente el paso. No podían fallar. No iban a fallar otra vez. Y ya no era solo por el dinero. También ellos tenían amor propio.

—Aquí está —murmuró el conductor, poco después—, exacto como un reloj suizo. Prepárate. Hay que dejarle los huevos vanos —las eses de "los huevos vanos", a pesar de la voz apagada, silbaron hirientes en el aire.

Esta vez el Renault blanco frenó en seco. Al instante, el hombre al que aguardaban se apeó. Parecía más fuerte de lo que pensaban, incluso de la idea que, después de verlo, se habían hecho el día anterior.

—¡Pero esto qué es...! —oyeron que murmuraba sorprendido el hombre que acababa de bajarse, sin ni siquiera apagar el motor del coche, que permanecía con las luces encendidas, mientras se acercaba a las vallas, con la intención sin duda de apartarlas del camino.

—Ahora, Bizco... —le ordenó.

El hombre acababa de retirar una de las vallas, y cuando estaba intentando retirar la segunda, el que había dado la orden, desde atrás, sin dilación, le roció el rostro con el gas pimienta, pero no acertó plenamente.

—¡Socorro! —gritó el hombre, sorprendido—, y echó a correr, mientras tiraba al suelo la valla que estaba intentando retirar.

El Bizco lo siguió y lo golpeó con fuerza con el bate de baseball en las piernas, hasta hacerlo caer.

—Dale, Roque, que ahora no se escapa —animó el Bizco a su compañero, quien aprovechó la caída del hombre para asestarle un fuerte golpe en las espaldas, con el palo que llevaba.

—¡Auxilio! —volvió a gritar el hombre, mientras desesperado, sin apenas ver, intentaba ponerse de pie de nuevo.

Cerca de allí, se oyeron los ladridos de un perro. Sin duda provenían de la casa de al lado, justo donde se encontraban. Tenían que darse prisa. Aquello no podía convertirse en una feria.

Al instante, y de forma sorprendente, tras reptar unos metros por el suelo, el hombre, aturdido, se puso de pie y empezó a lanzar los puños a un lado y otro, como un autómata. Uno de los golpes, alcanzó a Roque en pleno rostro, instante que aprovechó el Bizco para asentarle un fuerte golpe en la nuca con el palo de baseball. El hombre dio un grito apagado, como si la contundencia del golpe lo hubiera roto por dentro. El perro acrecentó entonces los ladridos, mientras el hombre –sin duda, el cabrón gozaba de una resistencia física encomiable–, que se había tambaleado un instante, a consecuencia del fuerte golpe recibido, comenzó a acelerar los pasos, seguido de cerca por el Bizco. Lo alcanzó unos metros más adelante. En el momento en que iba a asestarle un nuevo golpe en las entrepiernas, como un autómata que hubiera sido perfectamente programado, el hombre se volvió y fue él el que sorprendió al Bizco con la fuerza de su puño.

–¡Hijo de puta! –gruñó dolorido el Bizco.

Le había roto el labio. Sintió el sabor salado de la sangre en la boca. Blandió de nuevo el palo que llevaba en la mano, aquel cabrón no sabía con quién se la estaba jugando. El golpe le alcanzó el pecho. El hombre lo miró aturdido, el rostro chorreando sangre, la boca abierta de par en par, buscando sin duda un poco de aire para sus pulmones. Por un momento el Bizco pensó que le había cortado la respiración para siempre, pero cuando le iba a dar el golpe que creía definitivo, el hombre se abalanzó hacia él. De nuevo el Bizco sintió la fuerza, ya debilitada, de otro puñetazo en la cara. Enfurecido, le asestó otro golpe, esta vez a ciegas, con todas sus fuerzas.

–¡Destrózale los huevos, coño, Roque –oyó que le gritaba– sólo los huevos!

Sin embargo, sacando fuerzas de no se sabía dónde, como si el impacto del palo esta vez no lo hubiera rozado, el hombre continuó su empecinada marcha adelante; los pasos cada vez más cortos, inseguros, como un borracho a punto de desplomarse. No había avanzado ni un par de metros, cuando el Bizco lo alcanzó de nuevo, y con toda su fuerza, le lanzó otro golpe en la nuca y, a continuación, le volvió a sacudir en los muslos, buscándole cada vez que golpeaba las entrepiernas, entonces el hombre se trastabilló un instante, como si estuviera pensando qué estaba ocurriendo o no supiera hacia dónde conducir sus pasos, en el caso nada probable de que hubiera podido hacer una cosa u otra, y se derrumbó en el suelo, como un odre roto. El Bizco le volvió a asestar otro golpe en la nuca, de la que empezó a manar sangre.

—Vámonos, Bizco, vámonos de aquí, que a ese ya no se le levanta la polla —le ordenó Roque, dirigiéndose hacia el seto donde habían dejado oculto el coche.

El Bizco se acercó al cuerpo caído, para comprobar si aún respiraba. No le gustaba la idea de dejar el trabajo a medio hacer. De pronto, desde el suelo, removiéndose con las fuerzas que aún le quedaban, completamente aturdido, el hombre pareció reaccionar y con una mano lo agarró de los pelos, mientras con la otra lograba alcanzarle la cara y arañarlo. Le debían quedar pocas fuerzas.

—¡Coño, qué difícil es mandarte al otro barrio, cabrón! —murmuró el Bizco, mientras lo golpeaba con los puños, a pesar de lo cual, el hombre o lo que allí quedaba de vida en aquel hombre, se meneaba sin ton ni son, intentando defenderse inútilmente, cada vez de forma más apagada.

—¡Muérete, cabrón! ¡Muérete de una **puta** vez...! —le gruñía el Bizco.

—¡Bizco, que lo dejes! –le volvió a ordenar Roque, mientras se adentraba en el interior del coche–. ¡Y ese perro que no se calla!

Los ladridos del perro no habían menguado en todo el rato, todo lo contrario; lo extraño era que, por lo menos, los dueños de la casa no hubieran hecho de alguna manera acto de presencia. De todos modos, seguro que lo habían oído. Era imposible pensar lo contrario. En el silencio del amanecer, cualquier ruido suena redoblado. Tenían que salir de allí cuanto antes, pues aquello podía convertirse en cualquier momento en un pasacalle.

—¡Bizco...! –gritó Roque, imperativo, intentando ahuecar la voz todo lo que podía.

Con el palo, el Bizco le dio otro golpe en la nuca y, a continuación, al comprobar que el hombre, derrumbado en el suelo, no paraba de moverse, como si fuera un pollo al que acabaran de cortarle el cuello, se inclinó detrás de él, le cogió la cabeza entre las manos, y empezó a golpearla contra el suelo.

—¡Muérete, muérete...! –farfullaba desesperado el Bizco, que ya hacía rato que se había olvidado de golpearle las entrepiernas al hombre.

La cadencia de aquellos movimientos no parecía tener fin. Incluso, de cuando en cuando, se hacían más enérgicos, se aceleraban.

El Bizco oyó el ruido del motor que Roque acababa de poner en marcha.

—¡Vete ya al otro barrio, hijo de puta!

Entonces, agarrándole el cuello por detrás, que ya caía como el de una polichinela a la que se le hubieran roto los hilos, le dio una fuerte sacudida, hasta rompérselo. Los movimientos que el hombre hacía cesaron de repente. El Bizco respiró con todas sus ganas y, luego, resopló el aire que había inspirado con violencia.

–¡Para cojones, los míos...! –murmuró con satisfacción para sus adentros, no tanto por haber matado a un hombre, eso nunca le había agradado demasiado, sino por haber vencido la tozudez con la que aquel hombre, fuera quien fuera, se resistía al empeño de cada uno de los golpes que le había asestado, y por ende, a él mismo, al Bizco y a sus cojones. Era su satisfacción, pues, similar a la que siente el que doma un caballo o a la del que, al fin, se impone sobre lo que físicamente se le resiste.

–¡Y esos perros que no se callan!

Al instante el coche desapareció de la zona, como si se hubiera esfumado, como si nunca hubiera estado allí. Poco después cesaron los ladridos de los perros. Había amanecido y en el aire se oyeron las primeras chicharras. Abajo, el mar, plácido como una balsa, parecía descansar en calma.

V.

Repasó mentalmente la lista de la compra. Pocas cosas. No necesitaba nada más. A esa hora el supermercado estaba casi vacío. Miró el reloj. En media hora cerrarían. Le sobraba tiempo. Cogió un par de panecillos, jamón cocido y una bolsa de canónigos. Con tomatitos que le quedaban haría una ensalada. Perfecto –se dijo María Rivera–. De postre, yogurt enriquecido con proteínas. Se dirigió a la caja. Al principio le había costado adaptarse, tenía la impresión de que el trabajo en el juzgado la sobrepasaba. Fue solo una impresión que fue disipándose con los días. Ya había días que, incluso, al salir del juzgado, antes de encerrarse a descansar en su casa, tenía tiempo de hacer footing a buen ritmo durante una hora.

–¿Quiere bolsa? –le preguntó la cajera–. Tendría que cobrársela. Cosas de Europa...

Negó con la cabeza, mientras le extendía un billete de diez euros. En la caja de al lado, la cajera cuchicheaba con una clienta. Estaba convencida de que conversaciones como esa se repetirían multiplicadas por todo Villanueva del Mar. Resultaba inevitable. Un pueblo grande en el que seguramente todos conocían al edil asesinado. Era un hombre popular, llano, según le habían dicho, de esos que hablan con todo el mundo, que se hacen querer. Aunque era obvio que no todo con el concejal eran quereres.

—No se puede ser bueno... —decía la clienta.

—Lo que no se puede es ser limpio a cara descubierta —le contestó la cajera—. Aquí hay mucha mala leche escondida.

—Muchos intereses, mucho dinero y muchos cabroncetes que seguramente veían que el negocio se les iba a pique —murmuró la clienta, con un tono que parecía estar desglosando el intríngulis de un complejo teorema.

—Es que en Villanueva las casas aparecen de un día a otro, como los champiñones, y todo ilegal, todo bajo cuerda... ¡chanchulleo! ¡Los bancos sabrán el dinero negro que han movido en los últimos años! ¡Claro, para quien las pueda comprar! —sentenció la cajera, mientras consultaba el reloj.

Se guardó las monedas que la cajera le había devuelto de los diez euros.

—Loli —dijo la cajera que acababa de atenderla a la cajera de al lado—. Recoge que cerramos. Ya va siendo hora.

—Sí —respondió la aludida—. Acabo con Mercedes y recojo.

—... Y, bueno, él ha disfrutado de la vida. Eso es lo que se ha llevado al otro mundo —dijo la susodicha Mercedes, como si acabara de hacer un balance de cuentas complicado.

—Eso y lo otro... —añadió enigmáticamente la cajera—

Dale a tu cuerpo alegría, Macarena... –canturreó.

La clienta sonrió con picardía.

–Entonces, lo de tu novio bien ¿no? –oyó que preguntaba la clienta, en el instante en el que ella salía del supermercado.

A escasos metros del edificio del juzgado, en pleno centro, en una zona residencial aislada de la calle por un jardincillo rodeado de setos, se encontraba el piso en el que vivía. Se duchó y, a continuación, se dispuso a hacer la ensalada. Encendió el pequeño televisor que tenía en la cocina. La cadena local hablaba del caso. A base de preguntas anodinas, el periodista hacía una especie de encuesta en la calle, mientras aparecían una y otra vez las imágenes del lugar del siniestro. Cambió de canal. En el noticiario del canal autonómico, el alcalde de Villanueva del Mar era entrevistado por una periodista que, entre pizpireta y solemne, no parecía encontrar el tono adecuado al caso. El alcalde tenía los ojos enrojecidos, a punto de llorar. *Era un hombre valiente, honesto, que siempre iba de frente, sin más interés en política que los del pueblo... No solo he perdido al teniente de alcalde, a un hombre de mi máxima confianza, sino a un amigo...* De pronto las lágrimas le traicionaron y dejó de hablar. *Un suceso laudatorio, quiero decir luctuoso, en un pueblo tranquilo, trabajador, que no está acostumbrado a esta clase de sucesos* –dijo la periodista, con la intención sin duda de cortar la conexión–. Volvió a cambiar de canal. La pantalla se iluminó con un programa de cocina. Filetes de pollo a la... No tuvo tiempo de enterarse de cómo el cocinero iba a preparar los filetes de pollo. Sonó el móvil. Era su padre. *No me deja...*

–¿Estás en casa? –le preguntó.

—Acabo de llegar. Estoy preparándome la cena —le dijo.

—¿Cómo ha ido el día? ¿Mucho trabajo con lo del concejal? —la voz de su padre, inquisitorial y preocupado, sonaba con un tono extraño, metalizado.

—¿Me estás llamando por wasap?

—Sí —asintió el padre. Oyó su sonrisa apagada, como la de los niños cuando hacen una pequeña travesura—. Tengo que ahorrar... He leído todo lo que ha salido hoy en la prensa, he seguido las noticias en la tele y la radio, en internet... En fin, ¡un lío! Huele a crimen político, a venganza, a dinero... Por lo visto ese Ayuntamiento es una caja de Pandora, todos contra todos; media plantilla de enchufados por la corporación saliente, enfrentados a la nueva corporación...; sindicalistas, políticos, amigos o cuñados de unos y otros... Una red clientelar. Además he leído que la nueva corporación, la del concejal asesinado, había denunciado y paralizado el anterior plan de ordenación urbana, y eso son palabras mayores, María, porque ahí ya entran los bancos, los hoteleros, los constructores y promotores... ¡el dinero! Supongo que la policía judicial ha iniciado ya su trabajo; suelen ser rigurosos y serios. Tienen experiencia, pero, en fin... mucho novato y mucho prepotente... No te fíes. Yo de ti, ya, pero ya de ya, que también intervengan los de la UCO, esos no fallan, saben llevar estos casos. A mí siempre me fue muy bien con ellos. Se implican a fondo, pero como si la cosa no fuera con ellos, como los científicos cuando agitan sus probetas.

Le hizo gracia la comparación. El padre no decía que ella fuera una novata, aunque estaba segura de que en el fondo de sus palabras, esa era la idea que latía: la bisoñez, la falta de experiencia. Su padre estaba preocupado. Se lo imaginó consultando sus libros, repasando sentencias, atento a cualquier noticia que se diera en relación al caso del concejal asesinado en Villanueva del Mar, como si así, a la distancia y con aquellos medios, pudiera protegerla, ayudarla. Estaba solo, demasiado solo; la casa familiar casi vacía... "¡Pobre papá!" –pensó con tristeza–. Antes, todo dependía de él... Debía visitarlo con más frecuencia. Pasar algún fin de semana juntos –esa idea la consoló–. Podría, incluso, pedirle que se fuera a vivir con ella. ¿Aceptaría su padre esa propuesta? Le dio pena..., por su padre y por ella misma. Su padre diría que no, que él estaba bien donde estaba..., pero lo diría con la boca chica, como suelen decir los padres esas cosas, cuando en realidad lo que quieren es todo lo contrario. El problema estaba en ella. El sacrificio, la renuncia... La relación entre padres e hijos nunca es simétrica. Ellos siempre dan más de lo que van a recibir de sus vástagos. La idea de que su padre pudiera vivir con ella, en Villanueva del Mar, la sentía como una derrota. Tenía derecho a vivir de forma independiente su propia vida, y un padre es una obligación, alguien que coarta, limita, sujeta.

En la pantalla del televisor, el cocinero seguía con lo del pollo.

–Sí, papá. Es probable que lo haga –lo tranquilizó–, pero primero tengo que tener más datos. No quiero precipitarme ni hacer el ridículo.

–Pero tampoco es bueno que el caso se eternice. Lo que se eterniza, mal acaba –sentenció el padre–. Ya de ya, te van a comenzar a hacer manifestaciones en la puerta del juzgado. A los políticos les encanta.

–Ya ha habido algunas en la puerta del Ayuntamiento.

—"¡No tenemos miedo! ¡No tenemos miedo!". Lo vi en las noticias de la tele —confirmó el padre—. Por cierto, ¿cómo va lo del narcotráfico, aquellas diligencias...?

Sabía a qué diligencias se refería su padre. Las había comentado con él. Había estudiado con detenimiento el trabajo modélico que, en su día —hacía ya algunos años—, el juez Rivera había llevado a cabo. ¿Por qué las archivó de manera fulminante sin llegar a ninguna conclusión? No se atrevió en su momento a preguntárselo a su padre. Casi acababa de llegar a Villanueva del Mar y se sentía perdida. Demasiada responsabilidad. Trabajo silencioso. Su padre alguna vez le había hablado de aquel caso. Él lo conocía. Había bregado inútilmente con todo aquello y aún le envenenaba el alma —eso le dijo entonces—. Pero ya habían pasado algunos meses desde su llegada a Villanueva y la fruta —aquel sumario, tal vez también ella misma— estaba madura. Cautela. Secreto de sumario. No era cosa de hablarlo a través del wasap.

—Ya veremos —respondió lacónica.

—Pero, ¿bien? —inquirió el padre.

Quería despedirse de su padre con una sonrisa.

—En esa estamos... —le dijo y sonrió.

Poco después, con un sentimiento agridulce, se despidió de su padre. Era jueza de primera instancia e instrucción de Villanueva del Mar. La plaza la había sacado a pulso. Y aunque sin duda todavía novata, tenía gran confianza en sí misma; además, le atraían los retos, las dificultades, y el caso al que se enfrentaba, lo mismo que aquel por el que se había interesado su padre, no estaba precisamente libre de ellos. Los intereses políticos, el dinero, la corrupción, el narcotráfico, las pasiones humanas —el odio, la rabia, el amor y los celos... ¡Qué cóctel!—. Se acordó de su madre, del genio apacible de su madre. La echaba tanto de menos. De vivir, también ella la habría llamado... *María, en contra de lo que tememos, las cosas no vienen todas de un golpe, sino que llegan una tras otra; que la resolución de un problema es el apoyo y la fortaleza para afrontar el siguiente, que la vida no es un caos, ni todo es malo e insufrible...* Esa era su madre. Y ella era como su madre, menos dulce, menos tierna y afable, pero como ella; desde pequeña había aprendido a saltar sobre su presa en el momento justo, cuando la presa (el mal, cualquier clase de mal) estaba desprevenida. Para eso su madre era tenaz. De pronto hizo un gesto extraño con la cara, como si quisiera alejar de ella aquellos pensamientos, apartar el recuerdo de su madre, preservarla de toda aquella basura en la que ahora se encontraba inmersa. Así era la vida, y la basura −con todo su hedor y podredumbre, con todas sus miserias y mezquindades− también formaba parte de la vida, era consustancial a ella: lo que se oculta, lo que se maquina entre bambalinas, el odio, la venganza... El programa de cocina que daban en la televisión estaba llegando a su fin. En primer plano, como un pequeño trofeo fácilmente logrado −*¡Tan rico y sencillo de preparar!*, decía una voz en *off*−, aparecía el plato de pollo en salsa. Tenía hambre. Prepararse la ensalada solo le llevaría un par de minutos. La pantalla del televisor se iluminó de nuevo: en primer plano, la fachada del juzgado de Villanueva del Mar. La presentadora comentaba las últimas comparecencias, las hipótesis en las que estaba trabajando la policía. Se vio a sí misma saliendo apresurada del edificio del juzgado, rehuyendo los micrófonos con los que la acosaban los periodistas. Sonreía. Le sentaban bien las gafas de sol que llevaba puestas. La piel clara, casi transparente; las gafas oscuras, de carey... Tenía que recortarse un poco el pelo. Entonces apareció la cara del inspector encargado del caso. "Montosa, sí, Carlos Montosa..." –se dijo a sí misma–. Una reportera le preguntaba algo. Él sí contestaba. Una obviedad... Le agradaba el tono de voz de aquel hombre, sosegado, firme, como si supiera de lo que estaba hablando, aunque había algo en él –el modo como movía las manos, la dificultad para centrar la mirada mientras la periodista le hacía las preguntas...– que le recordaba a esos niños hiperactivos de los que todo el mundo se queja. Le añadió un poco de sal a la ensalada que estaba haciendo. La probó. Tal vez un poco más de limón..., entonces recordó la pechuga de pollo en salsa que habían preparado en la tele. Buscaría la receta en internet. Ya tenía menú para el próximo fin de semana. Sobre la mesa, tenía abierto parte del sumario al que se había referido su padre. Debía repasarlo antes de acostarse. A la mañana siguiente, a primera hora, había quedado con los de Hominis Dignitas, la ONG cuya denuncia había permitido abrir una nueva línea de investigación en relación a aquel sumario por narcotráfico que ya duraba demasiado. Superar a su padre, hacerlo todavía mejor que él. En el fondo –se preguntó, mientras se llevaba a la boca el primer bocado a la ensalada–, ¿una hija (no un hijo –entre los machitos la cosa es distinta–) anhela superar a su padre? Pensó un poco. Solo un deseo irrefrenable de libertad, tal vez, acaso... También las hijas, hasta las más sumisas, quieren superar a sus padres. ¿Por qué no? ¿Por qué su padre había cerrado en falso aquel sumario por narcotráfico? Su madre nunca lo hubiera hecho. Silenciosa, habría aguardado el momento justo. Se imaginó a su madre abanicándose plácidamente.

¡Zas! –de golpe, casi de forma inesperada, la madre cerraba bruscamente el abanico y lo blandía como un cetro acusatorio ante los ojos desprevenido de los culpables. La suerte estaba echada.

Ser igual que mi madre, ser mejor que mi padre... ¡tatachín, tatachán!

En la pantalla del televisor, un presentador ridículo conversaba con una lenguatona. Le dio al interruptor. Poco después, aun sin acabar el yogurt, abrió el sumario por donde lo había dejado.

VI.

El día amaneció encapotado. Una ligera neblina, apenas un desvaído en el color de las cosas, acentuaba la frialdad metálica del despacho, aunque en aquel lugar apagado no hacía frío. Estaba en mangas de camisa, sentado frente al hombre al que interrogaba. El hombre parecía tranquilo, como si intuyera las preguntas y supiera todas las respuestas. La cabeza enorme –como la de una estatua–, el pelo gris, ensortijado. Debía rondar los setenta años. Algo en su apariencia, un reflejo hortera imposible de borrar, transparentaba las carencias, las dificultades que posiblemente aquel hombre había pasado en su infancia. Llevaba puesta una chaqueta de lino fino, gris. El reloj de pulsera que se le entrevía por la bocamanga debía costar una pasta. Un nuevo rico –pensó el inspector Montosa–, de esos que por su edad y, tal vez por su propia idiosincrasia, buscan parecerse a los viejos patricios romanos, en el caso de que aquel hombre supiera o le hubiera interesado alguna vez en su vida saber lo que era un patricio romano. Había sido maestro de escuela. Eso le llamó la atención. No lo parecía. Sí parecía que estaba acostumbrado a mandar, a que la gente le obedeciera.

—¿Su nombre es don Miguel González Canilla? —le preguntó el inspector Montosa.

El hombre asintió con la cabeza y, a continuación, tras estirar a la par ambos brazos hacia adelante, como si la chaqueta le quedara pequeña y le oprimiera, pronunció un "sí" rotundo, un "sí" de estar encantado de haberse conocido.

—Cuénteme, ¿cómo descubrió el cadáver de don Rafael Rubiales Sánchez? —le preguntó.

Don Miguel González hizo una narración de los hechos. Sin duda, era la enésima vez que la contaba. Hablaba de carrerilla, con cierta desgana.

—¿Entonces, a las siete de la mañana, aproximadamente, escuchó ladrar al perro, oyó gritos... y no se levantó a ver qué pasaba? —lo interrumpió.

—Así es, ¡para qué le voy a decir otra cosa! Mi mujer también los escuchó... Se despertó. Me dijo: Miguel, ¿qué son esos gritos?, y se volvió a dormir. No le di mayor importancia.

—¡No son cosas que sucedan todos los días por esa zona! —volvió a insistir el inspector Montosa.

—No, afortunadamente... —murmuró don Miguel González, esbozando una sonrisa.

—Digamos que tuvo miedo... —insinuó el inspector.

—Digamos que no me meto donde no me llaman —sentenció el interrogado.

Le enseñó una de las fotografías del cadáver.

—¿Y no lo reconoció? —le preguntó con cierta extrañeza—. Se conocen de toda la vida.

–Si no estás acostumbrado, un muerto impresiona –don Miguel González parecía haber trasmutado el tono de cinismo–. Un hombre tirado en el suelo, real, con la nuca medio destrozada, no de película... ¡Te deja tarumba! No lo reconocí. Después sí, por supuesto, pero hasta que el médico no lo movió un poco y el policía municipal dijo que era el concejal de urbanismo de Villanueva del Mar... Cuando lo vi tirado en el suelo, de espaldas, no lo reconocí. Luego, al acercarme, pensé: pero si parece Rafael Rubiales... No podía creérmelo. Había sido alumno mío, cuando pequeño.

–Ustedes tenían diferencias –le dijo.

–No nos hablábamos. Todo el mundo lo sabe.

–Miguel, ¿sigues con lo del tráfico de drogas? –le preguntó de pronto el comisario–. Tenías una narcolancha o algo así. Se te requisó...

Don Miguel González lo miró a los ojos. La pregunta no parecía haberle impresionado.

–Comprendo a dónde quiere ir –dijo lacónico, casi arrastrando las palabras–. Sabía que esto me iba a traer problemas... Hace años que dejé todo eso, que por lo demás, ¡no sé si se lo habrán dicho, porque aquí se dice todo, o por lo menos todo lo que puede joder al vecino!, no era más que una tontería de poca monta. Soy maestro de escuela. Durante varios años me dediqué a la enseñanza. Por cierto, Rafael Rubiales fue alumno mío. Ya se lo he dicho... Un niño espabilado y respondón. Un poco bruto. Y sí, tuve algún problema legal, cuando por aquí empezaban las cosas de la droga. Me echaron del magisterio. Tuve que reinventarme de nuevo. No sé si sabe lo que eso significa. Aprendí la lección. Ahora, desde hace años, me dedico a la construcción. Soy promotor, constructor... y mire, le voy a ser sincero, y no es que me alegre de lo que le han hecho al concejal, pero tampoco lo siento. A mí me jodió bien jodido... Cuatro años en la cárcel, por su culpa, por irse de la lengua ¡Cuatro años! Supongo que eso también lo habrá leído en mi expediente.

–¿Y qué falló en eso de la droga? –le preguntó el inspector.

–¡Qué sé yo! Ni siquiera me acuerdo. Supongo que no hice bien las cosas –sonrió irónico.

–¿A qué se refiere? –al inspector parecía interesarle el tema–. ¿Y qué falló? –volvió a preguntar.

Don Miguel González lo miró fijamente. Un rictus de amargura se le pintó en la cara. En ese momento, el inspector Montosa tuvo la impresión de que Miguel González era un hombre capaz de pensar por sí mismo y que no le apetecía nada recordar aquellos viejos tiempos.

–No sé. Tal vez fui demasiado ligero, demasiado transparente, y no supe medir... –Se calló un momento. Parecía estar pensando lo que iba a decir–. Mire, inspector –añadió poco después–, hace años de esto, pero por aquel entonces, fue como si el Estado, todo el aparato del Estado, el gobierno..., se hubiera aflojado de repente. Yo era joven, había aprobado las oposiciones a maestro. Tenía mi plaza aquí, en Villanueva del Mar, Franco acababa de morirse. No sé... Todo el mundo parecía haberse vuelto un poco loco... "Tonto el último en enriquecerse" Ya le digo... no sé... Dinero fácil. Una especie de falta de respeto, de falta de temor por mi parte. Es lo que había. Eso y la ambición es lo que había. Ahora sé que con el Estado hay que ser temeroso, pasar lo más desapercibido posible, no significarse haciendo tonterías... No sé si esta reflexión sirve para algo. Yo creo que a mí sí me ha servido. El Estado es eso frente a lo que hay que pasar inadvertido. No buscarle las cosquillas. Con la edad, uno se va haciendo anarquista, pero anarquista de los buenos, de los que no tiran bombas ni hacen chaladuras –añadió, mientras complacido esbozaba una amplia sonrisa.

–¡Tampoco con la nueva ordenación urbana era como para estarle agradecido a don Rafael Rubiales! –lo interrumpió el inspector–. Tal vez usted sea el constructor más perjudicado...

–Mire, inspector, yo no lo maté, si es eso lo que piensa –respondió don Miguel González como un rayo–. No sé si soy lo suficientemente malo para hacer eso, pero lo que sí le aseguro es que no soy lo suficientemente tonto. Lo de la droga ocurrió hace casi cuarenta años, lo de la narcolancha en realidad no fue más que un bote de mala muerte en el que por cuatro cochinas pesetas se me ocurrió pasar un poco de droga desde Marruecos. Por cierto, con la ayuda, entre otros, del Rafael Rubiales, que ya era un mozalbete; un mozalbete sin demasiados escrúpulos, muy osado. Ya apuntaba maneras..., pero todo eso está más que olvidado. Tiempo ha pasado para desahogarse, ¿no le parece? Que después el Rafael, tan echado *palante* se asustara, que se fuera de la lengua, que por su culpa me detuvieran y me expulsaran del Magisterio... Se trataba de un muchacho. Eso dijeron. En cuanto a la a la construcción... Entre nosotros no nos matamos. Nos reunimos a veces, tomamos un café o una copa, maldecimos las ordenanzas y los costes de la seguridad social, las tonterías de los sindicatos..., y nos odiamos sórdidamente unos a otros, pero con educación y una buena sonrisa en los labios. Lo normal.

–Yo no he dicho que pensara eso... –volvió a interrumpirlo–. Por cierto, ¿quién cree que pudo hacerlo? Necesito su ayuda.

–¡Puf! –exclamó don Miguel González–. No sé si seguía con lo de la droga, porque este también tuvo sus cositas... Yo creo que no... Entre los promotores y constructores no tenía demasiados amigos y el Ayuntamiento es una olla a presión a punto de estallar. Hasta de acoso laboral lo habían denunciado..., y él, mientras tanto, de comidas con unos y otros todos los días... No se privaba de nada. Supongo que también tendría sus problemas familiares... Estas cosas nunca se saben... Digamos que nunca fue un casto esposo ¡Vamos, por lo que he oído! Todo el mundo sabe que le gustaban más unas faldas que a un tonto un lápiz... Estaba peleado a muerte con los miembros de la anterior corporación minicipal. Rencillas, demasiadas rencillas... ¡qué sé yo! Lo que quiero es que me dejen en paz. Ni me meto con nadie, ni quiero que nadie se meta conmigo. ¡Me comprende! Lo mío es trabajar y crear riqueza. Siempre dentro de la ley, que para eso está. Yo respeto las cosas del Estado. Ya se lo he dicho. Fuera de la ley no hay futuro.

–Bien, vamos a dejarlo por ahora –concluyó el inspector Montosa–. Si se acuerda de algo, de lo que decían los gritos que oyó, no sé, de cualquier cosa, hágamelo saber.

Se despidieron, incluso se levantó de su asiento y le dio la mano. Visto de espalda, al salir, le pareció que el aprendiz de patricio romano, en realidad, y eso era lo que lo delataba, de joven había sido un gladiador, un púgil que posiblemente se había batido en los circos más extraños, en los más abyectos y canallas. No podía imaginárselo como maestro de escuela y, sin embargo, había algo en su porte que rezumaba sabiduría. Sin duda, aquel hombre se tomaba en serio a sí mismo.

Poco después, ya a solas, se acercó a la pantalla del ordenador. El correo con el resultado de la autopsia aún no había entrado. Consultó el reloj. Las diez de la mañana. Debía empezar a redactar el informe para la jueza. Al final, cuando llegara, le añadiría el resultado del estudio forense. Apenas había empezado a teclear, cuando entró un policía municipal con el informe que ellos mismos habían hecho sobre el caso. Lo leyó. Lo añadiría a su propio informe. Sonó el móvil. Era su hijo. Aquella mañana no había ido al colegio porque tenía fiebre.

—¿Vas a venir este fin de semana? —le preguntó el niño.

—Anda, pásame con la abuela... —le respondió.

Su madre le confirmó lo de la fiebre. Una infección de garganta sin importancia. Al día siguiente, de ir todo bien, volvería al colegio.

—Deberías pasar más tiempo con tu hijo. Te necesita —le reprochó la madre.

—¿Y qué hago? ¿Me multiplico...? —murmuró con resignación.

—Cuando empiecen las vacaciones, te lo voy a mandar en autobús —le advirtió la madre—, que esté contigo por lo menos unos días.

—Pero yo estoy muy liado, apenas paro en casa. Mientras no se cierre el caso... este del concejal que han matado en Villanueva del Mar, no podré volver con vosotros. Es mi trabajo, soy policía y vivo solo. Además, aquí en Villanueva, estoy quedándome en un apartamento pequeño, ya lo sabes. Solo hay una cama. No puedo. Ya iré yo cuando esto acabe... Nada es eterno.

—Pues tendrás que hacer un poder —sentenció la madre—. Es lo que hay.

—Veré lo que puedo hacer —dijo con resignación, antes de despedirse.

Sabía que los designios de su madre resultaban inapelables; juiciosos e inapelables. Llevaba razón. Se imaginó durmiendo en el sofá del apartamento en el que vivía, durante los días que el niño estuviera con él. Tendría que buscar alguna actividad que el niño pudiera hacer por la mañana, algo que lo tuviera entretenido, mientras él estaba trabajando. Consultaría en el Club del puerto deportivo. Tal vez allí organicen actividades marítimas para los niños durante las vacaciones: navegar, aprender a nadar... —se dijo a sí mismo—. Debía preguntarlo, informarse bien. No tenía tanto tiempo por delante y, al margen del engorro, la idea de pasar unos días con su hijo le agradaba. Era como un estímulo. Volvió a consultar el ordenador, buscando el resultado de la autopsia. Por fin, el informe había llegado. Lo leyó con detenimiento, intentando visualizar mentalmente algunas de sus conclusiones. Se imaginó la secuencia de golpes, el ensañamiento, la brutalidad con la que habían acabado con la vida del concejal de Villanueva del Mar. Le pareció oír el crujido de los huesos del cuello al romperse. Le dio repelús. Un rato después, el inspector Montosa echó una última ojeada al informe que acababa de redactar. "¡A ver qué dice esa María sabidilla!" —murmuró para sus adentros.

Llegó al juzgado pasadas las dos y media. Los funcionarios estaban recogiendo sus cosas para salir. Preguntó dónde se encontraba el despacho de la jueza. Una funcionaria —el brazo lleno de pulseras, las uñas de las manos rojo rubí— le señaló el fondo del pasillo. "La última puerta a la derecha" —dijo—. Se dirigió hacia donde le había dicho. Golpeó con los nudillos en la puerta.

—¡Adelante! —gritó una voz desde el interior.

Era la jueza. También ella parecía a punto de salir.

—¿Va a salir, señoría? —le preguntó, mientras le entregaba el informe—. Es el informe...

—Iba a salir —corroboró la jueza—, pero primero le echaré un vistazo a lo que usted me trae.

La jueza volvió a su asiento en la mesa del despacho y, con sumo cuidado, como si se tratara de una prueba fragilísima, abrió el sobre y comenzó a leer:

"Villanueva del Mar, 16 de mayo de 2019.

A la atención de: Doña María Rivera de Mendoza, juez de primera instancia e instrucción de Villanueva del Mar.

El presente Informe se presenta en el despacho de Doña María Rivera de Mendoza, a la que se le entrega en manos propias.

Objeto del Informe: muerte violenta de don Rafael Rubiales Sánchez, vecino de Villanueva del Mar y Teniente de Alcalde y Concejal de personal, urbanismo y playas de su Ayuntamiento.

A las 8:15 horas del día 15 de mayo del año en curso y respondiendo a una comunicación telefónica de la policía local de Villanueva del Mar nos dirigimos a dicha localidad, donde conducidos por la propia policía local que nos aguardaba a la entrada del pueblo nos encaminamos al paraje conocido como el Tomillar, allí, a unos seiscientos metros de la antigua carretera, en una zona urbanizada, nos encontramos el cuerpo sin vida del fenecido. A partir de ese momento (9 horas, aproximadamente), y tras dar las órdenes oportunas en el sentido de acordonar la zona e impedir el paso de cualquier persona o vehículo, junto con la científica, me dirigí a inspeccionar el cadáver y el lugar de los hechos.

A unos sesenta metros de donde se encontraba el cadáver había un coche Renault Captur blanco, matrícula 6593 JFR, con la puerta del conductor abierta, el motor arrancado y las luces encendidas, que resultó ser propiedad del fenecido.

Se adjuntan imágenes del lugar de los hechos, del cuerpo del fenecido y del Renault Captur, así como de cuatro vallas metálicas de las que se usan para delimitar obras, que se hallaban delante del Renault.

El cadáver fue encontrado a las 8 horas por don Miguel González Canilla, vecino del lugar, quien según nos informa, salió de su casa (reside justo al lado de donde apareció el coche Renault), como hace todos los días a esa hora, a pasear con el perro. Le extrañó encontrarse con el susodicho Renault aparcado a la puerta de su casa, con la puerta del conductor abierta y las luces encendidas, así como con las también referidas cuatro vallas. Pensó en regresar a la casa y avisar desde allí a la policía local, pero para entonces el perro que ladraba enloquecido se le había escapado, lo que lo obligó a seguir adelante para cogerlo. Poco después, a unos sesenta metros de su casa, tras pasar un pequeño recodo, se encontró con el perro que estaba husmeando el cuerpo de un hombre bocabajo, inmóvil, con heridas sangrantes en la cabeza, al que al principio no reconoció. En ese instante volvió a su casa y llamó al 061.

Según informa el mismo vecino, aproximadamente a las 7 o poco más de esa misma mañana, el perro comenzó a ladrar y le pareció oír gritos, pero no le dio importancia y siguió en la cama.

Fue el médico del 061, al que acompañaba la policía local, el que comprobó que el hombre se encontraba cadáver, siendo en ese momento cuando se dieron cuenta de la identidad del fallecido.

A las 12 horas, doña María Rivera de Mendoza, Juez de primera instancia e instrucción de Villanueva del Mar, se personó en el lugar de los hechos. Poco después, tras tener en cuenta las consideraciones de la policía científica, ordenó trasladar el cadáver al Instituto Forense con el fin de que se le realizara la pertinente autopsia.

Una vez retirado el cadáver del lugar, en el sentido señalado, ordeno trasladar las cuatro vallas y el coche Renault Captur blanco, matrícula 6593 JFR, a dependencias judiciales, para su estudio y búsqueda de cualquier huella o indicio que pudiera ayudar a aclarar los hechos sucedidos. De igual modo, la policía científica traslada para su custodia y estudio restos y diversos materiales hallados en el escenario de los hechos.

Según las primeras pesquisas realizadas, don Rafael Rubiales Sánchez había salido de su casa, como todas las mañanas, a las 6:50 horas, aproximadamente, con el fin de dirigirse a su trabajo, una zona de invernaderos conocida como Paraje del Cortijo Blanco, situada a unos tres kilómetros de Villanueva del Mar en dirección a poniente. Allí el finiquitado era dueño de varios invernaderos. Al poco de salir de su casa, debió encontrar el camino cortado por las cuatro vallas metálicas, a las que hemos hecho referencia, entonces suponemos que se bajó del coche que conducía con la intención de retirar las vallas y poder pasar. Posiblemente en ese momento debió ser golpeado fuertemente por detrás con un objeto contundente (según el informe de la autopsia que se adjunta recibió por lo menos un golpe en las piernas, un par de golpes en las entrepiernas, tres golpes en la cabeza y uno en la nuca), trató de huir, pero al poco, unos sesenta metros más adelante, se desplomó. Entonces el agresor o los agresores, al estilo "mata león", lo estrangularon con el antebrazo, siendo esa la causa real de su muerte.

Atentamente,

Carlos Montosa Guerrero, Inspector de la Policía Judicial de la Comandancia de la Capital"

—¡Uhmm...! —musitó la jueza, al terminar de leer el Informe, con la mirada fija en el inspector, que a la sazón había estado de pie todo el rato—. ¿Por qué no se ha sentado? —le preguntó.

—¿Qué le parece, señoría? —preguntó a su vez el inspector Montosa.

—Bien. Está claro —respondió la jueza—. Alguna falta de ortografía... No, de ortografía no, en el uso correcto de los términos —observó a continuación, corrigiéndose.

—Es bueno tener alguna falta, aunque sea de ortografía —murmuró el inspector Montosa.

La jueza lo miró sorprendida.

—Bueno, tenemos un filósofo... —exclamó—. A lo que me refería es que, en lugar de la juez, por ejemplo, puede referirse a mí como la jueza María Rivera de Mendoza, Jueza de primera instancia e instrucción... No tiene importancia.

—¡No se dice la presidenta, ni la sol, ni el luna, ni... —insistió el inspector.

—Siéntate, por favor —terció la jueza, que pareció ignorar su comentario—. Mejor ahora nos tuteamos... Por cierto, ¿qué es eso del estilo "mata león"? —le preguntó intrigada.

El inspector Montosa pensó que se estaba comportando como un gilipollas, como esos adolescentes que quieren aparentar que son los más listos de la clase. Tenía que arreglarlo.

—Es una técnica de combate que viene de las artes marciales —respondió el inspector Montosa, encantado con la pregunta. El comentario que había hecho un momento antes, le había dejado mal sabor de boca—. Estrangulan la carótida y, en este caso, además, según los resultados de la autopsia, le rompieron la tráquea, el cuello... Por eso, murió por asfixia.

—Entiendo... —murmuró la jueza—. En fin, ¡un caso complejo! —exclamó a continuación—. Político, laboral, empresarial, familiar, personal... Demasiados campos abiertos... ¿Cómo lo ves?

—Al principio todos los casos parecen un laberinto sin salida, un puzle enloquecido, hasta que por fin encuentras una pieza que encaja con otra, y otra con otra —respondió Montosa—. Y al final, de lo que parecía caótico, surge una figura que tiene sentido. Lo difícil, al comienzo, es averiguar lo que es o no es una pieza del puzle. Así es como actúa la policía. Lo demás, como su señoría sabe, son novelas y películas.

—Habíamos quedado en tutearnos... Bueno, pues habrá que centrarse en la búsqueda de esas piezas —concluyó la jueza. Pienso pedir la colaboración de la Unidad Central Operativa.

—No parece descabellado —asintió Carlos Montosa—. Hay que estudiar bien esas vallas que encontramos tiradas en el suelo, el coche del concejal, los restos biológicos; rastrear las llamadas telefónicas —cientos, tal vez miles...— que se hicieron en la zona en las horas próximas al asesinato, visionar cámaras de seguridad, interrogar a mucha gente. La UCO nos vendrá muy bien. Este pueblo es un volcán a punto de estallar, según estoy comprobando, y los jefes se ponen nerviosos si no se les ofrecen resultados. Como su señoría ha dicho, demasiados intereses económicos, políticos... Algunos constructores y promotores se habían visto seriamente afectados por el nuevo Plan de urbanismo... ¡Mucho dinero!

—Puedes tutearme, por lo menos aquí dentro. Ya se lo he dicho, o sea ya te lo he dicho. No me gusta la pomposidad. Se pierde mucho tiempo con la retórica de tanto miramiento... Por supuesto, quiero un informe en mi despacho, lo antes posible, de todas las pesquisas que se vayan realizando —concluyó la jueza—. Esta misma tarde he citado para declarar a la familia del fallecido y al alcalde de Villanueva del Mar. Me parece que estaría bien que nos reuniéramos por lo menos cada dos días, aquí, en mi despacho. Hay que ir coordinando las actuaciones. Por cierto, ¿sospechas de alguien en concreto?

—Hay un constructor que... ¡no sé! Me refiero al que descubrió el cadáver. Miguel González Canilla, ese es su nombre —respondió el inspector Montosa.

—¿Podía ser una pieza del puzle ese al que hiciste referencia?

—¡Ah, la teoría del puzle! —exclamó el inspector—. Y hay otro, uno que trabajaba en el ayuntamiento. Un enchufado... Perdió el empleo, cuando entró la nueva corporación. Se llama Antonio Baena. Hay testigos de que amenazó al concejal con matarlo.

—Daré las órdenes para que se le investigue a los dos. Sus movimientos, sus cuentas corrientes, lo que hicieron o dejaron de hacer en esos días... Lo espero pasado mañana en mi despacho —concluyó súbitamente la jueza.

—Perfecto —asintió el inspector Montosa.

Se despidieron poco después. Ya en la calle, Montosa consultó el reloj. No sería fácil encontrar un lugar para picar algo a aquellas horas. Tenía hambre y tenía calor. Cerca de allí, en la taberna de Curro, tal vez todavía podría encontrar sitio libre para comer. La conoció nada más llegar. Se la habían recomendado en el cuartel de la Guardia Civil. Comida casera, de cuchara. Buen precio. No demasiado ruidosa. Con pasos decididos, cruzó la acera, y, ya frente al edificio del Juzgado, giró a la derecha, por una bocacalle estrecha, ensombrecida por la neblina que aún persistía. Unos metros más adelante se encontraba la taberna. Quedaba una mesa libre. Buena suerte –se dijo, animándose a sí mismo–. Pidió una cerveza, mientras le servían la comida. Extrañamente, a pesar de lo concurrido del local, el ruido de las voces era soportable. Llegó el camarero con el gazpacho y el filete de ternera que había pedido. En la entrada del comedor, vio que la jueza estaba conversando con uno de los camareros. Sin duda, también ella buscaba un sitio para comer. Le hizo una señal con la mano, ofreciéndole compartir su mesa.

–Te lo agradezco –le dijo María Rivera, poco después, una vez que el camarero la hubo acomodado en la mesa–, a estas horas es difícil encontrar sitio libre para comer. Vengo mucho por aquí. Me coge cerca del juzgado.

Pidió una ensalada y un muslo de pollo en salsa.

–Ah, y me pone una copa de rioja –le dijo al camarero, que ya estaba a punto de marcharse.

–Con tu permiso, yo voy a seguir comiendo, que el filete se enfría –comentó Carlos Montosa.

María Rivera sonrió con aquiescencia.

–¡Claro! –exclamó, con tono de disculpa–. ¡Qué luz tan extraña tiene el día de hoy! –añadió, con la intención de iniciar la conversación de alguna manera. No iban a estar sentados uno al lado del otro, callados como dos pasmarotes.

En ese momento sonó el móvil del Inspector.

—Sí, Carlos, dime... —dijo con tono paternal—. Perdona, es mi hijo —añadió a continuación, ahuecando la voz y dirigiéndose a la jueza—. ¿Estás mejor?

María Rivera escuchó una voz infantil, apagada, al otro lado del teléfono. No entendió lo que decía, tampoco se esforzó. No le parecía decoroso.

Carlos Montosa se estaba riendo.

—Sí, sí... —murmuraba.

Llegó el camarero con el pollo en salsa y la ensalada, a la que roció con una ligera capa de aceite de oliva. Olía bien.

Carlos Montosa continuaba riéndose, atento a la voz del niño.

—Pues mañana al colegio —concluyó—. Dile a la abuelita que intentaré estar ahí en cuanto me sea posible, en cuanto acabe con los malos. Sí, te lo prometo... No, no tengo los dedos cruzados... Un beso, campeón... Bueno, si te lo ha dicho la abuela —añadió poco después, ya más serio. Sin duda el niño acababa de comentarle alguna cosa—. En fin, a ver cómo lo arreglo, para que puedas venir aquí algunos días de vacaciones, durante la semana blanca... Sí, sí, lo pasaremos muy bien, saldremos a pescar. No, ballenas, no... Sí, mar si hay, un mar grande, más grande que lo que te puedas imaginar. Te gustará. Un beso, campeón.

Se quedó un momento en silencio, pensativo, con el móvil aún en la mano.

—Definitivamente, se te va a enfriar esa carne —le comentó María Rivera.

—Es mi hijo Carlos —se justificó Carlos Montosa. Los ojos le brillaban de satisfacción— ¡Seis añitos...! ¡Un figura! Tengo la patria potestad, y ya ves, el trabajo lo hace mi madre. Ejercer la paternidad y ser policía a veces resulta difícil de compaginar.

—¿Estás separado? —le preguntó María Rivera.

El Inspector asintió.

—¿Te concedieron la patria potestad? —preguntó extrañada.

El Inspector volvió a asentir.

—Sí, señoría, precisamente una jueza. Entendió que así sería mejor para el niño —le dijo esbozando una sonrisa—, y aquí estoy, intentando llevarlo lo mejor que puedo—. Y tú, ¿tienes hijos? —le preguntó.

No esperaba una pregunta tan personal, tan directa. Le dio un pequeño sorbo a la copa de vino, mientras miraba fijamente a los ojos del inspector, que masticaba lentamente el trozo de carne que acababa de meterse en la boca.

—No tengo hijos —asintió categórica, con un tono entre altivo y tímido.

—¿Y pareja? —ya fuera por la deformación de su oficio o por la razón que fuera, el policía preguntaba sin recato.

Se sintió incomoda. La había cogido con un trozo de tomate de la ensalada en la boca. Lo deglutió lo mejor que pudo y volvió a acercarse la copa de vino a los labios. Estaba pensando cómo decirle que prefería obviar las preguntas personales, que no le parecían procedentes.

—Yo me separé. Un desastre... —comentó Carlos Montosa, sin esperar su respuesta y ofreciéndole la mejor de sus sonrisas.

—No, no tengo pareja —dijo por fin María Rivera, con

la copa de vino todavía en la mano, después de dar un sorbo.

Poco después, la jueza pagó la cuenta. Era su cumpleaños, le dijo. Quería celebrarlo. El policía no le preguntó cuántos años había cumplido. El descaro con el que solía hacer sus preguntas, por las razones que fuera, no había seguido adelante. Aún era joven; en el fondo, aunque no hacía gala, se vanagloriaba de ello, así que no le hubiera desagradado decir al policía los años que había cumplido. Después, salieron juntos, y ya en la calle, cada uno se fue hacia su trabajo.

Cuando la jueza volvió a su despacho, tras el almuerzo, la esposa y la hija de don Rafael Rubiales, el edil asesinado, la estaban aguardando, lo mismo que el Alcalde de Villanueva del Mar. Recibió primero a los familiares, que confirmaron algunos de los datos que ya constaban en el sumario. Rafael había salido de su casa a las siete de la mañana, como todos los días. Se levantaba a las seis y media, se duchaba, se tomaba un café... No habían notado nada extraño, nada que les hubiera llamado la atención, algo distinto a lo habitual. A las dos, como siempre, las despertaron los ladridos del perro, un yorkshire terrier, blanquito, pequeño y nervioso, que tenía la costumbre de pasar la noche acurrucado en la puerta del dormitorio de Rafael, y que parecía saludarle el nuevo día con su concierto de ladridos.

—Entiendo que no dormían juntos... —la jueza se dirigió a la mujer del fenecido. Era una mujer de mediana estatura, bien proporcionada, de una belleza serena, apacible, zarandeada sin duda por los avatares del tiempo—. ¿Había alguna razón?

La mujer que parecía ensimismada, la miró fijamente a los ojos. Fue solo un instante.

—No quería despertarme... —dijo sin demasiada convicción.

—Desde hace algunos años, dormían separados —intervino la hija—. Mamá, es mejor hablar claro —añadió, dirigiéndose a la madre.

—¿Por alguna razón que nos convendría saber? —preguntó la jueza, que se empeñaba en buscar las palabras justas—. Por cierto, se habrán fijado que la declaración está siendo grabada. Es preferible...

—Cosas de los matrimonios... Demasiados años juntos. Estábamos acostumbrados... —musitó la hija.

—Vivíamos separados... —la interrumpió la madre; la voz firme, aunque apagada.

—Digamos que mi padre no siempre le fue fiel... —aclaró la hija, con tono didáctico—, pero ya se lo he dicho: estábamos acostumbrados, nada nuevo... Mire, señoría, mi padre era una persona honesta, íntegra, de las pocas que quedan en este asqueroso pueblo de mercachifles y traficantes... Ahí sí que habría que buscar. Lo otro son cosas íntimas, de matrimonio. Cosas que pasan. Le gustaban las mujeres, eso es todo. No es nada nuevo y tampoco es que mi padre estuviera por ahí con unas y otras... Algún desliz antiguo, nada más. No fue eso lo que mató a mi padre. La política y sus mezquinos intereses, el dinero... Eso fue lo que mató a mi padre.

—¿Sospechan de alguien? —preguntó la jueza.

—De alguien, en concreto, no —confirmó la hija—, pero en un pueblo como este, aunque sea grande, al final acaba por saberse todo. Seguro que hubo algún complot, la muerte fue premeditada. Mientras cenábamos, la noche anterior a su muerte, me contó que esa mañana, al poco de salir con el coche para los invernaderos, se encontró el camino cortado por una valla, a la que tuvo que sortear... Parece claro que hubo premeditación en el crimen, premeditación y alevosía, que no fue un encuentro casual, que los que lo hicieron sabían lo que estaban haciendo, sabían a qué hora iba a salir de la casa, por donde pasaría, que iba solo...

—¿Unos sicarios? —se interesó la jueza.

—Puede ser... Gente pagada, de fuera... —asintió la hija—. En Villanueva no creo que haya nadie con los suficientes..., con agallas suficientes para matar con sus propias manos a mi padre —añadió, satisfecha, orgullosa de lo que acababa de decir, mirando de reojo a su madre, como si buscara su complicidad, mientras la madre permanecía cabizbaja, ensimismada.

Poco después, la jueza despidió a las dos mujeres. "Cualquier cosa que se les ocurra, que recuerden... háganmela saber. No podemos dejar cabos sueltos" —les dijo—. La viuda del teniente de alcalde, de pie, en la puerta del despacho de la jueza, parecía una mujer distinta a la que un momento antes había estado sentada delante de su mesa, como si de pronto hubiera recobrado una desvencijada entereza, casi olvidada. La hija tenía los ojos enrojecidos. Hacía esfuerzos para no romper en llanto.

El Alcalde, seco y circunspecto al principio —se notaba que se tomaba en serio el papel de alcalde—, pronto se ablandó. Más que un colaborador, un compañero de corporación, su teniente de alcalde y hombre de confianza —dijo, con la voz a punto de quebrarse—, había perdido a un amigo. Reconoció que existía un ambiente de hostilidad brutal, irrespirable, en el Ayuntamiento, a consecuencia de las actuaciones del equipo de gobierno, tras veintiocho años de gobierno de la anterior corporación. Rafael se enfrentaba a pecho descubierto a todo el mundo, en una cruzada contra la red clientelar del anterior gobierno municipal. Las injusticias lo enervaban. ¿Sabe usted que, como concejal, no cobraba ningún sueldo del Ayuntamiento, que vivía de su trabajo en los invernaderos? Es cierto –reconoció– que nos habíamos cargado el anterior Plan General de Ordenación Urbana y que Rafael era concejal de Urbanismo y de Personal, y había sacado a concurso público dieciséis plazas ocupadas por trabajadores que no habían aprobado la oposición necesaria, enchufados de la anterior corporación. De hecho, varios trabajadores lo habían acusado de acoso laboral.

–¿Cree usted que algunas de esas actuaciones pudo influir en su muerte? –le preguntó asépticamente la jueza.

–¡Puff! –exclamó el alcalde, como si se desinflara–. ¡Defender el litoral del ataque urbanístico y sacar a concurso todas esas plazas...! En este municipio se mueven muchos intereses económicos, es cierto. La muerte del concejal nos quita la mayoría, quedamos en empate con la oposición, aunque podamos usar a nuestro favor mi voto de calidad, como alcalde. Pero no creo que, ahora, teniendo en cuenta lo que ha sucedido, se atrevan a proponer un cambio de gobierno. Hay nuevas elecciones municipales a un año vista... Si esta misma pregunta se me hubiera hecho hace un año... No sé, pero ahora... No hay ningún conflicto reciente que haya protagonizado el concejal, pero algunos de los del anterior gobierno municipal son tan rencorosos... La red clientelar era tan tupida. ¡No sé, no sé qué pensar!

El Alcalde dio un trago a una botellita de agua que llevaba.

–Se me seca la boca –dijo, paladeando profundamente.

–Nadie, y menos en un caso como este, da puntadas sin hilo –la jueza echó manos del refranero–. Por cierto, ¿usted debe conocer a don Miguel González Canilla, el constructor?

–¡Claro! –confirmó el alcalde–. Una mala bestia. Listo y silencioso... Muy precavido. Nos ha dado muchos problemas. Era maestro y lo echaron del Magisterio por un asunto de narcotráfico. Sabe resistir. Cuando salió de la cárcel, comenzó con la construcción, cosas a pequeña escala. Ahora es el hombre más rico de Villanueva del Mar. Ha amasado una fortuna. Ese no da, como usted dice, puntadas sin hilo. A la chita callando. Ni su mano izquierda sabe lo que hace su mano derecha. Ha perdido mucho dinero con el nuevo Plan de Ordenación Urbana.

–¿Lo cree capaz de matar por eso? –le preguntó la jueza.

–Yo ya no sé qué creer. Desde luego, alguien ha sido capaz...

–¿Y el concurso público para cubrir las plazas...? –lo interrumpió la jueza.

–Cierto, cierto... –asintió el alcalde, que acababa de dar otro trago a la botella–. Siempre hay trabajadores más exaltados, gente que pierde pronto los estribos. Son dieciséis plazas, dieciséis personas que pueden perder su puesto de trabajo... Y también la verdad es que muchos de nuestros constructores y promotores no son precisamente ciudadanos modélicos, más aún cuando el nuevo Plan de Urbanismo deja ciertas expectativas económicas fuera. Es lo que tiene el enriquecimiento rápido, bordeando la ley y los intereses comunales. Y no me refiero solo a don Miguel González. Después tenemos el factor personal –añadió el alcalde, que parecía estar hilvanando un dietario de posibles resentidos–, esas cosas que pasan en los pueblos... ¡Ya sabe!

–¿Y qué es lo que pasa en los pueblos? –se interesó la jueza.

–Los pueblos son como un volcán. Las historias personales crean grandes tensiones que se ocultan, hasta que llega un momento en el que el volcán estalla.

–Usted dice que era amigo personal de Rafael, así que debe saber... –insistió la jueza.

–Cierto, cierto... –volvió a asentir el alcalde–, pero ahora, que yo sepa, estaba todo tranquilo... Había tenido problemas con su mujer, cosas de celos. Carmen, la mujer, aunque parezca lo contrario, es una mujer de carácter, ¡con un pronto...! y él había tenido algunas aventurillas amorosas..., pero, ahora, ya le digo, todo parecía haberse calmado. Bueno, y por qué no... –concluyó el inventario, elevando a la par ambos brazos, como si lo que iba a decir fuera algo que inevitablemente, como un teorema, se deducía de lo ya dicho–, algún cornudo celoso...

–Que por supuesto usted conoce... –lo interrumpió la jueza.

–No crea, señoría ¡Ya sabe!, estas cosas... –el alcalde parecía que se había trastabillado–, a veces no son lo que parecen y...

–Así es –resolvió la jueza, que no parecía estar dispuesta a perder inútilmente el tiempo–, a veces no son lo que parecen y a veces las que no parecen sí lo son... Por supuesto, le estoy pidiendo nombres y apellidos. Esto no es un cotilleo entre vecinos, sino una declaración ante la jueza, en toda regla.

El alcalde se irguió en su asiento y dio un nuevo trago a la botella de agua que llevaba. Respiró profundo, lentamente. Estaba pensando, sin duda medía el alcance de las palabras que iba a decir. Por fin, dio varios nombres.

—No sé, no sé... A lo mejor algunos de estos ni siquiera saben lo de sus mujeres. Hay que ser prudente.

La jueza sonrió en silencio.

—¿Conoce a Antonio Baena? —le preguntó de repente.

—¡El Antoñito de los cojones! —exclamó el alcalde—. Perdone la expresión, señoría, pero ese además de tonto es un exaltado, un sin luces. Claro que lo conozco, en Villanueva lo conoce todo el mundo. Es un hombre que pierde fácilmente los estribos. Era uno de los enchufados de la anterior corporación, un inútil que solo sirve para el trabajo sucio; si es que sirve... No sé exactamente qué trabajo hacía en el Ayuntamiento, pero ¡vamos! no es una excepción. Mi opinión es que al Antonio Baena, lo mismo que a algún otro, lo enchufaron para quitarse alguna clase de problema de encima. Eso se rumoreaba... que había amenazado a uno de los concejales, y, total, un sueldo más; un sueldo que pagaba el erario público. Esas cosas a Rafael lo enervaban.

—Dicen que también amenazó al teniente alcalde, que lo iba a matar de un tiro...

—Sí, es cierto. Yo lo oí. Fue cuando se convocó el concurso público... Ahora, mientras se resuelve el concurso; o sea, mientras este descerebrado se va a la calle... está de baja médica por no sé qué... Así funcionan las cosas.

—¿Lo cree capaz de cumplir su amenaza? —le preguntó la jueza.

—¿Solo o acompañado? —replicó el alcalde— Lo digo porque el asesinato de Rafael ha sido premeditado y bien calculado. Estoy seguro. De lo que no estoy tan seguro es de que Antonio Baena sea capaz de premeditar y calcular fríamente una cosa así.

Poco después, el alcalde firmó la declaración que había hecho. La jueza lo despidió en la puerta de su despacho. Le pareció que, tratándose de una autoridad, era lo correcto.

—Haga un listado de constructores y promotores afectados por el nuevo Plan de Ordenación Urbana, y me lo hace llegar —le dijo antes de marcharse.

Tenía que poner en orden todo aquello. La idea de una reunión en la que estuvieran los responsables de la policía municipal, de la policía judicial y de la UCO podría facilitar las cosas. Debía pensarlo y, por qué no, consultarlo antes con su padre. No quería pasar a los ojos de la policía como una jueza novata que todo lo retrasa y lo enreda.

Aquella misma tarde también recibió en su despacho al líder sindical del Ayuntamiento de Villanueva del Mar. Él mismo había solicitado la comparecencia. Parecía preocupado. La idea de que se pudiera sospechar de algún empleado municipal, incluido, por supuesto, de todos los que tras la convocatoria pública de empleo veían peligrar seriamente sus puestos de trabajo en el Ayuntamiento, lo enervaba. Eran trabajadores, defendían sus derechos, el pan de sus hijos..., pero no eran unos asesinos —repitió varias veces, ligeramente exaltado.

—Lo comprendo —dijo la jueza—, pero no creo que venga usted aquí para hablarme de los derechos de esos trabajadores.

—Lo siento —se disculpó el sindicalista—, pero alguien tiene que hablar claro, al respecto... Que don Rafael Rubiales no era santo de devoción de algunos empleados, sobre todo de los que se ven seriamente amenazados por la convocatoria pública de empleo, eso es así, no se puede cambiar... Hay que entenderlo.

—Hubo incluso algunas amenazas de muerte –le recordó la jueza.

—Perro ladrador, poco mordedor... –recitó el sindicalista, mientras intentaba inútilmente agrandarse el cuello de la camisa sin desabrocharse ningún botón de la misma. Estaba sudando–. La gente grita, se exalta, qué culpa tienen ellos si la anterior corporación decidió contratar a dedo, por decirlo de algún modo; que tampoco fue así... ¡eh!, del mismo modo que de ninguna manera todos eran sobrinos, cuñadas o conocidos de tal o cual concejal... Y se exaltan, y a algunos se les escapan algunas tonterías... En los pueblos de por aquí, se habla de esa manera, palabras gruesa, parece que se va a acabar el mundo, que va a correr un río de sangre y, luego, nada, aquí paz y en el cielo gloria. El asesino de don Rafael no trabaja en el Ayuntamiento de Villanueva del Mar. Estoy seguro.

—¿Y dónde trabaja? –le preguntó la jueza.

—Yo qué sé dónde trabaja y si es que trabaja. No soy policía... Tal vez se debería investigar a algunos de esos que el nuevo plan de Urbanismo, el que impulsó don Rafael, los dejó en la estacada. Aquí llegaron a comprarse fanegas y fanegas de tierra, cerca de la costa, auténticos pedregales que hace unos años no valían ni un duro, con la intención de urbanizar esos terrenos y sacarles sus buenos réditos... ¡Imagínese, señoría! Yo buscaría por ahí...

—¿Conoce a don Miguel González Canilla?

—Por supuesto, don Miguel. Fue maestro mío, en la escuela, cuando yo era pequeño. ¡Quién no lo conoce...!

–Él es constructor y promotor. ¿Lo cree capaz...? –lo interrumpió la jueza.

–No me refería a don Miguel. Él no necesita meterse en esa clase de berenjenales. Tiene dinero, vive muy bien. A su manera, ha hecho mucho por el pueblo. ¿Sabe que el campo de futbol lleva su nombre? Lo pagó él. ¡Claro que eso sucedía con la anterior corporación...! Bueno, no sé si sabe que también hay cosas en la vida privada de don Rafael Rubiales, que tampoco son para ponerle velas –añadió, cambiando de tema–. En los pueblos se sabe todo...

–¿A qué se refiere? –se interesó la jueza.

El sindicalista había sacado un pañuelo del bolsillo y se limpiaba en aquel momento el sudor de la frente.

–¡Qué verano nos aguarda! –exclamó–. Esto es el cambio climático, antes no era así... Que si copitas por aquí, comiditas por allá... le gustaba la buena vida, disfrutar de esto y lo otro...

–¿Y qué es lo otro? –lo atajó la jueza.

La miró a los ojos un momento y, a continuación, volvió a pasarse el pañuelo por la frente.

–Ya sabe usted, señoría... Dicen que le gustaban demasiado las mujeres, sobre todo las de los otros.

–¿Cree usted que algún marido despechado...?

–O alguna esposa dolorida –ahora fue el sindicalista quien la interrumpió–, que doña Carmen, Carmen Ibarra, la esposa del concejal, tiene mucho genio. Es callada, reservada, muy inteligente, pero... ¿Sabe su señoría que da clases de matemáticas en el instituto de Villanueva? –añadió, como si le revelara el secreto mejor guardado.

–Se habría valido de algún sicario, algún asesino a suelo –comentó la jueza–. Eso vale un dinero...

—En eso coincido con su señoría —declaró orgulloso el sindicalista—. El asesino, sea quien sea, se ha valido de un sicario. Aquí no hay coj..., valor para acabar con la vida de don Rafael —se corrigió el sindicalista—. De eso estoy seguro. Pero lo que yo quería dejar bien claro —añadió a continuación, como si de pronto se hubiera dado cuenta de que estaba desviándose del verdadero motivo de su comparecencia—, pero muy claro, es que ningún empleado municipal está implicado en este asunto. Es más, si su señoría lo estima necesario, todos, sin excepción, están dispuestos a que se les haga pruebas de ADN, análisis de sangre, lo que sea... Me han dado su palabra.

—¿Antonio Baena, también?

El sindicalista esbozó una sonrisa que quería ser de complicidad.

—También Antonio Baena.

—Lo tendré en cuenta —concluyó la jueza.

—Por supuesto, señoría, lo de Carmen Ibarra era pura habladuría, una forma de desahogarse que tiene la gente..., cosas que se comentan por la calle —comentó el sindicalista, sin duda preocupado por las repercusiones que sus palabras podrían tener en la jueza.

—Por supuesto —repitió la jueza, sin mirarlo—. Por cierto, usted es hermano de Isabel Salazar, la anterior alcaldesa, ahora en la oposición...

—Así es —confirmó el sindicalista, mientras asentía con la cabeza—. Somos hermanos.

—Sin duda conoce bien los intríngulis del Ayuntamiento, las rencillas, los intereses... Dicen que también su hermana, durante un pleno municipal, medio lo amenazó... ¿Por qué se han cargado al concejal? —le preguntó de repente.

—Eso quisiéramos saber todos. Mi hermana la primera. ¡Imagínese! Y no, no lo amenazó ¡Ni que los políticos del anterior gobierno fueran unos mafiosos! Le advirtió, y ahora se ve que con razón, que no se puede gobernar de esa manera, prepotente, arrollando, desconfiando de todo lo que anteriormente se había hecho, como si todo hubiera sido sucio y corrupto. No, no se puede gobernar pensando en la galería, en el aplauso de cuatro exaltados, sin letra chica, sin mano izquierda... ¿Una red clientelar? Eso no es más que un modo de hablar con la intención de hacer daño... Aquí se ha movido mucho dinero, muchos intereses, y todo el pueblo se ha beneficiado de ello. El ejemplo lo tiene en lo del campo de futbol. Y, claro, para eso hace falta mano izquierda y menos grititos redentores que no llevan a nada bueno... Tal como se ha visto —añadió poco después el sindicalista con gesto abrumado—. Tal vez debería usted hablar con mi hermana.

La jueza no respondió, tan solo consultó el reloj y el sindicalista entendió que su tiempo se había acabado, así que inspiró fuertemente, sacó pecho, se ajustó malamente el nudo de la corbata, expulsó el aire lentamente, como si lo saboreara y, a continuación, como traca final, esbozó una amplia sonrisa.

Poco después el sindicalista abandonó el despacho. Parecía contento. Visto de espaldas, el trasero del sindicalista era como una peonza a punto de comenzar a rodar. Entró el secretario y le advirtió de la hora que era. Tenía que salir rápido del juzgado o le cerrarían el supermercado. Mentalmente hizo una lista de lo que tenía que comprar, mientras ponía en orden la mesa de su despacho. Le martilleaba la idea de un asesinato por despecho. Era una hipótesis —otra más— que había que investigar seriamente.

VII.

El día amaneció radiante, plácido, como presagio de una primavera que ya desde hacía varias semanas, en los kilómetros que corría por el campo, veía despuntar tímidamente: el verdor refulgente de la yerba, las primeras margaritas y amapolas, el interminable canturreo de las cigarras... Desde el principio se había impuesto un horario casi marcial. Se levantaba a las 7, corría por el campo cercano a su casa más de una hora seguida, a pleno pulmón, se duchaba, y ya limpio, casi purificado de no sabía muy bien qué, se zampaba el desayuno. Esa rutina, sobre todo en los inicios, lo salvó del desastre. Esa rutina y su mujer. Le temía a su propia melancolía, a esa queja sorda, por qué no autopunitiva, que le absorbía las fuerzas y las ganas. Le temía a su rabia, a la voracidad acerada de su lengua, a esas palabras, no siempre bien pensadas, como cuchillos que se le escapaban irremediablemente por la boca. Siempre supo que no lo tendría fácil, pero también sabía que entregarse a las fuerzas oscuras del destino, de la biología o de la mala suerte, como un trapo tendido que zarandea el viento, no podía depararle nada bueno. Y sin embargo llegó el alcohol y la coca. No como un remedio, sino como una rutina embriagante que le aliviaba los días y le roía el cerebro y el hígado. Y entonces supo que él no sabía beber, que él no podía beber, y que el alcohol era una musaraña gris que le enredaba con sus negros hilos, que lo arrastraba a un abismo de quejas, de reproches, de soledad y destrucción. Y que la coca era un consuelo sutil, traicionero y costoso que podía arramblar –que ya lo iba envileciendo y arruinando– con todo, con lo mucho o con lo poco que de nobleza aun le quedaba en la vida. Tenía, además, como si en realidad él fuera el apéndice de ambas, de su mujer y de su hija, una niña preciosa, como de tarjeta postal. Y tenía –pero eso era su mujer la que lo decía– la dignidad de los hombres que se sienten profundamente justos y libres, que saben que no hay nadie que por principio sea más que nadie, que la medida del hombre –de lo que un hombre o una mujer representa– la da su trabajo, el modo como realiza sus tareas, y el cariño y la ternura que pone en cada uno de sus actos. Tras el periodo oscuro, como un ciclo que se repetía, empezaba a florecer la primavera, pero ahora de manera más sabia, con la lección bien aprendida. El pequeño despacho –un habitáculo de no más de veinte metros cuadrados, retrete incluido–, lo tenía a escasos metros de su casa. Eso le facilitaba el ir y venir. Para empezar, le era suficiente. Y ya había empezado. Las cosas no le iban mal del todo. Los papeles en regla –la maldita Ley 5/2014, de 4 de abril, de Seguridad Privada, se las había hecho pasar canutas–. El énfasis que ponía en no haber sido separado del servicio en las Fuerzas y Cuerpos de Seguridad del Estado, al principio le agrió el proyecto; a punto estuvo –su mujer, como siempre, a su lado, apuntalándolo– de rendirse (o tal vez llegó a rendirse y fue su mujer la que se armó de valor y dijo: ¡Basta!). Al final, un acuerdo: nada de haber sido separado del Cuerpo a cambio de que cesaran los pleitos. Y retiró la denuncia y cesaron los pleitos por ambas partes y tuvo la tan anhelada licencia de detective privado. En ese sentido, Villanueva del Mar era un lugar ideal para trabajar, siempre que se contara, por lo menos para empezar, con el visto bueno de don Miguel González. Y él lo tuvo. El visto bueno, los contactos y los primeros trabajos de detective privado; trabajos que aún le solicitaba de vez en cuando. El dinero rápido, casi a espuertas en algunos casos, había cambiado drásticamente las reglas del juego, por lo menos las que él había conocido de pequeño. Infidelidades conyugales; separaciones y divorcios; chanchullos en el trabajo; hurtos, mermas y desvíos de pedidos; pensiones alimenticias que con los más extraños pretextos no se pagaban; algunos conflictos laborales o de otro tipo en los chiringuitos de la playa o en la zona de los invernaderos; pleitos menores de inmigrantes y de sin papeles, en los que siempre mediaba (y pagaba) alguna ONG; los días y las noches que había pasado investigando, reuniendo pruebas, hablando con unos y con otros, en aquel asunto del narcotráfico que aún le envenenaba el alma (ahora más que nunca)... No eran muchos casos –en los pueblos, incluido los pueblos grandes y ricos–, la tradición agraria, el oscuro juego que entre sí se traen la tierra árida, que se resiste, y el sudor de la frente, hace que todo transcurra –lo bueno y lo malo– como si en el fondo nada ocurriera; un mundo ciego, sordo y mudo que pleitea de otra forma, que resuelve sus dificultades de otra manera, en silencio, sin hacer mucho ruido, no por eso de forma menos violenta, lo mismo que todos los años crece la cosecha, mientras en el subsuelo, luchando por el humus de la tierra, las raíces libran cruentas batallas. No eran muchos casos, los suficientes para seguir viviendo con cierta dignidad, sin depender de nadie. Era el único detective con licencia a muchos kilómetros a la redonda.

Nada más entrar, como todas las mañanas, tras airear la habitación, encendió el ordenador. En la pantalla tecleó *Antonio Mairena tube*. La noche anterior, en un sueño —se lo había comentado a Margarita, su mujer—, le había resonado el mirabrás, *A mí qué me importa que un rey me culpe, si el pueblo es grande y me abona, voz del pueblo, voz del cielo y anda, que no hay más ley que son las obras, que con el mirabrás tira y anda...* Comenzó a canturrear por lo bajo, la voz apagada, apenas un susurro bien templado, como si a su manera estuviera acompañando al maestro. Hojeó los papeles que comenzaban a amontonarse en la mesa. Facturas, algunas cartas de esas que no se abren, notas ya inútiles escritas por él mismo... Los juntó todos y tras trocearlos los arrojó a la papelera. Tenía que centrarse en el caso que se traía entre manos. Una *tontería* que decían que había contado un negro sin papeles; lo del narcotráfico, así, como una "tontería", había comenzado a rodar aquel asunto que luego se había ido enredando, relacionando con otros asuntos, todos turbios, y que podía costarle la vida a Kandel, el negro de Guinea que se había animado a hablar... Siguiendo ese hilo llegó a la madeja, y otra vez se topó con su pesadilla, con el origen de sus desgracias. Se imaginó la cara del sargento Urdiales —o lo que ya fuera, el escalafón suele ser ciego, automático como el tiempo que pasa–, recordó la bofetada. Aquello aún lo sacaba de quicio. De pronto, le interrumpieron unos golpes en la puerta, lo que le recordó la necesidad que cada día, con sorna, le enfatizaba su mujer de poner en la puerta del despacho, a la entrada, el avance técnico de un melodioso timbre. Se levantó de su asiento y se dirigió a la puerta.

–¿Dígame...? –le dijo al hombre que había llamado.

–¿Vicente Heredia...? –le preguntó el hombre, mientras se masajeaba los nudillos con los que acababa de golpear la puerta.

Asintió con la cabeza.

–¿Puedo pasar?

Tras franquearle la entrada, lo invitó a sentarse. Se llamaba Pablo Ríos, según le dijo, aunque el Gitano ya conocía su nombre, y no solo su nombre. Sus costumbres, sus amistades, lo que parecían sus fortalezas y debilidades... No hacía mucho tiempo, don Miguel González le había pedido que lo "investigara", pues iba a realizar en su casa una serie de obras de cierta envergadura y pensaba cambiar todo el tendido eléctrico así como, por aquello de la domótica, el sistema informático de la casa, para lo cual, además de un buen profesional –cosa que al parecer Pablo Ríos era–, necesitaba contar con una persona en la que se pudiera confiar. Vicente Heredia le preguntó qué quería.

–Quisiera consultarle un caso... Ver si puedes hacer algo –respondió tuteándolo, mientras lo miraba fijamente a los ojos.

Pablo sacó un sobre del bolsillo. De su interior extrajo una hoja. Se la dio para que la leyera. Escrito con letras recortadas de un periódico y pegadas con papel celo sobre la hoja blanca, se podía leer: "Lo que le ha sucedido a Rafael Rubiales no es nada con lo que te va a pasar a ti. Josefina, cuidado con lo que haces".

–Lo encontré en el buzón de mi casa. Alguien lo ha echado. Josefina, Josefina Martín, es mi mujer –aclaró Pablo Ríos.

El hombre estaba más que preocupado. El reciente asesinato del teniente de alcalde de Villanueva del Mar no hacía presagiar nada bueno. Según le informó, su mujer era la concejala de cultura del Peñón, un pueblo incrustado en la sierra de Tejeda, a unos diez kilómetros de Villanueva del Mar. Pertenecía al mismo grupo político que el edil asesinado, "Ciudadanos por... El Peñón" –el nombre del grupo político, en el caso del edil asesinado, era "Ciudadanos por... Villanueva del Mar"–. No era una mujer interesada en la política, se había presentado por amistad con el edil asesinado, y ahora –con aquel amenazante anónimo– estaba asustada. Por supuesto que ya habían presentado la correspondiente denuncia, pero temían, o por lo menos ese era el parecer de él, que en la vorágine de la investigación por el asesinato del concejal de Villanueva del Mar, el interés por el anónimo se fuera relegando una y otra vez, a un segundo plano.

–Pero yo no puedo intervenir en lo que la policía está investigando –le objetó.

–Ya lo sé y sé que fuiste un buen policía –replicó Pablo Ríos, tuteándolo–. Tenías fama. En los pueblos todo se sabe... Nosotros vivimos en el Peñón, bajamos de cuando en cuando a Villanueva del Mar, donde tenemos una casa..., algún fin de semana, vacaciones... A mi mujer le gusta mucho el mar. No te pido que investigues en sí el anónimo, sino como algo doméstico, algo que nos preocupa, que por lo menos a mí me tiene asustado. Mi mujer no sabe que he venido, y dentro de lo posible, quisiera mantenerla al margen de esto. No preocuparla más... ¡Ya sabes!

No sabía... No entendía lo que aquel hombre quería que investigara. Que no investigara el anónimo en sí mismo, sino como un asunto doméstico. ¿Qué querría decir eso? ¿Con qué intención aquel hombre, Pablo Ríos, había acudido a su despacho? Lo miró de refilón. Pablo Ríos esbozó una sonrisa. "Está todo claro y es fácil de comprender" –parecía decir su sonrisa–. Le intrigó.

–Hay mucho loco suelto –argumentó Vicente Heredia–, gente más bien tontorrona que aprovecha un asunto tan grave como lo del concejal para dirimir viejas rencillas, para amedrentar... ¡Qué sé yo...! , sin intención real de pasar a mayores, sin cuajos para hacerlo.

–Por eso le digo que más que como una amenaza política, por decirlo de algún modo, que ya está denunciado, lo vea como algo doméstico, un asunto de un vecino rencoroso, o algo así –insistió Pablo Ríos–. Desde luego, te pagaré religiosamente los honorarios y tendrías una gratificación al final, cuando todo quede aclarado. En este caso, no me importa el dinero. Amo a mi mujer. Solo quiero vivir tranquilo con ella y con mis hijos. Cómo lamenta haberse metido en política... ¡La primera y última vez!

–¿Sospechan de alguien? –le preguntó.

El hombre negó con la cabeza.

–¿Y qué es lo que yo tendría que hacer? –le preguntó escéptico.

–Descubrir quien mandó ese anónimo. Eso es todo. La verdad es que yo también voy por ahí preguntando, indagando, aprovechando que soy instalador eléctrico y de sistemas informáticos, que tengo una pequeña compañía de instalación eléctrica. Pero tú eres un profesional, un buen profesional. Me gustaría que lo aceptaras y le dieras prioridad. Si te parece, te dejo mi teléfono y me llamas cuando quieras, cualquier indicio, cualquier aclaración... Estoy a tu disposición las veinticuatro horas del día.

Aceptó el caso. En principio, cualquier caso, cualquier clase de investigación, puede bordear la ley, inmiscuirse en el terreno que los detectives privados tienen por decreto vedado. El talento está en cómo pasearse por la frontera sin traspasarla, o traspasándola solo por los pasos ocultos, por los desfiladeros que quedan en terreno de nadie.

—He oído que por ahí, por la zona del Peñón, hay electricistas que hacen enganches fraudulentos... —le comentó, poco antes de que se despidieran.

Pablo Ríos esbozó una sonrisa perspicaz, como si hubiera intuido las verdaderas intenciones del detective privado.

—Te refieres a las instalaciones eléctricas de las naves en las que dicen que se cultiva marihuana... —declaró—. No digo que no existan, pero en su mayor parte creo que son leyendas urbanas. Se dice así, ¿no? De cualquier modo, como en todas las profesiones, en esta también hay mucho aficionado, gente sin escrúpulos, sobre todo aquí, en Villanueva. Todo en dinero negro, explotando a esos negritos desgraciados... Hacienda debería meter más la mano. Los profesionales honrados pagamos las consecuencias. Si te interesa el tema y me entero de algo, te lo digo. *Qid pro qod...* ¿Se dice así?

—*Quid pro quo* —le corrigió—. Es latín. ¿Conoces al Chino? —le preguntó de repente, antes de que a Pablo Ríos se le enfriara la boca. ¿No había visto antes, alguna vez, a ese hombre, a Pablo Ríos, tomando cañas con el Baldomero?

−¿El hijo de la Rubia, de Dolores la Rubia?

Vicente Heredia asintió con la cabeza, mientras los ojos de Pablo Ríos −pequeños, inquietos...− le buscaban la mirada y, a continuación, una vez logrado su objetivo, como si estuviera realizando un cálculo complicado, con muchos considerandos, los ojos se aquietaron súbitamente, mientras él permanecía en silencio. Vicente Heredia le sostuvo la mirada. Tenía la impresión de que una férrea voluntad acallaba en ese instante los ojos del hombre que tenía enfrente. Al poco, los ojos volvieron a recobrar su natural nerviosismo.

−¿Al Baldomero? −dijo de pronto Pablo Ríos−. Es de aquí, de tu pueblo −añadió a continuación, como si le reprochara a Vicente Heredia que el susodicho hubiera nacido en su mismo pueblo−. ¡Un perla! Un poco tontorrón... ¡lo conozco! Sí, le apodan el Chino.

−¿Está otra vez de mula con los moros o tiene su propio huerto? He oído por ahí que cultiva marihuana en macetas, o algo así; que ha enganchado el fluido eléctrico de no sé dónde en una nave medio derruida, por la zona del Peñón...

Ahora fueron sus ojos, los ojos de Vicente Heredia, los que se paralizaron de repente. Ojos azules, azules oscuros; parecían un pozo insondable.

−La compañía eléctrica me ha pedido que investigue −aclaró.

−Yo no sé mucho de eso. Lo mío es legal, pero ¡claro! conozco al Baldomero y, la verdad, no me extrañaría... −dijo Pablo Ríos−. Es como las polillas, pero en lugar de la luz –añadió esbozando una sonrisa, como si lo que estaba diciendo resultara gracioso–, a él le atraen las cosas turbias. ¡Fíjate!, y eso que estamos hablando de luz... de luz eléctrica. La verdad es que no he oído que el Chino esté otra vez con lo de la droga...Pregunto por ahí y si me entero de algo... *Quid pro quo*. Ahora lo he dicho bien.

Poco después, una vez que Pablo Ríos se hubo marchado, tras dar un nuevo repaso al asunto del negro que se traía entre manos, Vicente Heredia salió a la calle. La tarde anterior había pensado, y no sin razón, que no sería mala idea pasarse por la zona de los invernaderos, donde trabajaba Kandel, el guineano –era oriundo de Guinea Conakry– que había denunciado –¡qué cojones tenía el negrito!–, de la mano de Hominis Dignitas, la situación de explotación en la que se encontraban algunos paisanos suyos y, sobre todo, a la red de narcotraficantes en una de cuyas narcolanchas había sido trasladado a las costas españolas. Hablar una vez más con él personalmente, aclarar algunas cuestiones, podría ayudarle en la redacción final del informe que lo había tenido ocupado los últimos días, a petición de Hominis Dignitas, la ONG que lo había contratado. La idea le quitaba el sueño. El sueño de su propia redención. Ya en la calle, se dirigió al lugar en el que tenía el coche aparcado. La claridad del día le hería los ojos. ¡Un gitano con ojos azules! Se puso las gafas de sol. A esa hora, cerca ya del mediodía, pequeños grupos de turistas, sentados en las terrazas de los bares, algunos con el pecho descubierto, despatarrados y con las panzas al aire, comenzaban sus mañaneras rondas de cervezas. Parecían felices, despreocupados. ¿Sería así la felicidad en el Paraíso? Probablemente no eran más que unos desgraciados explotados en sus opulentos países de origen, que por unos cuantos euros, a plazo, disfrutaban de un remedo de felicidad –sol y playa, alcohol y hachís, putas de todos los colores...–, en Villanueva del Mar. Iba a abrir el coche, cuando un siseo y luego una voz lo distrajo.

–¡Vicente!

Se volvió al lugar de donde provenía la voz.

–Vicente, ¡qué sorpresa! Pensaba llamarte un día de estos.

No le costó trabajo reconocerlo. Ya la voz, el modo sonoro, labiodental, como pronunciaba la "v", lo había alertado.

–¡Carlos! ¡Carlos Montosa! –exclamó, mientras se aproximaba a él.

Se abrazaron efusivamente. Los dos parecían gratamente sorprendidos.

–Llevo aquí una semana –dijo Carlos Montosa–. Ya habrás oído... ¡el concejal asesinado! Pensaba llamarte, sabía que habías vuelto a tu pueblo.

Conversaron un instante de esas cosas intrascendentes, ya sabidas, de las que hablan con urgencia los viejos amigos cuando se encuentran después de un largo tiempo sin verse y no saben de qué hablar.

–Tengo que dejarte... Ya te llamo –le dijo Vicente–. Iba a coger el coche. Voy al Cortijo Blanco, a la zona de los invernaderos, hacia el poniente...

Carlos Montosa consultó el reloj.

–¿Por allí están los invernaderos del concejal? –le preguntó.

–Muy cerca de donde voy –respondió sorprendido Vicente Heredia.

–Me viene bien. Tengo algo que hacer por allí ¿Puedo acompañarte y así charlamos un poco? –le preguntó Carlos Montosa.

Al poco rato se encontraban en campo abierto. A la izquierda, sin que en ningún momento lo hubieran perdido de vista, el azul del mar, limpio, refulgía bajo los rayos del sol. La brisa ligera arrastraba hacia ellos olor a azufre y pesticidas, impregnado de marisma.

—Hasta con el olor de mi infancia han acabado —exclamó Vicente—. Son los nuevos tiempos. ¡Esto huele que apesta!

—Hace unos días, usé una frase tuya, para impresionar... —comentó distraído Carlos Montosa.

Vicente lo miró de reojo, sorprendido.

—"Es bueno tener faltas, aunque sean de ortografía" —añadió Montosa.

—¿Y esa tontería la he dicho yo? ¿Con quién pretendías ligar? —le preguntó.

—¡Bueno, ligar...! —exclamó Carlos Montosa, sonriendo—. Se lo dije a la juez, o sea a la jueza que lleva el caso del concejal, María Rivera...

—La hija del juez Rivera —lo interrumpió Vicente Heredia—. La conozco de vista. Lleva poco tiempo aquí. ¿Te acuerdas del padre, de cuando estuvimos destinados en el Campo de Gibraltar...? Un tipo íntegro, con un buen par de cojones....

— ¡Vaya si me acuerdo! Con que es hija del juez Rivera... No lo sabía.

De pronto el coche torció a la derecha, encaminándose hacia una pequeña cuesta.

—Ya estamos llegando —informó Vicente—, falta poco. El juez Rivera, ¡exacto! —corroboró—. De cuando comenzaron los males de un gitano en la Guardia Civil... Si no hubiera sido por él, me crujen todavía más de lo que lo hicieron. ¡Un gitano...!

—No fuiste el primero... —murmuró ceñudo, interrumpiéndolo, Carlos Montosa—, toda esa leyenda negra, de rechazo... ¡Un rollo! A lo mejor es que tú querías ser el más listo de la clase... ¡Cuándo se ha visto a un gitano, en la científica, y además estudiando filosofía!

Vicente Heredia lo miró de soslayo, mientras paraba el coche, a la búsqueda de sombra, debajo de un viejo eucalipto. Por un momento, el inspector Montosa tuvo la impresión de que el Gitano, tras salir del coche, iba a decir algo, pero se mantuvo en silencio; la mirada fija en el farallón que un poco más abajo de donde estaban, en la carretera, como si un cíclope lo hubiera cortado de un solo tajo, a plomada, rompía abruptamente en el mar.

—Aquí es —dijo el Gitano, poco después—. Esa es la zona de invernaderos del edil asesinado, y en esa otra, la más pequeña, está el invernadero al que yo voy —añadió, señalando a un lado y a otro—. Si quieres, nos vemos aquí en media hora.

Debajo de donde se encontraban, a escasos metros, se extendía un enorme mar de plástico, blancuzco como la leche cuando está a punto de cuajar, que resplandecía bajo los rayos del sol.

—Dentro, ya lo verás, el calor es insoportable —aclaró Vicente Heredia—. Ahí es donde trabajan mal explotados los negros que vienen a quitarle el jornal a los españoles —añadió con sorna.

Descendió la pequeña cuesta y, mientras Vicente se encaminaba al invernadero que le había dicho, remontando lo que parecía una especie de escalones, casi deshechos por el uso diario, él se dirigió a donde se encontraban los invernaderos del concejal. Recubiertos de plástico, a su través, en uno de ellos, se dejaban entrever desdibujadas las figuras negruzcas de unos hombres que se movían lentamente, como si estuvieran ensayando una danza. Abrió la puerta del invernadero. Una soflama de aire caliente le azotó el rostro. Entre matas de pimientos, apareció la faz sonriente de un joven. El muchacho se acercó a él. Era negro como el carbón. El sudor que le barnizaba la cara, resaltaba el blanco de sus ojos, le ampliaba la sonrisa. La escasa ropa que le cubría estaba empapada de sudor.

—¿Qué a busca aquí, hombre? —le preguntó en un español sin duda aprendido de urgencia.

—¿El capataz...? —preguntó a su vez el policía.

El muchacho le señaló a un hombre de mediana edad, de aspecto fornido, achaparrado, que estaba detrás de una especie de puerta.

—El blanquito de allí —dijo.

Se llamaba Ángel Torres. Le enseñó la placa. Y, al instante, el hombre dejó de trastocar las teclas del ordenador en el que parecía enfrascado hasta ese momento.

—Esto es como un laboratorio, todo se regula y se controla, la humedad, la temperatura, el abono... Automático, por el ordenador —le dijo, mientras cogía un trapo y se limpiaba las manos. El campo ya no es lo que era.

—¿Aquí, todo en regla? —le preguntó el inspector Montosa.

Todo, don Rafael lo tenía todo legalizado, los contratos, la seguridad social... Los trabajadores podrán corroborarlo. Don Rafael era un hombre valiente y bueno. Se le respetaba. Y a la hora de trabajar, él el primero. Todos los días, a las ocho de la mañana, aquí, en el tajo. Sudando como todos. Dando ejemplo.

Ángel Torres parecía venerar a su patrón. Al margen

de la veracidad o no de sus sentimientos, cuando alguien muere, y más si esa muerte resulta ser violenta, el prestigio de los muertos suele ganar enteros. El alma humana suele ser en estos casos generosa. El inspector conocía el terreno que pisaba. Sintió que el sudor comenzaba a cubrirle la frente. Le picaban los ojos. De buena gana, hubiera invitado a Ángel Torres a continuar la conversación afuera, pero no le pareció conveniente.

–En los trabajos a veces surgen rencillas, malentendidos... –prosiguió el inspector Montosa.

–Mire, inspector –lo atajó Ángel Torres–, el asesino de don Rafael no está aquí. Créame... Busque por otro lado.

–¿Y por dónde debería buscar, según usted?

Ángel Torres lo miró con escepticismo, como si desconfiara del alcance de la pregunta que acababa de hacerle, entonces el inspector reparó en que aquel hombre no estaba sudando, que por la razón que fuera, su organismo parecía insensible a la atmósfera que se respiraba en el interior del invernadero.

–La política y toda esa ralea de promotores y constructores que se han mal enriquecido en los últimos años. La teta se les había cortado... –dijo, ahuecando la voz, como quien descubre un secreto que no debe ser oído por nadie–. Busque en el Ayuntamiento o entre los constructores.

–Don Rafael Rubiales era muy enamoradizo. Lo sabemos. Y en un pueblo como este, ya sabe, los celos...–insinuó el inspector Montosa, mientras sacaba un pañuelo de papel para limpiarse el sudor de la frente.

–Yo no sé nada de eso –aclaró el capataz–. ¿Enamoradizo? Que le gustaban las mujeres... Y a quién no, con esas faldas, esos escotes, en bikini... No lo sé, ya se lo he dicho.

Son temas personales, tampoco va uno por ahí contando sus aventuras a nadie..., pero, claro que le gustaban las mujeres. Al final, como siempre hacía, invitó al capataz a que le informara de cualquier cosa, por nimia que fuera, aunque pensara que nada tenía que ver con el caso: algo recordado a última hora, comentarios de aquí y de allá, esos detalles y anécdotas que se cuentan a la hora del cigarrillo, durante el rengue...

−¿No se dice así? −preguntó, antes de marcharse, refiriéndose al "rengue".

−Así y de mil maneras. Lo importante es no trabajar −sentenció el capataz, esbozando una amplia sonrisa de complicidad.

Agradeció la brisa que corría fuera. Desde la pequeña atalaya en la que se encontraba, al fondo, el mar inmenso parecía rotulado por caminos nacarados que se recortaban sobre el fondo azul del agua. El ruido de una lancha que a toda velocidad se perdía mar adentro atrajo su atención. ¡Cuántos caballos no tendría aquel bicho! No le extrañó que fuera una narcolancha. Había oído que además de hachís, cada vez más, los traficantes aprovechaban el profundo conocimiento que tenían de la zona, de ambas orillas del mar, para trasladar inmigrantes de un lado a otro −marroquíes, argelinos, subsaharianos...−. De veinte a treinta inmigrantes en una lancha, a tres mil euros cada uno. Hizo mentalmente el cálculo... sesenta mil a noventa mil euros por viaje. Negocio perfecto. Dinero para todos. A veces también para algunos guardias civiles.

Cuando volvió al lugar en el que habían dejado aparcado el coche, Vicente Heredia ya lo estaba esperando, apostado bajo el eucalipto que proyectaba generosamente su sombra. Estaba fumando un cigarrillo, mientras olisqueaba con deleite el aroma del eucalipto. Le recordaba las fricciones que le ponía su madre en el pecho, por el asma, cuando pequeño.

—¿Has visto esa lancha? —le preguntó Vicente Heredia, nada más verlo—. Narcotráfico. La conozco yo; aquí la conoce todo el mundo. Hachís y emigrantes, negocio completo —le confirmó—. Hay compañeros tuyos, guardias civiles, que trincan... Supongo que la comandancia sigue sin saber nada —añadió Vicente, escéptico—. ¡Pero si hasta hay mandos untados de billetes hasta las cejas, a los que el ministro de turno les coloca un medallón en el pecho! ¡Qué te voy a contar que tú no sepas!

—En todos sitios cuecen habas, tú sabes, los dos lo sabemos, que no es tan fácil luchar contra los sinvergüenzas. No te hagas el héroe resentido... Habría que ver lo que pasaría si tú o yo fuéramos tentados.

Vicente Heredia guardó silencio. Parecía ensimismado en el humo del cigarrillo, que salía en aquel momento generosamente de su boca. Apagó la colilla y se adentró en el coche.

—¿De pequeño, en el invierno, cuando te resfriabas, tu madre no te ponía Vick Vaporub en el pecho? —le preguntó, mientras abría la portezuela del coche. Sin duda quería cambiar el tema de la conversación.

Carlos Montosa lo miró extrañado. No sabía lo que era eso.

—¡Anda, ignorante, entra! —añadió Vicente a continuación, invitándolo a entrar.

Arrancó el coche, que levantó una nube de polvo.

—¡Coño, cierra esa ventanilla! —exclamó poco después, dirigiéndose a Carlos Montosa, cuya ventanilla tenía el cristal bajado—. Tengo el aire acondicionado puesto.

–No iba por ti, por supuesto –aclaró, unos metros más adelante, refiriéndose a los escasos escrúpulos de algunos guardias civiles–, que por lo menos en esto eres tan tonto como yo. Sabes que la mayoría de las personas que trabajan aquí, en los invernaderos, son inmigrantes ilegales, subsaharianos desesperados que se agarran al trabajo que nadie quiere. ¡Y luego dicen que vienen a quitarnos el trabajo a los pobrecitos españoles...! –exclamó indignado.

–Nada, al muerto parecía que todo el mundo lo quería –dijo de pronto Carlos Montosa, que hasta entonces había permanecido en silencio–, ¡pero está muerto! Alguien se lo ha cargado, alguien no debía quererlo tanto, y todo el mundo parece señalar a los mismos: los traficantes, algún empleado del Ayuntamiento, los promotores, un marido celoso..., pero a mí no me salen las cuentas –se sinceró–. ¿Sabes que siempre tengo en mente tu teoría del puzle?

"Mi teoría del puzle..." –pensó Vicente Heredia, con socarronería. Sonrió y no dijo nada–. Poco después, comentó preocupado:

–Entiendo que todo eso es secreto de sumario y que no puedes hablar claro, pero no te confundas, esto no lo han hecho estos pobres desgraciados, si es eso lo que piensas y lo que has venido a indagar en los invernaderos... Rafael Rubiales, el teniente de alcalde, tenía dinero, ya has visto el negocio que había montado con los invernaderos. ¡Los invernaderos dan para mucho! Los pobres, inmigrantes o no, cuando se frustran, cuando se les recuerda que son pobres, incluso cuando se les hace una putada y te follas a su mujer, o algo parecido, por muy injusto que sea, cuando el que lo hace es un rico, no arremeten contra él. Eso del resentimiento de los menos beneficiados por la diosa fortuna... Los pobres arremeten contra los que todavía son más pobres que ellos, los más débiles y desgraciados... Crea pobres, y los ricos estarán seguros, a salvo. La lucha de clases, ¡tonterías! Al rico, el pobre lo quiere, o lo respeta, o le teme. Al contrario que a otro pobre, al que ni se le quiere, ni se le respeta, ni se le teme ¡Pobres contra pobres, ricos contra ricos! –concluyó–. Y no lo olvides, el concejal era buena persona, ya lo sé, pero tenía su dinerillo y era un poquito *echao palante*.

–A lo mejor nada de esto tiene que ver con el hecho de ser rico o pobre –murmuró Montosa–. Y no sé..., pero a mi entender (es lo que dicen los que saben), los ricos con todo su dinero viven estresados, queriendo tener cada vez más y más dinero, más y más poder, mientras que los pobres, en general, son más felices, están menos tensos, disfrutan más de los pequeños placeres de la vida. Casi como si una cosa compensara a la otra. Es un consuelo...

–La pobreza no es bella –lo corrigió Vicente Heredia–, ni los pobres son especialmente felices. Tonterías de mentes monjiles, de mentes que precisan ponerse esa clase de gafas para, en el fondo, no cuestionarse nada, o cuestionar muy poco, a ras del suelo, toda esta mierda. Los pobres son los desgraciados a los que les suceden las peores desgracias, como a esos negros que trabajan en los invernaderos...

–¿Recuerdas aquella teoría tuya...? Me hacía mucha gracia. ¿Cómo la llamabas? Algo de los grandes inventos de los cómics o algo así –lo interrumpió Carlos Montosa–. No estaba mal. Esas teorías te salían como churros, cuando estabas un poquito bebido y un poquito fumado ¿Te acuerdas?

–Sí, hombre... –exclamó el Gitano–. La llamaba el

crimen de los grandes inventos del TBO; como aquellos inventos extravagantes, a veces sumamente largos y complicados que aparecían en los cómics de nuestra época, los tebeos. Se trataba de construir una máquina enrevesadísima, estrambótica, para hacer algo estúpido y banal. Algo así era el crimen perfecto, al que yo me refería; un ardid (como esa máquina tontorrona) que, a la distancia, con las manos limpias, como quien no quiere la cosa, permite quitarse a alguien de en medio. El que induce al crimen a distancia –añadió el Gitano–, no delinque: se salva del rigor de la ley. No sé, pero a lo mejor se da con más frecuencia de la que pensamos, incluso en la vida cotidiana de cada uno... La culpa no es agradable. Mejor que el culpable sea otro.

–Lo que te expulsó de la Guardia Civil era esa manía tuya de querer ser el más listo de la clase, pero al que más pronto se le calentaba la boca, no la sangre gitana –sentenció Carlos Montosa–. Y de aquella teoría de cómo cometer el crimen más tonto y descerebrado... Era un gitano el que, según tú, lo planeaba y lo llevaba a cabo, ¿te acuerdas?

–¡Vete a tomar por culo, so payo! –exclamó despectivo Vicente Heredia–. Y vamos a dejarlo ahí –añadió, ya más serio.

–¿Conocías a Rafael Rubiales? –le preguntó Carlos Montosa. También él quería cambiar de tercio: con la broma se estaba metiendo en un terreno resbaladizo.

–Sí, claro que lo conocía... Era un poco mayor que yo, pero lo conocía. Un buen tipo, una especie rara de Quijote... Generoso, justiciero, vitalista, tal vez un poco psicopatón. Le gustaba disfrutar de la vida a tope: de la buena mesa, de las copas y los amigos. Era un toro. Se pasaba una noche de juerga y a la mañana siguiente como nuevo, currando en el tajo como uno más...

–¡Y le gustaban las mujeres! –lo interrumpió Montosa.

–Entiendo adónde quieres llegar –comentó el Gitano–. He oído algo... Sabía disfrutar de la vida a tope, ya te lo he dicho, pero era un caballero, una especie de Quijote; en el fondo, de tan normal, resultaba ser un tío raro, pero no era un bocazas, y de esas cosas no hablaba... "Disfruta de la vida y deja disfrutar a los demás" –ese era su lema–. Salimos alguna vez los dos de parranda. Pero eso fue al principio, cuando volví a Villanueva. Lo pasabas bien con él, no te calentaba la cabeza con problemas ni malos rollos. Te invitaba. Solo lo oí quejarse de la mala gestión que hacía el gobierno municipal de entonces. Eso le enervaba. Las injusticias, ese parecía ser su punto débil, su talón de Aquiles. De eso sí hablaba. No sé si, además, habrá sido eso lo que se lo llevó al otro barrio.

–Y a don Miguel González Canilla, ¿lo conoces?

–En Villanueva del Mar nos conocemos todos –respondió ufano el Gitano–. El constructor. Ha hecho mucho, mucho dinero... ¿Sabes que comenzó de maestro? Hizo magisterio. Yo estuve en su escuela, de chico. Me quería mucho. Él me arregló lo de la beca... Después tuvo problemas con lo del magisterio por algo de la droga. Lo echaron. Debió ser duro. Yo sé lo que es eso. Empezar de nuevo... Así que, cuando comenzó lo de la construcción, los turistas, el boom, se buscó la vida en eso. Y ahora, constructor, promotor... Mucho, mucho dinero. ¿Por qué me lo preguntas? Te adelanto que yo le estoy muy agradecido. A mí siempre me ha ayudado.

Carlos Montosa no respondió.

–Vive cerca de donde mataron a Rafael Rubiales –

añadió poco después, refiriéndose a don Miguel González Canilla–. Esa mañana oyó gritos desde la cama, mucho ruido... y no hizo nada. ¡Resulta raro! ¡No sé qué pensar!

–Rafael Rubiales no era santo de devoción de todo el mundo. Supongo que ya lo sabes. En cuanto a don Miguel... Es un hombre inteligente, que sabe lo que es perderlo todo, que se ha hecho a sí mismo, que tiene dinero. ¡Por qué se iba a exponer, con su edad, a perderlo todo de nuevo!

–Por resentimiento, por venganza...

–Lo dudo –concluyó el Gitano–. Don Miguel sabe adaptarse. Supongo que, como buen comerciante, nunca perdona una deuda, que en el momento justo –ni antes ni después– saca la factura pendiente y cobra, ¡pero de eso a complicarse la vida...!

Llegaron al lugar en el que se habían encontrado un rato antes. Se bajaron del coche. El sol seguía inclemente, ajeno a las cosas del mundo, brillando solitario en lo alto del cielo. Una gaviota rebuscaba comida en un pequeño montón de basura, cerca de la acera en la que se hallaban.

–Ya no hay pesca... Las gaviotas tienen que buscarse la vida como pueden –comentó Vicente.

–¿Te tomas una caña? –lo invitó Carlos Montosa.

–Ahora no puedo. Me están aguardando. Llego tarde... Yo te llamo –respondió Vicente Heredia.

Se despidieron poco después. Encontrarse con Carlos Montosa le había alegrado el día. "Buen policía, mejor persona; con sus cosas..." –murmuró para sus adentros, mientras se dirigía al habitáculo en el que, unos metros más adelante, tenía la agencia. Abrió la puerta. Un olor que conocía bien lo solivantó.

—¡Coño, Miguelillo, que pestazo a canuto! —exclamó—.
Te he dicho que dejes de una vez eso, así no vas a llegar
a ninguna parte—. ¡Abre la ventana de par en par, que
ventile!

—Tito, si la tengo abierta... Ha sido un canutillo así de
chico —dijo el muchacho que estaba dentro, haciendo un
ademán con los dedos—. Sabes que me sienta bien...

—A mí no me chulees —lo interrumpió—, que tengo ya
muchos kilómetros recorridos. ¿No han venido los de la
ONG? —le preguntó.

—Sí, se fueron hace una media hora —aclaró el muchacho—. Tenían prisa, porque le cerraban no sé qué del Juzgado. Volverán mañana.

—¿Has traído la moto? —le preguntó.

El muchacho asintió.

—Bien, la coges y te vas para el Peñón —le dijo, mientras extraía las fotos de la mujer que Pablo Ríos le había
dejado un rato antes. Se la mostró a su sobrino—. ¿La conoces? —le preguntó

—Tito, claro que la conozco, es Josefina no sé qué, la
mujer del electricista del Peñón —exclamó el muchacho—.
¡Tienen un pedazo de casa con piscina que te cagas! Ahora voy mucho por allí. Hay una gitanilla que a lo mejor
me lío con ella...

—Déjate de gitanilla, esto es trabajo —murmuró el tío—.
Quiero que la vigiles, que te conviertas en su sombra, que
te enteres de todo lo que hace...

—¿Entonces, mañana me voy allí directamente, sin pasar por aquí? —preguntó el muchacho.

Le enseñó lo del anónimo.

—Mañana, no, ahora mismo —le ordenó a su sobrino—.
Desde las claras del día, hasta bien entrada la noche. Y

a ver qué indagas sobre esto –le dijo, haciendo vibrar la hoja de papel con el anónimo que tenía en la mano–. Es la parte que más me interesa. ¿Te queda claro?

–Como el agüita clara –canturreó el muchacho–. Que averigüe quién hizo esos recortes de periódico. Son del *Marca*, el periódico de deportes. En los recortes se ven retazos del Sergio Ramos y del Ronaldo del partido del domingo pasado. Lo hojeé en el kiosco de la esquina, el del Heliodoro, ayer mismo...

–¿Estás seguro?

–Tito, que voy para detective y que yo entiendo de fútbol...

–Por cierto, en el Peñón, hazte ver bien, sobre todo por el electricista ese. Que se vea que vigilas –le advirtió al sobrino.

–¡Oído cocina...! –canturreó el muchacho, mientras salía.

VIII.

Sin duda, antes de llegar a Villanueva del Mar, había pensado en aquel reencuentro, tal vez inevitable, deseado, temido, ¿azaroso...? De una forma u otra la cosa tenía que suceder, así que, en el fondo, aunque fuera agridulce, le había alegrado encontrarse con Vicente Heredia aquella mañana. Sabía que vivía en Villanueva del Mar, donde se había "refugiado" tras ser expulsado de la Guardia Civil, o como se quisiera llamar a los trámites que el sargento... ¿Qué sargento? Pensó un momento el nombre. ¡Sí, el sargento Urdiales!... a los trámites que el sargento Urdiales hizo para quitárselo de en medio. La decisión resultó inapelable. No se le pueden romper las gafas a un mando de un tortazo. Pero él sabía que el tortazo no había surgido así como así, caprichosamente, sino que era el fruto de un largo hartazgo. Conocía la historia. Tal vez, en su momento, no hizo lo suficiente para que la verdad se supiera, para que se pudiera demostrar que era cierto lo que el guardia civil Vicente Heredia decía, pero pensó que, al lado de la verdad, también estaba lo de la indisciplina, la violencia del tortazo, el zarandeo, las sospechas de las palabras que públicamente el guardia civil Vicente Heredia, gitano por más señas, gitano y redicho (y bocazas), había insinuado en relación a la integridad (la palabra aún le hacía sonreír) del sargento Urdiales. Lo habló con el propio Vicente. Él pareció estar de acuerdo, o por lo menos eso fue lo que le dijo. Ya estaba bien con un expedientado, para qué complicar inútilmente a otro. Vicente Heredia sabía que su suerte estaba echada: injusto, pero así funcionan a veces las cosas, sobre todo cuando las cosas arriesgadas (aunque sean justas) no se hacen en el momento apropiado, con la cautela, con la prudencia que el caso requería. A los pocos días desapareció de Tarifa, sin ni siquiera despedirse de él, de decirle adónde se iba. Aunque él intuía que, seguramente, Vicente Heredia buscaría refugio en su pueblo, con los suyos, como así hizo. Pasaron los días, y fue posponiendo la idea de llamarle por teléfono, como si nunca fuera el momento adecuado. Después, cuando pasó el tiempo, le pareció ridículo, inapropiado, marcar su número de teléfono. Pensó, incluso, que Vicente podría estar dolido con él —así era el Gitano: generoso y, a la vez, resentido—, que le habría defraudado lo pronto que se avino a la idea de que no valía la pena que él también se sacrificara en aquel maldito asunto. Pero, por su parte, ¿había sido un sacrificio? Sin duda aquello no le habría acarreado la simpatía del sargento Urdiales, pero de ahí a poner en peligro su propia carrera en la Guardia Civil... Vicente hablaba a veces de la cobardía con desprecio, con palabras calientes. ¿Había sido él, Carlos Montosa, un cobarde? A su manera, y en su papel de juez, el juez

Rivera sí había sabido estar a la altura de las circunstancias. ¿Y él, Carlos Montosa? ¿Y el Gitano? No, el Gitano, víctima del deleite de su propia imagen, diría que él no, nunca, jamás. Poco después le avisaron que había llegado el hombre al que aguardaba. No había sido difícil dar con él. Tampoco, según le dijeron, había puesto ninguna clase de impedimento para ser trasladado a la comisaría. Todo disponibilidad. El hombre sonreía. Llevaba puesta una camisa de vivos colores, medio desabrochada. En el pecho, en el que se entreveían algunos tatuajes, coloreados de rojo y verde, le colgaba un enorme medallón de oro, con la esfinge tallada de un hombre de cierta edad. De cuando en cuando la luz del sol se reflejaba en el medallón, y el oro relucía. Era solo un instante. Le dijo que se sentara, que quería hablar con él.

—¿Hay algo contra mí? —preguntó el hombre.

—Simple rutina —lo tranquilizó el inspector Montosa—. ¿Su nombre es Baldomero Ruiz, el Chino? —le preguntó, mientras consultaba unos papeles que tenía en la mano.

El hombre asintió.

—He estado hojeando su expediente...

—Yo estoy limpio —lo interrumpió Baldomero Ruiz.

—Es una forma de hablar —comentó el inspector Montosa, con la mirada atenta a los papeles—. ¡Se habrá enterado de la muerte de don Rafael Rubiales, el concejal...!

—¡Claro, claro, quién no! No se habla de otra cosa.

—Tú tuviste con él sus más y sus menos... —prosiguió el inspector, tuteándolo.

—¡Para nada! —exclamó Baldomero con rotundidad—. Si hasta somos familiares lejanos... No digo que no tuviéramos alguna discusión, que alguna vez no habláramos con el tono subido. Yo tenía que resolver algunos trámites en el Ayuntamiento.

–Pues se ve que después de hablar con él, una de esas veces, comentaste que le ibas a pegar un tiro en la cabeza.

El hombre lo miró escéptico, mientras bajaba enérgico el mentón. Parecía sorprendido.

–¡Bueno, bueno...! –exclamó poco después–. Ya sé a dónde quiere ir a parar. La gente habla mucho, sin fundamento. ¡Vaya, vaya...! No sé lo que dije, no lo recuerdo, pero se ve que algunos, cuando les interesa, cuando quieren dorarle la píldora a la policía, se acuerdan de muchas cosas, o se las inventan. Pero para qué vamos a andarnos con rodeos. Yo diría en aquel momento lo que fuera, me ardía la sangre, pero del dicho al hecho... ¡Se dicen tantas cosas! Supongo que también le habrán contado que el concejal con sus leyecitas me jodió bien jodido. Gasté todo el dinero que tenía en comprar unos terrenos, justo cerca del mar, una trocha reseca que no valía para nada. Todo legal, ante notario, y nadie me dijo que allí no se pudiera edificar, pero llegó el Rafael Rubiales de los cojones y lo jodió todo. Iba a por mí. Qué le importaban a él si se hacían unos chalecitos más o menos... Eso es bueno para Villanueva. Vienen turistas, necesitan sitio para vivir... Y sí, me quedé compuesto y sin novia. No puedo edificar. Ahora tengo que pagar lo que me queda de la compra del terreno, el proyecto de edificación... ¡Una ruina! Si yo hubiera tenido mala sangre, en ese momento, no sé lo que hubiera hecho, y ahora, un año después, me vienen con esa... ¡Maldita sea!

–Hay ideas que se maduran lentamente –comentó el inspector.

–Yo no lo maté, inspector –lo atajó el Chino–. No tengo

118

dinero para pagar a ningún matón. Mi cuenta está a cero.

–¿Y qué le hace pensar que fue un matón el que lo hizo? –le preguntó.

El hombre lo miró sorprendido, después sonrió de forma escéptica. Al poco, la sonrisa se volvió amplia, sosegada.

–Bueno, inspector, lo dice todo el mundo. Alguien contrató a un sicario para que lo matara. Más limpio, más seguro, impersonal... Total, menos de mil euros. Por cuatrocientos o quinientos euros los puedes encontrar así... –dijo como quien se hace eco de un saber bien compartido, mientras movía nerviosamente los dedos de la mano derecha, en señal de la enorme cantidad de sicarios que supuestamente estarían dispuestos a hacer un trabajo sucio–. Además, salvo los tontos, los exaltados y los pobres de remate, ¿quién se mancha hoy las manos en un asesinato?

–¿Y tú no eres ninguna de las tres cosas? ¡Vamos, que no tienes ni mil euros!

–Seguro que ya ha consultado mi cuenta del banco, comisario. Ni mil euros...

–No todos los euros se tienen en el banco –comentó jocosamente el comisario Montosa–. Hace unos años, te detuvieron. Ibas de "mula" del clan de los Tiznaos. Pasaste unos meses en chirona...

–Cosas de la juventud –comentó Baldomero Ruiz, restándole importancia al asunto–. Pagué por ello y aprendí..., pero no vamos a sacar ahora la partida de nacimiento de todo el mundo. Era joven, estaba "pelao", no había trabajo. No fui el único al que acusaron de "mula". Aquí, en Villanueva del Mar, fuimos unos cuantos... Detuvieron a dos guardias civiles, expulsaron de la escuela a un maestro, a don Miguel González, el que ahora es dueño de media Villanueva... Hasta Rafael Rubiales, el concejal, tuvo que declarar... Y no me gustaría seguir hablando de eso, que me sofoco. ¡Fui yo uno de los pocos que se comió ese marrón!

—Vamos a hacer una cosa, Baldomero, yo te dejo tranquilo y, a cambio, cualquier cosa sospechosa, ya sabes..., me la haces llegar. No estaría bien que otra vez te comieras el marrón tú solo, ¿me comprendes?

—¿Pero es que hay algo en contra mía? —preguntó Baldomero Ruiz, con la voz entrecortada, suplicante, como si aguardara una revelación. La frente se le había cubierto de sudor.

El comisario Montosa sonrió con desgana, mientras hacía un gesto impreciso con las manos. El Chino lo interpretó de la peor manera: "Tal vez, es posible, quién sabe..."

—Siempre está bien tener a mano a un Baldomero Ruiz —respondió enigmático el comisario Montosa—, y desde luego este crimen no se va a cerrar sin que detengamos al culpable.

—Estoy más limpio que una patena —sentenció Baldomero Ruiz.

El comisario Montosa lo miró sin decir nada, mientras volvía a repetir el mismo gesto que había hecho un momento antes con las manos.

—¡Se lo juro por este! —añadió Baldomero Ruiz a continuación, agarrando con ambas manos el medallón que le colgaba del pecho—. Es mi padre, que Dios lo tenga en su santa gloria —aclaró.

—Lo dicho, Baldomero, lo dicho.

IX.

Entreabrió la ventana. De fuera llegaban los resplandores rojizos de la tarde, ya a punto de fenecer. Una ligera brisa inundó la estancia. Se pasó las manos por la cabeza, como si quisiera arreglarse el pelo, pero fue solo un instante, y los dedos de la Rubia –trémulos, deformes, extremadamente finos– tamborilearon el pelo blanco, como quien de pasada pulsa, exánime, las teclas de un piano sin aguardar a que surja ningún acorde, solo el sonido puro de un *do* o un *re* que se repite varias veces sin ninguna clase de convicción, y luego descendieron lentamente, circunvalaron la cara y se entrecruzaron bajo el mentón. La agonía de un rayo de sol se reflejó un instante en uno de sus ojos, de un azul intenso.

–Con un poco de leche, pero poca –le dijo a la Rubia.

Le recordó el día que le dio la caja y, por un momento, al Gitano le pareció que la caja estaba aún sobre la mesita, donde la Rubia la había dejado, sin que él se hubiera atrevido a abrirla en ese momento. Pudor, tal vez respeto.

Ahora, en su lugar, había un pequeño cofrecito, seguramente desocupado; simple adorno de menesterosos, deseosos de poblar los huecos, cualquier espacio vacío, con baratijas inútiles, de extraño gusto. Junto al cofrecito, la bandeja de pasteles que él había traído. La niña ya se había comido uno de merengue.

La vio alejarse hacia la cocina, con su caminar lento, sin prisa, la cintura oscilante, como si a cada paso necesitara apoyarse rítmicamente en uno y en otro lado de su propia pelvis. La Rubia había envejecido.

—La leche del tiempo.

De la salita le llegaba el sonido apagado de la televisión. Por cómo hablaban, parecía un programa de esos para niños. Desde donde estaba sentado, enfrente de él, se recortaba la figura de perfil de la niña, atenta a la pantalla. Podía verla.

—¿Cojo otro...? —preguntó de pronto la niña, sin dejar de mirar a la pantalla.

La Rubia no respondió, tal vez ni siquiera la había oído. Miró hacia la cocina, por si la Rubia decía algo. Aguardó expectante. Poco después —ahora sí había vuelto la cara hacia donde él estaba sentado: los rasgos mongólicos se acentuaban en el perfil de su cara—, la niña volvió a insistir.

—No te ha oído —le dijo Vicente Heredia, mientras se levantaba con la intención de preguntarle a la Rubia.

La cocina diminuta, resplandeciente, la luz apagada, iluminada tan solo por el resplandor del sol que se ponía tras la ventana. La Rubia estaba poniendo el café en las tazas.

—La niña, que dice que si puede coger otro dulce —dijo el Gitano.

—La he oído, y no debería...

—Un día es un día —argumentó el Gitano.

—Ahora, cuando me siente —respondió la Rubia—. Si por ella fuera... —añadió con tono escéptico—. Coge tú las tazas que yo llevo la leche —le indicó.

Volvieron a la habitación, y antes de sentarse, la Rubia tomó un pastel de la bandeja que había traído el Gitano y se lo llevó a la niña.

—¡Mamá, me voy a comer otro dulce! —exclamó la niña—. Lo mastico mucho, mucho...

—¿Lo de la caja sirvió para algo? —le preguntó al Gitano, mientras volvía a colocar la bandejita de los pasteles en el lugar en el que se encontraba, junto al cofrecito.

Era la primera vez que la Rubia se interesaba por lo de la caja, o por lo menos, hasta ese momento —y no es que se hubieran visto mucho desde entonces—, no le había preguntado nunca por aquel asunto.

—No lo sé. Había cosas interesantes, pero no lo sé... Yo hice un informe, lo documenté. Había pruebas. Las aporté. No sé si todo eso servirá para algo... El juzgado está haciendo indagaciones. Eso me han dicho —dijo el Gitano—

—Mastica poco a poco. No te atragantes. Es el último. Luego te pones malita y te duele la barriga. —Mientras oía a Vicente, la abuela estaba hablando con la niña. La Rubia era capaz de eso.

De fuera le llegó el chirriar de un coche. La luz de la estancia empezaba a declinar, a pesar de que las cortinas del ventanal estaban descorridas.

—Mamá, lo mastico mucho, mucho..., y no me pongo malita, ni me duele la barriga ni vomito. Me lo ha dicho la abuela.

–Todo el día así, hablando con la madre... –le comentó la Rubia–. Ella creía que ahí estaba su salvación, en las cosas que guardaba en la caja que te di ¡y ya ves...! –exclamó resignada la Rubia a continuación, mientras se dejaba caer en el sillón, cerca de donde él estaba sentado. La habitación casi en penumbra, la luz eléctrica apagada. Modo de ahorrar. Él lo sabía. La conocía desde chico. La Rubia había vivido momentos sin tantas estrecheces económicas, pero murió su marido, se cerró la fragua, y las deudas, y la cabeza descarriada y sin norte de su hijo, y la niña...: tenía que ahorrar, para llegar malamente a fin de mes, mientras la casa-cueva que, como la Rubia, había conocido mejores tiempos, perecía de abandono, de falta de cuidados, lentamente.

–Al Baldomero lo han vuelto a interrogar... Me ha dicho que ahora ha sido por lo del Rafael, el concejal. No sé... ¡Este hijo mío miente más que habla! La vez anterior, cuando también lo citaron en el juzgado, hace un par de meses... Yo pensé... Rubia, a lo mejor ha sido por lo de los papeles que había en la caja que le diste al Gitano... No sé..., con ese informe que dices que hiciste. El Baldomero no me dijo mucho, pero yo saqué esa conclusión ¡Como él también estuvo un tiempo con la Trini!

–Pero eso fue antes del guardia civil.

–Unos años antes –corroboró la Rubia–. La niña tiene ya nueve años. No sé. Es lo que yo me he imaginado, que quisieran preguntarle si él sabía algo de esa relación, de lo de la Trini con el guardia civil.

Le dio un sorbito al café con leche.

–Te miro y me alegro de verte –añadió la Rubia, cambiando de tema, mientras volvía a colocar la taza en su sitio–. Yo creo que mi sobrina te salvó... Llevabas mal camino, desde que volviste a Villanueva ¡La droga, la maldita droga! Los gitanos no saben lidiar con las drogas. ¡Mira a mi Baldomero! Eso es pa los payos.

Vicente Heredia asintió con la cabeza. ¡Ay, la Margarita! ¡De lo que no sería capaz la Margarita!

La imagen fugaz de la Margarita. Los ojos azules como los de la Rubia, la sonrisa pegada a la boca.

– Los canutos y otras cosas, ninguna buena. Estaba empezando a beber demasiado –dijo el Gitano, con el tono de quien revela un oscuro secreto que le avergüenza–. El hígado empezó a fallarme...

–Y allí estaba la Margarita, tu mujer –subrayó la Rubia.

–Allí estaba... ¡Y por muchos años!

–Mi hijo no tiene tu cabeza. La Trini también valía mucho, ¡y ya ves el tiempo que duró con él! El tiempo de quedarse embarazada...

El Gitano acababa de coger la taza de café. Sorbió un instante y, luego, de un golpe acabó su contenido.

–¿No es de los papeles de la caja de lo que me quieres hablar ahora...? –preguntó intrigado a la Rubia.

La Rubia le había hablado hacía tiempo de aquella caja, de aquellos papeles, de los que, por entonces, no le había dicho nada a nadie, ni a su propio hijo. ¿Para qué? No quería problemas, ni para ella, ni para la niña. Bastantes problemas tenía ya con llegar a fin de mes. Fue Vicente el que le preguntó. Andaba buscando algo, y a ella –a la Rubia– se le ocurrió que tal vez la vieja caja escondida –¿qué cosas había guardado allí la Trini? ¿Para qué?– pudiera servir para algo.

–Cuando la Trini murió, por supuesto, le eché un vistazo a esa caja –le dijo entonces al Gitano–. No entiendo de esas cosas, pero supuse que con lo que ahí guardaba pretendía ponerse a salvo de algo, de alguien, tal vez del guardia civil. No lo sé... No le sirvió de mucho.

—¡El maldito accidente! —exclamó el Gitano—. Los coches...

—El coche se salió de la carretera, precisamente a la altura del barranco del loro. Un precipicio directo al mar, donde se hundió. Después de unos días, lo encontraron... ¡Vaya usted a saber! ¿Accidente? Yo no lo sé, o sí lo sé... Ella no conducía como una loca, para eso era muy prudente. Yo creo que ese coche fue empujado al mar con ella dentro. Se murió el perro y se acabó la rabia —dijo la Rubia con voz apagada, como si temiera que alguien ajeno pudiera oírla. El Gitano se había encogido de hombros—. A veces se buscan razones y se hacen cálculos donde no hay más que azar y mala suerte, pero las razones suenan bien, incluso pueden servir de consuelo. El guardia civil estaba en el negocio de la droga. Eso lo sé. Ella misma me lo dijo. Temían que la Trini hablara y se la quitaron de en medio" —prosiguió la Rubia—.

—Es una posibilidad, pero no se probó —asintió el Gitano.

—Ni se probó ni se investigó... Accidente o suicidio, eso dijeron, pero nada de asesinato. Y fue un asesinato. Yo lo sé, y sé lo que la Trini hablaba a veces conmigo. ¿Por qué si no me dio esa caja para que se la guardara? ¿Por qué si no escondía esos documentos, que ella creía que eran su salvación? Me dejó una caja que al final no la protegió de nada, y me dejó a la niña, a mi nieta, retrasadita. ¿Quién la cuidará cuando yo falte? ¿El Baldomero? A la niña hay que hacérselo casi todo..." —concluyó la Rubia—.

—Y, entonces, ¿qué querías decirme?" —le preguntó el Gitano—.

—¿Puedo comerme otro, el más chico...? —otra vez resonó la voz suplicante, medio apagada, de la niña.

Sacó el paquete de cigarrillos y se lo enseñó a la Rubia, como quien pide permiso. Sin decir nada, la Rubia le acercó el cenicero. Lo conocía. Él mismo se lo había regalado: un platito de cerámica blanco, impoluto, sobre el que con el color azul cobalto del mar embravecido, en cuidada caligrafía, se leía *Recuerdo de Villanueva del Mar.*

—Abuela, otro muy chico, solo un bocadillo... —insistió la niña .

—No, que te duele la barriga —respondió la Rubia. La mirada fija en el lugar del que venía la voz.

—Mamá, no, que luego me duele la barriguita.

El Gitano le dio una calada al cigarrillo que acababa de prender. En la casi penumbra, la boca se le iluminó un instante.

—Voy a darle a la luz —dijo la Rubia, mientras se levantaba—.

—Mañana, sí, mañana me como otro. ¿A que sí, abuela?

—Límpiate la boca con el papel —dijo la Rubia.

—Mamá, el otro me lo como mañana....

—Me preocupa el Baldomero, va a acabar mal —añadió a continuación la Rubia, mientras se volvía a sentar—. Otra vez en comisaría... ¿Qué tiene él que ver con el Rafael? ¡Esas malas junteras! Estoy asustada.

—Supongo que son simples averiguaciones, sin más —intentó tranquilizarla el Gitano—. Él había amenazado alguna vez al concejal. Todo el mundo lo sabe. Es lógico que la policía...

De nuevo, desde fuera, les llegó el chirriar metálico de un coche, seguido del sonido hiriente de un claxon.

–Es el niño de la Juana, que viene a recoger a la novia. Todos los días la misma cantinela –comentó la Rubia–. El Rafael era una buena persona y no sé qué pensar. Mi hijo tú ya sabes que no tiene dos dedos de luces ¡Cuántos problemas nos ha dado!, y tiene unas junteras...

Volvió a tranquilizarla. El claxon sonó de nuevo y, a continuación, se oyó el golpe seco y medido de la puerta de un coche que se cerraba. La Rubia lo estaba mirando de frente, fijamente, como si estudiara las facciones de su cara. Se oyeron unas voces. Un hombre y una mujer. Discutían.

–Vi a los que lo mataron. Eso era lo que te quería decir –dijo de pronto la Rubia.

–¿A los que mataron a quién...?

–¡A quién va a ser!... ¡A Rafael, el concejal!

El Gitano le dio una calada profunda al cigarrillo y, a continuación, le preguntó si los conocía, mientras los aritos de humo flotaban plácidamente en el aire, alejándose de su boca, hasta que convertidos en hilillos, cada vez más finos, casi invisibles, se disolvían en la nada.

–Eran dos –dijo la Rubia–. A uno sí que lo conozco. Lo he visto antes.

La Rubia no le apartaba los ojos de la cara.

–¿Quién es? –le preguntó apresurado–.

–No lo sé, no sé cómo se llama, ni quién es. Lo he visto con el Baldomero, en la casa del Baldomero, y un día que me lo trajo aquí... Fue solo un momento.

–¿Se lo has dicho a alguien? –le preguntó el Gitano. La Rubia negó con la cabeza–. Entiendo... –añadió el Gitano.

—¿Qué hago, Vicente? —preguntó suplicante la Rubia.

—Nada, callarte hasta que sepamos algo más. Yo preguntaré por ahí... Puede ser simple coincidencia.

—¡Pero tú crees que con mi hijo hay coincidencias! —exclamó la Rubia.

—Dolores, todavía no has probado los dulces que he traído" —dijo el Gitano.

—No tengo gusto paná.

X.

Estaba aguardando a que llegaran los primeros informes de la UCO. El jefe de la Unidad la había llamado a primera hora de la mañana. Al parecer, tenían ya algunos resultados. Pensó que sería bueno que Carlos Montosa y los de la científica estuvieran presentes. Entre todos podrían ver la mejor manera de proseguir con la investigación. Sin embargo pronto desechó la idea. Mejor sería que ella siguiera centralizándolo todo, antes que convertir aquella investigación en una especie de parlamento inútil. Ya citaría ella a Carlos Montosa cuando lo estimara necesario. Tenía sobre su mesa el último informe que este le había mandado. Los de la científica habían interrogado a los trabajadores del Ayuntamiento que podrían verse afectados –y que de hecho lo estaban– por la convocatoria de oposiciones para cubrir las plazas que ellos mismos ya desempeñaban. Al parecer, de forma voluntaria, y tal como le había asegurado el representante sindical, todos aquellos trabajadores –incluido Antonio Baena– se habían prestado a que se les realizara pruebas de ADN. Lo mismo había sucedido con algunos vecinos y amigos del asesinado. Después de unos días de espera, los resultados de esas pruebas acababan de llegar, al igual que el de los restos de ADN encontrados en las manos de don Rafael Rubiales, el concejal asesinado, según le había informado el jefe de la UCO. Había echado un poco de agua en la maceta de orquídeas que tenía en el alféizar de la ventana de su despacho –las persianas medio cerradas, casi en penumbra–, cuando el secretario del juzgado la interrumpió.

–Está aquí la hija del concejal, del que mataron... Quiere hablar contigo.

–¿Qué quiere? –le preguntó extrañada.

El secretario se encogió de hombros, mientras ella le hacía un gesto con la mano, indicándole que la dejara pasar.

La mujer parecía tranquila. La invitó a sentarse, mientras la recién llegada esbozaba una ligera sonrisa, casi como si le estuviera pidiendo disculpas por interrumpirla de esa manera.

–Igual es una tontería –se justificó la hija del concejal–, pero me dijo que si recordaba alguna cosa, detalles... Ya le comenté que mi padre había tenido algunas... –titubeó un momento, como si buscara la palabra correcta–. No sé, alguna aventurilla, deslices... ¡Tonterías! –se corrigió–. Vamos..., que si le había puesto los cuernos a mi madre alguna vez –dijo por fin con voz que quería ser firme, pero que pronto empezó a resquebrajarse, mientras los ojos se le enrojecían por el llanto.

La juez sacó un paquetito de pañuelos de papel y se lo dio.

—¡Qué tonta soy! —exclamó la hija del concejal, secándose las lágrimas—. A lo mejor no tiene importancia..., pero ayer me acordé de una llamada. Era del marido de Josefina Martín, una prima de mi padre. Viven en el Peñón, a unos kilómetros de aquí. Ella también es concejala, de cultura, en el Peñón... Eran muy amigos, quedaban para cenar y esas cosas; mis padres, ella y Pablo Ríos, su marido, precisamente el que me llamó por teléfono hace unos meses. Me dijo que estaba deshecho. No sé cómo, pero al parecer había grabado una conversación —me comentó algo de eso—, de la que deducía que mi padre y su mujer... ¡Ya sabe!, bueno, que estaban liados... No me lo creí del todo, ¡mi padre con su prima! Lo primero que pensé, además del cabreo, fue ¿y para qué me cuenta a mí eso? Sin duda, para que yo hiciera algo, que se lo contara a mi madre, que me peleara con mi padre... ¡qué sé yo! Desde luego, me callé. Verdad o mentira, no es esa la manera como se debe hablar de esas cosas.

—¿Verdad o mentira? ¿Qué piensas? —la atajó la jueza, impertérrita, como si le hubiera preguntado por el tiempo que hacía.

La hija del concejal estaba llorando. Sin duda, aguardaba esa pregunta.

—Verdad —dijo, sin pensarlo—. Me resulta doloroso creerlo, pero... Aunque nunca pensé que mi padre pudiera llegar tan lejos. Con una prima, se conocían desde siempre; además Josefina es íntima amiga de mi madre, se lo cuentan todo... Pensaría que yo se lo iba a decir a mi madre y que se iba a liar la marimorena. Sin duda, Pablo Ríos quería hacerles daño a mi padre y a su mujer, vengarse...

—¿Y no lo comentaste con tu madre? —preguntó la jueza, con el mismo tono de voz notarial que antes.

—No, ni a mi madre ni a mi padre. Ya se lo he dicho.

—O sea, que tu madre no sabe nada de todo esto —insistió la jueza, como si estuviera deduciendo la conclusión de un teorema—. ¿Qué crees que hubiera hecho tu madre, de haberlo sabido?

La hija del concejal hizo un gesto extraño con los labios. Se acababa de secar los ojos, que habían dejado de llorar.

—¡Y qué sé yo! —exclamó con desgana—. Posiblemente nada. Ella conocía a mi padre como nadie; sus virtudes y sus..., y sus cosas. De hecho, desde hacía años vivían juntos por pura conveniencia. No tenían vida..., quiero decir, que dormían en camas separadas, cada uno en una habitación.

—Pero al tratarse de una prima que, además, es una íntima amiga... —insistió la jueza.

La hija del concejal se encogió de hombros.

—Lo cierto es que tu madre nunca supo... —volvió a comentar la jueza.

—Exacto —concluyó la hija del concejal.

—¿Y si ese Pablo Ríos se lo hubiera contado también a tu madre, lo mismo que hizo contigo? —le preguntó de pronto la jueza, mirándola por vez primera a la cara, fijamente.

La hija del concejal hizo un gesto de extrañeza. Sin duda nunca se había planteado esa posibilidad. Se colocó el dedo índice en el labio inferior, luego parpadeó varias veces, clavó por un momento sus ojos en los de la jueza, que seguía observándola atentamente. Parecía estar pensando la respuesta.

—No sé... —concluyó la hija del concejal—. No sé lo que

mi madre hubiera hecho. ¿Callarse, seguir como siempre, saliendo de vez en cuando con Josefina a tomar un café, a hablar de sus cosas...? No sé..., pero mi madre no es una cínica, va de frente, por derecho... No sé –musitó la hija del concejal, con la voz rota. Los ojos se le habían vuelto a enrojecer.

–¿Oíste esa conversación? –le preguntó la jueza Rivera.

–¿Se refiere a la que Pablo Ríos me dijo que había grabado con el móvil?

La jueza asintió.

–No. Ni se la pedí, ni me la mandó. No quería rebajarme, ni seguirle el juego.

Poco después la hija del concejal abandonaba el despacho. Vista de espaldas –alta, bien plantada–, parecía hacer esfuerzos para recobrar cierta dignidad en la marcha, como si quisiera hinchar orgullosamente el pecho. Entonces la jueza pensó que sería conveniente que Carlos Montosa estuviera presente en la reunión que iba a tener dentro de una hora con el jefe de la UCO.

Y allí, una hora después, en el despacho de la jueza, estaban los tres reunidos: la jueza, el jefe de la UCO y el inspector Montosa. Desde fuera, les llegaba el murmullo de la manifestación en apoyo a la familia del concejal asesinado y por la pronta aclaración de los hechos que, partiendo de la antigua plaza del mercado, se dirigía al Ayuntamiento, justo enfrente del edificio de los juzgados, en el que se encontraban reunidos. La jueza había cerrado totalmente las cortinas del ventanal que daba al Ayuntamiento.

–Es lo que vamos a tener, hasta que detengamos al asesino –comentó, irónica.

El jefe de la UCO la miró por encima de las gafas que llevaba puestas. La montura, plateada, se le proyectaba en la frente, como si tuviera los ojos enmarcados por una doble hilera de cejas, paralelas entre sí. El efecto resultaba extraño. Parecía un hombre despierto, de esos que se saben las preguntas antes de que se las hagan. Más aún: que son capaces de dar la respuesta exacta, antes de que surja cualquier pregunta que con ella se relacione. Tenía la piel de la cara blanquísima, como si el sol nunca se hubiera posado en ella. Visto desde el lugar en el que se encontraba sentada la jueza, que ya había vuelto a su sitio, parecía que el de la UCO bizqueaba ligeramente del ojo derecho, sobre todo cuando hablaba. La jueza pensó que se trataba de un tic nervioso o algo similar.

El murmullo de la calle se había apagado de repente. El jefe de la UCO acababa de abrir la carpeta que llevaba, de la que extrajo unos documentos. Se los entregó a la jueza, que los hojeó por encima, como si supiera lo que buscaba.

—¡Ah! —exclamó.

—Como verá su señoría —dijo el jefe de la UCO, que había comenzado a bizquear ligeramente—, las pruebas del ADN de los empleados municipales son todas negativas. Hay que buscar por otro lado... Tenemos la certeza de que lo del concejal no lo hizo una sola persona, en el lugar de los hechos hemos encontrado restos de sangre de dos personas, además de la del concejal asesinado. Los resultados del análisis de esos restos de sangre, coinciden con los restos de ADN hallados en las manos del concejal. Estamos más cerca...

—¿Y del arma homicida, se sabe algo? —preguntó el inspector Montosa.

–Sin duda son bates de béisbol o algún otro palo similar, pero no, no hemos encontrado nada hasta ahora. No sé si vosotros o los de la policía municipal habéis rastreado...

–Palmo a palmo, hemos peinado y repeinado la zona...

¡Nada! –exclamó el inspector Montosa–. Se los debieron llevar con ellos. Sí sabemos que, unos días antes del asesinato, un hombre compró dos bates de béisbol en el chiringuito que unos chinos tienen a la entrada de Villanueva del Mar. Siete euros cada uno. No hemos podido recabar más información de los chinos. No recuerdan nada del hombre, salvo que llevaba puesta una camiseta de la selección española de fútbol y que hablaba raro...

–¿Qué querrá decir un chino con eso de "hablar raro"? –intervino la jueza.

–Pues la verdad no nos aclararon mucho –respondió el inspector Montosa–. Por supuesto que se lo preguntamos al chino, pero nada... Que hablaba raro, extraño, como si silbara..., de ahí no había quien lo sacara. ¿Con acento extranjero, tartamudeaba...? –le preguntamos–. Nada. He llegado a la conclusión de que tal vez se trate de un sudamericano. No sé. Lo digo por el tono, por ese hablar "raro".

–¿Un sicario? ¿Alguien que se contrata para realizar un crimen? –preguntó sorprendida la jueza.

–Puede ser –corroboró el de la UCO–. Es una de las hipótesis que barajamos. En todo caso, un par de sicarios.

–¿Se ha podido o se han podido volver a su país? –volvió a insistir la jueza.

El de la UCO bizqueó de repente un par de veces seguidas, como si quisiera alejar de su cabeza esa posibilidad.

–No creo –dijo al fin, y el bizqueo cesó de repente–. Si

son sicarios, asesinos a sueldo, los dineros que se pagan en estos casos no son como para estar viajando en avión de aquí para allá todo el día. Por un par de miles de euros te hacen el trabajo. Los asesinos deben estar en España, tal vez cerca de Villanueva del Mar. Parecían conocer el lugar donde asesinaron al concejal; un lugar que por lo demás no es demasiado transitado, aunque no creo que vivan en Villanueva, sería demasiado estúpido... Pero, en fin, cualquiera sabe...

—Nosotros tenemos la obligación de saber —lo interrumpió la jueza.

El de la UCO volvió a bizquear.

—Necesitamos investigar todas las llamadas telefónicas realizadas en las zonas próximas al lugar del crimen en ese día, incluso en los días anteriores —dijo el de la UCO.

—¿Es eso posible? —preguntó sorprendida la jueza.

—Por supuesto —intervino el inspector Montosa—, solo que su señoría debe dar la orden oportuna. Es un trabajo de un par de... —Montosa se interrumpió un instante, como si hubiera refrenado la palabra que iba a decir y estuviera pensando la palabra más idónea para acabar su frase—. Será un trabajo complejo; eso es, complejo —dijo por fin—, muy laborioso.

—Preparo la orden oportuna y, además, voy a prorrogar el secreto del sumario —concluyó la jueza—. Quiero esto resuelto cuanto antes. No me gustan demasiado las manifestaciones ni las algarabías.

A continuación les contó la entrevista que había tenido con la hija del concejal.

—Es una de las líneas de investigación que estamos siguiendo —comentó el jefe de la UCO—. Además de Josefina Martín, la concejala de cultura del Peñón, hay otras mujeres, otros posibles maridos celosos... Tenemos localizados a cuatro en total.

—¡Pero de qué iba este...! —exclamó la jueza sorprendida, refiriéndose al concejal asesinado—. De todos modos, quiero que los de la criminal —dijo a continuación dirigiéndose al inspector Montosa— interroguéis a esa Josefina lo antes posible. A ver qué sacamos de todo esto.

—¿Y al marido? —preguntó el inspector Montosa.

—Primero a la mujer, después ya veremos... —dijo secamente, mientras comenzaba a ordenar los papeles que tenía sobre la mesa, antes de dar la reunión por concluida—. Sí me gustaría oír la grabación que ese Pablo Ríos dice que hizo. ¿Es posible?

—Si su señoría emite la orden oportuna, claro que es posible —comentó bizqueando el jefe de la UCO—. La operadora telefónica accede a su terminal y en pocos días tenemos una copia de todo lo que hay en su móvil. Así de fácil.

—Y lo de los constructores, ¿cómo va?

—Seguimos en ello —respondió el de la UCO—. Es una maraña difícil de deshilar. Ahora estamos con Miguel González, que fue quien precisamente descubrió el cadáver. No nos olvidamos de él...

—A pesar de que lo de su ADN haya resultado negativo, habría que interrogar a Antonio Baena... ¡No hay nada más útil que un tonto inútil! —sugirió Montosa.

—Adelante, que no quede ningún cabo suelto —resolvió la jueza.

El primero en marcharse fue el jefe de la UCO. Lo estaban aguardando —dijo—. El inspector Montosa, mientras tanto, parecía repasar uno a uno los documentos que llevaba. Los sacaba de la cartera, les echaba una ojeada y volvía de nuevo a ponerlos en el mismo sitio en el que estaban. De vez en cuando, algunos de los documentos los colocaba en la mesa de la jueza. "Es la declaración de tal o cual..." –decía, atento al contenido de los documentos, como si hablara en voz alta consigo mismo, sin reparar apenas en la jueza, que sentada aún en su sitio, detrás de la mesa, parecía aguardar con impaciencia que finalizara aquel trasiego de papeles.

–Bueno, ya está todo –dijo por fin el inspector.

–Perfecto. Los leeré después –respondió la jueza, mientras se levantaba de su asiento–. Se ha hecho un poco tarde...

–¡Claro, la hora del almuerzo! –exclamó el inspector, que acababa de consultar su reloj–. Las tres pasadas... Te invito a comer. Hoy es mi cumpleaños –dijo Montosa con firmeza, como quien se refiere a lo inevitable de algunas cosas, como si el azar no hubiera intervenido en la fecha exacta de su nacimiento–. Yo también cumplo...

–Felicidades –respondió la jueza, con el tono burocrático aún pegado a los labios–, pero tengo trabajo acumulado y no quisiera alargar... Esta tarde y mañana van a ser muy movidas.

–Y yo también –la interrumpió el inspector–, pero hay que comer, parar un poco... No nos robará mucho tiempo. Te espero.

Las palabras del inspector no parecían albergar ninguna duda. Lo miró sorprendida. El inspector ya estaba cerrando su cartera. Pensó en repetir lo que ya había dicho, aunque sonara a descortés, pero luego, sin saber muy bien por qué, la idea de que el inspector pudiera pensar que era el tono dominante de sus propias palabras lo que la había inducido a rechazar la invitación, la contuvo. Tal vez, lo juzgaba de forma apresurada.

—De acuerdo, inspector —resolvió al fin la jueza.

—Para esto, si no le importa, mejor nos tuteamos... Carlos, ese es mi nombre. Ya lo sabes.

Primero se le encendieron los ojos y, luego —al instante—, bajó la mirada. Se había sentido intimidada. Cuando la ascendió, la mirada de la jueza se posó, de forma apenas perceptible, en el alfeizar de la ventana del despacho, donde tenía la maceta de orquídeas. De reojo, veía la figura de Carlos Montosa que la aguardaba; sereno, sin prisa, como si dispusiera de todo el tiempo del mundo.

Al salir a la calle, los manifestantes, reunidos en la puerta del Ayuntamiento, se aprestaban para el minuto de silencio, con el que se daría por finalizada la manifestación de ese día. Una manada de golondrinas surcó el cielo, de un azul intenso, casi transparente. Se las oía piar, en el silencio sepulcral de la plaza. "¡Shhh...!" —susurró alguien, que parecía querer acallar a las golondrinas.

De vuelta a su despacho tras el almuerzo con el inspector Montosa, sacó el sumario del narcotráfico que había dejado en el cajón cerrado de su mesa. Aquella tarde iba a ser movida, muy movida. Cogió el teléfono para hacer la primera llamada. Miró el reloj. Estaba todo calculado. En un instante comenzarían las primeras detenciones. No podía fallar. Se lo debía a su padre. Por fin, iba a acabar el trabajo que él había iniciado hacía ya algunos años.

XI.

El ruido en el bar resultaba ensordecedor, como si cada voz, cada grito o llamada, el entrechocar de las jarras de cerveza, cada suspiro –incluso los roces entre los cuerpos, el estremecimiento del aire cuando las manos se alzaban intentando atraer la atención del camarero...–, formara parte de un pugilato por alcanzar las más altas cotas de decibelios. De pronto, en medio del barullo, por un fenómeno extraño, se dejó oír la voz de su sobrino que lo llamaba.

–¡Tito! ¡Tito!

–Más bajo, que te van a oír –le advirtió el Gitano a su sobrino, con cierta sorna.

El sobrino musitó algo.

–¡Que era broma, Miguelillo, que no sé qué dices! –ahora fue él el que alzó la voz, para dejarse oír.

–Que ha llegado ese hombre –gritó a su vez el sobrino–, el marido...

Había comprendido a quién se refería.

—Me acabo la tapa y nos vamos —dijo, dando un buche al botellín de cerveza que tenía en la mano—. ¿Y qué quiere? —le preguntó al sobrino, una vez alcanzada la calle.

—Hablar contigo. No me ha dicho más.

Le sorprendió el total silencio que reinaba en la calle, hasta los berridos de los coches se habían apagado. De repente, desde la acera del Ayuntamiento, les llegó el estruendo de unos aplausos. Caminando hacia ellos, vio acercarse a Carlos Montosa. Iba acompañado de una mujer. Creyó reconocer a la hija del juez Rivera. Hablaban entre ellos. De pronto la mujer se echó a reír. Carlos Montosa le debía haber dicho algo que le había hecho gracia.

—¿Qué tal, Montosa? —lo saludó, una vez que se encontraron.

—¡Hombre, Vicente Heredia! —exclamó Carlos Montosa, que parecía alegrarse de haberlo visto.

Le presentó a la mujer que iba con él.

—María Rivera, la jueza de Villanueva del Mar —le dijo lacónico.

Aunque no le agradaban los remilgos de las presentaciones, el Gitano se sintió obligado a presentarles a su sobrino. El muchacho les extendió la mano.

—Uno de los mejores guardias civiles que tuvimos en la brigada —le comentó Carlos Montosa a la jueza—, pero nos dejó... Vamos a almorzar —añadió Carlos Montosa, antes de que el Gitano pudiera decir algo—. Tenemos que quedar un día de estos...

Poco después se despidieron. De pronto los coches parados que se habían acumulado en la plaza, respetando el minuto de silencio de la manifestación, parecían haber entrado en una competición de cláxones enloquecidos.

La manada de golondrinas había desaparecido del cielo, que lucía menos azul que antes, como si un vaho blancuzco, casi ceniciento, hubiera empezado a cubrirlo de punta a punta.

Pablo Ríos estaba sentado en el mismo sitio que lo dejó Miguelillo, casi en la misma posición, como si apenas se hubiera movido en todo el rato. A Miguelillo –que cuando pequeño, en el colegio, le habían dicho que padecía de hiperactividad, sin que en ese momento ni él ni su madre entendieran muy bien el significado de aquella palabra, pero que aún la recordaba–, le llamó la atención esa capacidad de permanecer en el mismo sitio, sin apenas moverse, como si fuera una estatua. El hombre sonrió al verlos.

–Pasaba por aquí –dijo, como si se disculpara– y me dije: ¡A ver si hay algo nuevo!

Vicente Heredia le explicó el procedimiento que se seguía en los casos similares al suyo, aclarándole que ya le enviaría un informe completo, por escrito, una vez que él diera por acabada sus pesquisas.

–De todos modos –le adelantó–, hasta ahora no hemos encontrado nada sospechoso. Es más, tu esposa parece llevar una vida tranquila, confiada; entra y sale de su casa, sin que parezca preocuparle el anónimo que recibió. Va a la compra, al gimnasio, al Ayuntamiento, habla con unos y otros... Todo normal y tranquilo. Lo que no entiendo es cómo no le han puesto cierta protección policial, por lo menos durante un tiempo, hasta que se aclare lo del concejal de Villanueva del Mar.

–Supongo que estarán dedicando todos los policías posibles, todos los recursos disponibles, a investigar el asesinato... Por eso recurrí a ti. Ahora estamos más tranquilos. No eres policía, pero para mí como si lo fueras. Espero que pronto detengan a los asesinos del concejal y de camino se aclare lo del anónimo. ¿Sabes cómo va la investigación?

—La jueza no ha levantado el secreto del sumario. Así que... —dijo, casi disculpándose.

—Pero tú conoces los procedimientos, el modo como actúa la policía. Eras el mejor.

Vicente Heredia carraspeó impaciente, momento que aprovechó Pablo Ríos para sacar un sobre del bolsillo del pantalón. Se lo dio a Vicente.

—Es un adelanto —le dijo.

Vicente abrió el sobre. De su interior, extrajo unos billetes.

—¡Trescientos euros! —exclamó con extrañeza—. Puedes pagar al final, no hace falta ninguna clase de adelanto.

—Porque, ¿qué harías tú si fueras policía y estuvieras investigando este caso? —preguntó Pablo Ríos, a la par que colocaba ambas manos a la altura de su pecho y luego las abría de par en par, como significando que el adelanto no tenía importancia y que confiaba en él.

—Bueno, interrogaría a unos y otros; intentaría lograr todas las pruebas posibles... Hubo muchos golpes, mucha sangre, un coche, vallas que se colocaron, el palo o los palos con el que lo golpearon, seguro que también habrá llamadas telefónicas... Peinaría toda la zona, cualquier llamada realizada en la zona del crimen o más o menos cerca, ese día, los días anteriores... serían analizadas una a una... Intentaría llegar a una hipótesis... Trabajar sin hipótesis es dar palos en el aire. ¿Por qué y para qué mataron al concejal de Villanueva de Mar...?

—Pero supongo que los asesinos no se iban a entretener haciendo llamaditas por el móvil... –lo interrumpió Pablo Ríos.

–Que yo sepa la policía no ha aclarado si se trata de uno, de dos... En fin, yo creo, al igual que tú, que en el crimen intervino más de una persona; es más, conozco a la gente de Villanueva del Mar; conozco a Rafael Rubiales, el concejal asesinado, desde chico. Íbamos al colegio juntos, aunque él estaba en un curso superior. Era mayor que yo... No solo intervino más de una persona en el asesinato, sino que los que lo cometieron eran asesinos a sueldo, por cierto bastante novatos... ¡Matar a alguien como Rafael Rubiales a golpes! Yo creo que querían darle un susto, un buen susto, de esos que no se olvidan nunca, por eso usaron palos y no pistolas, pero a los asesinos se les fue el asunto de las manos... Así que, imagínate si hay razones para pensar que usarían los teléfonos móviles... Llamadas entre ellos, llamadas con el que los había contratado, el inductor del crimen...

–¿Cree que lograrán detenerlos? Al final, estos siempre se escapan.

–No lo dudes. Los sicarios acabarán cantando. Además, el mismo asesino, el culpable o el inductor, como se quiera llamar, ayudará mucho. Así sucede casi siempre. Tienes una hipótesis y, de una manera u otra, se la haces llegar al asesino. Entonces, de forma directa o indirecta, a veces haciendo como que él nada tiene que ver con esa hipótesis, el asesino empieza a colaborar con la policía. Incluso, recuerdo un caso... hicimos circular una hipótesis falsa, amañada y, cuando llegamos a detener al culpable, cayó en la cuenta de que intentando desmarcarse del supuesto móvil del crimen, de la engañifa que le habíamos lanzado, no había hecho más que confirmarnos el auténtico motivo por el que se había cargado a un par de tipos. Los humanos somos muy raros. No sabemos estar con la boca cerrada. Debe ser cosa del nerviosismo, del miedo, de la culpa...

Pablo Ríos sonrió; una sonrisa triste, apagada, como si no acabara de creerse del todo lo que Vicente Heredia le había dicho y la sonrisa tan solo fuera un modo de reconocerle la ocurrencia que había tenido.

—¿Y por qué han detenido al Baldomero? —le preguntó de pronto.

La noticia le cogió por sorpresa. Miró a Pablo Ríos con extrañeza.

—No lo sé. No sabía nada...

—Sí, hace un rato —le confirmó Pablo Ríos.

—No lo sé —volvió a insistir Vicente Heredia—, pero a lo mejor es pura coincidencia ¡Quién sabe! Intentaré informarme... Si te interesa, ya te digo algo.

—¡Cómo no me va a interesar! —exclamó Pablo Ríos— Ese a lo mejor sabe algo del anónimo... No me fío. Está metido en todos los tinglaos.

—Si ha sido él, muerto el perro se acabó la rabia —concluyó el Gitano—. Mejor para todos.

Pablo Ríos se encogió de hombros.

—Sí, mejor para todos —murmuró, mientras se despedía.

—Tito, eso no lo esperabas —le comentó su sobrino, refiriéndose al sobre que Pablo Ríos le había dado, después de que este se marchara—, aunque a ese payo le gusta dorarte la píldora. Para mí que está asustado. Ese oculta algo.

Le dio una pequeña molleja en la nuca al sobrino, con ternura, como si no supiera expresar el cariño de otra manera.

—Anda, Miguelillo, tú a lo tuyo –le dijo–, sigue con lo que te he dicho de la concejala, atento, que yo me voy a dar hoy una vuelta por El Peñón. En cuanto a este, me ha adelantado trescientos eurazos, así que yo también le he dorado la píldora a él, para que se vaya contento.

—¡Anda ya! –exclamó escéptico el muchacho.

Vicente Heredia separó los brazos del cuerpo e hizo un extraño movimiento con la cabeza, como si quisiera subrayar lo que acaba de decirle a su sobrino.

—¿Quién será mejor actor, tú o él? –murmuró el sobrino, mientras se marchaba.

Una vez a solas, rápidamente llamó a los de Hominis Dignitas. El teléfono no respondía. Lo intentó de nuevo, con el mismo resultado. Sin duda, tenían el teléfono apagado. ¿Estarían en el juzgado? Le urgía aclarar el asunto de Baldomero, el Chino, cuanto antes.

Tal como se había imaginado, no le resultó difícil saber algo más de los anónimos, le bastaron un par de conversaciones que tuvo en el Peñón, donde conocía a algunos concejales. Después hizo varias llamadas. La concejala de cultura del Peñón, Josefina Martín, no había recibido ningún anónimo amenazante, o por lo menos nadie en el pueblo sabía nada de eso. Por lo demás, en el juzgado de Villanueva del Mar no había registrada ninguna denuncia por ese asunto. Sin duda, Pablo Ríos era un marido celoso, que aprovechaba el revuelo que se había creado tras el asesinato del concejal de Villanueva, para tener una coartada con la que vigilar los pasos de su mujer. Vicente Heredia había barajado esa posibilidad casi desde el principio. En realidad, Pablo Ríos quería que vigilara a su mujer, de ahí su obsequiosidad, y de ahí que –tampoco él, mientras Pablo Ríos pagara religiosamente, se había esforzado demasiado en aclarar el asunto, al margen de mandar al Peñón a su sobrino con la moto, no solo para vigilar los pasos de la mujer de Pablo Ríos (suponía que el muchacho con su atolondramiento estaría haciendo una chapuza de vigilancia malamente disimulada), sino para que este supiera que lo estaba haciendo y que, de alguna manera, se cumplía con empeño lo acordado. Un marido celoso, enfermizamente enamorado de su mujer. Así se refirió a él uno de los concejales con los que había hablado en el Peñón.

–¡El amor, Vicentito, el amor...! –le dijo el concejal, con un tono con el que pretendía dejar traslucir cierta sabiduría popular, sin lograrlo del todo–. Pablo es un hombre oscuro, desconfiado, sin gracia, aunque eso sí, buen trabajador y muy legal. No admite chanchullos en su trabajo, todo con factura y con IVA, mientras que su mujer, Josefina, es todo lo contrario: abierta, dicharachera, caótica, campechana, alegre, ¡y está buena! Es demasiada mujer para él. Yo creo que este hombre sospecha hasta de su sombra.

Volvió a llamar a los de la ONG. El teléfono no contestaba. Parecía como si a los de Hominis Dignitas se los hubiera tragado la tierra.

A la vuelta del Peñón, recibió una llamada de su mujer. Le recordaba que tenía que comprar un jarabe para la niña.

–¿Cómo sigue? –le preguntó.

–Ahora no tiene fiebre. Estornuda de vez en cuando. Se ve que es un resfriadillo sin importancia –lo tranquilizó la mujer.

–Intentaré volver lo antes posible –le dijo, antes de

despedirse–. Le prometí que le contaría un cuento. A ver si me acuerdo de alguno nuevo.

Poco después recibió otra llamada. Estaba oyendo unos cantes de don Antonio Mairena que acababa de poner, unos tarantos en el que a la guitarra lo acompañaba Melchor de Marchena. *¡Ay!, a las minas del Romero no llevarme, por favor, que la mare de mi arma allí murió de dolor, ¡ay!, por mi hermano de mis entrañas...* Lo apagó y accionó el manos libres. Eran los de Hominis Dignitas, la ONG para la que había estado investigando.

–Vicente, estamos de enhorabuena, han detenido a los de la red, once personas en total, hasta ahora. Esta misma mañana..., en Algeciras, Marbella, Jimena de la Frontera, Villanueva del Mar... Tu informe y tus pesquisas han sido determinantes... Hay un par de guardias civiles detenidos en Jimena... ¡Han detenido al jefe de la Policía Judicial de la Guardia Civil del campo de Gibraltar, al capitán Urdiales! Acaban de hacerlo público. Supongo que llamabas por eso. Hemos estado en el juzgado hasta ahora. ¡Qué alivio!

–¿Kandel lo sabe? –interrumpió al que lo había llamado.

–¡Claro que sí! Lo acabamos de llamar. Está muy contento.

–¿Y lo del capitán Urdiales es seguro? –preguntó. No acababa de creérselo.

–Totalmente.

Se alegró de la noticia. Desde que entregó el informe y las pruebas a Hominis Dignitas, esperaba algo parecido, aunque no se imaginaba que el desenlace pudiera ser tan rápido. Habían sido meses de duro trabajo, desde que la Rubia le dio la caja de la Trini.

—Tenemos que celebrarlo —prosiguió el de la asociación.
—Ahora hay que poner a Kandel a salvo, retirarlo de la circulación —dijo—. Las cartas están ya bocarriba. Hay que ser muy prudentes.

—¿Tú crees...? —preguntó incrédulo el de la ONG.

Notó el aire caliente que entraba de afuera. Al frente y, luego, en paralelo a la carretera, el mar empezaba a enrojecer. Del amarillo naranja al rojo fuego, fileteado a veces de azul y negro. Los destellos del sol poniente, como ascuas sanguinolentas, flotaban sobre las aguas del mar, que parecían serenas, apacibles. De buenas ganas se hubiera dado un chapuzón.

—No es difícil imaginar que Kandel ha hablado, solo él conocía lo de la zódiac, lo que pasó en Nador, todos esos detalles. Tenéis que esconderlo, sino será hombre muerto —dijo muy serio—. Esta gente no perdona. No solo le hemos jodido el tráfico de personas, sino el de hachís, por lo menos por un tiempo. El jefe de toda esta trama, Qurtubí, alias el Triana, el de Nador, no lo va a olvidar fácilmente. Seguro que sigue teniendo contactos por la zona, incluso aquí, en Villanueva del Mar. Yo no me fiaría.

—Dos de los detenidos son de aquí, de Villanueva del Mar —corroboró el de la ONG.

—¿Uno de ellos es Baldomero Ruiz? —le preguntó.

—Afirmativo.

Se imaginó a la Rubia. Tenía que pasarse lo antes posible por el Tomillar. La Rubia estaría deshecha.

Quedaron para celebrarlo y ajustar las últimas cuentas. Los conocía de otras veces y sabía que la ONG pagaba bien y a tiempo. Recordó la primera vez que vio a Kandel, un muchacho joven, todavía casi un niño, temeroso, huidizo; después, al tratarlo, el joven fue tomando confianza y ya sus ojos eran capaces de sostener la mirada. Era de Guinea Conakry –pero dónde coño estaba eso. Lo consultó en internet. La antigua Guinea Francesa... Se imaginó una enorme nariz, y eso era para él desde entonces Guinea Conakry, la nariz occidental de África, una nariz que moqueaba miseria, infecciones, hambre... y también bauxita, diamantes, oro, aluminio–. El muchacho tenía veinte años recién cumplidos y, cuando lo conoció, acababa de llegar a Villanueva del Mar agarrado como una lapa a una patera de plástico que flotaba a la deriva, de noche, en el mar embravecido. Salvamento Marítimo lo rescató de las fauces del mar. El muchacho estaba exhausto. Después Hominis Dignitas se hizo cargo de él. "¿Realmente estás dispuesto a colaborar?", le preguntó, incrédulo, la primera vez que habló con él. Kandel, huidizo, titubeante, incapaz de sostener la mirada, tenso como una ardilla a punto de escapar, le dijo entonces que sí. Un *sí* débil, como si le hubiera costado trabajo echarlo de la boca, pero luego, con firmeza, fue reconociendo a algunos hombres en las fotografías que le enseñó. Narcotraficantes de Nador, narcotraficantes de Algeciras, del campo de Gibraltar, de Villanueva, de Marbella... "Este, sí; este, no. Este también...". La voz firme, con dolor y rabia. Una voz que tal vez ignoraba dónde se estaba metiendo, los peligros que corría con su declaración. Después supo de su vida. Había estado en prisión en su país. No lo ocultaba. Dejó embarazada a su novia, cuando ambos tenían dieciséis años –nada excepcional–, pero el padre de ella ostentaba cierto cargo en el ejército y como castigo lo enchironó durante un par de años. Y cuando recobró la libertad –no le fue fácil: sin el esfuerzo de su madre, sin el dinero que ella había ido reuniendo poco a poco, no lo habría conseguido–, la chica volvió a quedarse embarazada. Kandel decía que de otro chico –¡vaya usted a saber...!–, así que temiéndose lo peor, decidió poner pies en polvorosa, trasladándose a Malí –"De Guatemala a Guatepeor", pensó Vicente Heredia cuando vio a Malí, uno de los países más pobres del mundo, en el mapa–, donde trabajó descargando pescado, ayudando en el campo, trapicheando..., hasta lograr ahorrar un poco de dinero. Tenía que llegar a Europa, al paraíso donde él podría construir su futuro... Afiladas piedras del camino, amargas yerbas, sedientos, la ardiente y la fría sequedad del desierto, Argelia, allí llegó lo peor, fueron secuestrados. "Tuve que llamar a mi madre. Un millón de la moneda de allí, más de cien euros tuvo que pagar por mi rescate". Lo liberaron, pero en el tiempo que duró el encierro, estuvo en una celda con veinte personas tan desgraciadas como él, no podían ni sentarse en el suelo, porque no cabían todos. Por la mañana les daban un trozo de pan con algo raro para untarlo que nunca supo qué era. Esa fue toda su comida. Y, luego, "Marruecos, donde si los militares te cogen saltando la valla o aguardando una patera, te mandan de nuevo a Argelia... y vuelta a empezar". Estuvo medio escondido en un bosquecillo, en Nador, hasta que logró embarcar en una narcolancha. Pagó más de trescientos euros, todo lo que tenía. Salieron de noche y después de navegar un buen rato, la lancha se detuvo. "Oí decir que había problemas. Recuerdo el mar, negro como un cristal ahumado, que comenzaba a agitarse; la noche oscura, sin estrellas. Tenía miedo. Apenas sabía nadar". Entonces sacaron una patera de plástico, tuvieron que inflarla ellos mismos. Los obligaron a subir en ella. Llevaban armas. Eran peligrosos y decían que la lancha se había estropeado, que no podía seguir navegando, así que ellos mismos deberían remar en dirección a una luz que se veía a lo lejos. Les dieron un par de remos de plástico. "Remad, remad..." La lancha se alejó de allí al instante. Se quedaron solos, perdidos en la noche, en mitad del mar, sacudidos por el vaivén intenso de las olas; cayeron algunos al agua, el mar los devoró, no se veían por ninguna parte, remaban enloquecidos... Una nueva sacudida de las olas arrastró a más hombres al agua. También ellos desaparecieron. Luego la patera volcó y cayeron todos los que quedaban con vida al agua. Se agarró como pudo a la patera, intentando mantenerse a flote... Tenía miedo, mucho miedo. Lo recogieron los de Salvamento Marítimo. De aquel horror fue el único que quedó vivo. A la orilla del mar de Villanueva llegaron los cadáveres ahogados de siete hombres. Del resto nada se supo... "El horror, el horror..." —decía Kandel, como si con aquellas palabras quisiera justificar la culpa de haber sido el único superviviente—."¡El horror, el horror...!".

El mar —ahora circulaba junto a él, en paralelo a la orilla—, se había teñido de un rojo negruzco, y las olas, apacibles, no eran más que trazos gruesos que se movían sinuosamente, como sanguijuelas en una charca. Bajó el cristal de la ventanilla del coche un momento. El calor había menguado. Al fondo, por donde el sol se estaba poniendo, ahogado entre hirientes manchas de rojo, de negro, de azul oscurísimo y de naranja, los últimos destellos de luz agonizaban, encajonados entre el cielo refulgente que ya comenzaba a llenarse de estrellas, y las siluetas negras y picudas, recortadas, de la sierra, a lo lejos. Se oía el balanceo de las olas. Olía a salitre. La carretera estaba solitaria. Comenzó a canturrear bajito, casi saboreando lo que decía, a ritmo de mirabrá: "A mí qué me importa que el Rey me culpe, si el pueblo es grande y me aboga, voz del pueblo..." La detención de Urdiales, el sargento Urdiales, el brigada Urdiales, el capitán Urdiales... Sí, Urdiales, el jefe de la Policía Judicial de la Guardia Civil del campo de Gibraltar, el capitán Urdiales, le había alegrado especialmente el día. ¡Y de qué modo! Ese hombre, que llevaba años colaborando con Abdelhalim al-Qurtubí, alias el Triana, al que pasaba a cambio de dinero, de buenos fajos de billetes −y algunos números de la Guardia Civil de la zona lo sabían−, información sobre los movimientos policiales, era responsable de su desgracia, y por qué no decirlo, también de su suerte. Aquella misma noche, cuando llegara a su casa, lo tenía que celebrar con su mujer. Ella, como nadie, conocía toda esa historia. Lo que él le había contado, cómo el mundo se le vino abajo después de verse obligado a abandonar la Guardia Civil... ¡Pelillos a la mar!, exclamó para sus adentros. Dios escribe recto con renglones torcidos... *A mí qué me importa que el rey me culpe, si el pueblo es grande y me aboga, voz del pueblo, voz del cielo, ay, anda, que no hay más ley que son las obras, y con el mirabrás, tiri ti ti tiri, ay anda...* −canturreó−. Había alzado el tono de voz, sin lograr apartar de sí el resquemor que sentía ante la suerte incierta que podría correr el joven Kandel.

XII.

—¡Vamos, niña!

Una cuesta bordeada de arriates de geranios y de gatos negros. En lo alto, el cementerio. La niña babeaba. Le limpió la boca con un trozo de tela, de esos que se arrancan de las sábanas viejas. Por la mañana, antes de salir, cogía varios trozos.

—¿A la casa de mamá? —le preguntó la niña.

Tomó la calle arriba. Primero, y por pura rutina, con la mirada calculó lo alto, lo lejos que quedaba el cementerio. Había olvidado ya desde cuándo lo hacía. Desde luego, hubo un día en que comenzaron a faltarle las fuerzas. Desde entonces, medía los pasos uno a uno, el ritmo, el ímpetu de las pisadas. Le latía el corazón con fuerza. Casi podía oírlo. Uno de aquellos días, el maldito pompom le estallaría por dentro. Una mujer le salió al paso. Vieja, unos años mayor que ella. Se saludaron. La mujer le preguntó algo, pura cortesía.

—¡Qué grande está la niña! —exclamó la mujer.

La Rubia se encogió de hombros.

—¡Más trabajo da! —dijo.

—¡Hay que ver la mala suerte que tiene el Baldomero! —exclamó la mujer, con un tono de voz tan bajo que parecía que le estaba contando un secreto.

La Rubia no contestó. ¿Qué podía decir? Se encogió de hombros, mientras hacía una mueca con los labios. Eso fue todo. La mujer pareció hacerse cargo de las circunstancias y tampoco dijo nada. Se limitó a estrecharle la mano con fuerza, como si así quisiera infundirle ánimo. La niña tiró de ella. En el fondo agradeció el receso. Respiró a fondo, tragándose el aire con la boca abierta de par en par, después continuó su camino. El sol comenzaba a dejarse sentir. Unos metros adelante, antes de entrar en el banco, se ajustó el pañuelo negro con el que se cubría la cabeza. El empleado, tras el mostrador, le sonrió. Tenía gafas y un bigote raquítico, como si los pelos se negaran a crecer y a juntarse entre ellos. "Espérate ahí sentada" —le dijo a la niña, señalándole una hilera de asientos que había a la entrada—. Del bolso sacó el papel que llevaba. Lo desplegó y se lo mostró al empleado, quien sonrió como quien dice "ya sé a qué vienes".

—A ver qué es esto —le preguntó, lo mismo que si le preguntara al médico por una mancha extraña que le hubiera brotado en la cara.

—Una ampliación del IBI —respondió el empleado, sin apenas mirar al papel. Parecía saber de lo que hablaba—. La contribución, Dolores, la contribución... —le aclaró a continuación, con la sonrisa ancha, a punto de caérsele de la boca.

—Ya la pagué. Me la cobrasteis —respondió lacónica.

—Pero esto es una regularización nueva que ha hecho el Ayuntamiento —dijo el empleado, encogiéndose de hombros.

Lo miró como se mira a un mentiroso.

–Que han subido la contribución; mi casa, tu casa, valen más que antes... Ahora hay que pagar un poco más. Esta es la regularización de los últimos tres años –le explicó el empleado.

–Pagar más, por qué –insistió la mujer–. El Ayuntamiento en mí no se gasta ni un duro.

El empleado abrió los brazos de par en par, mientras un esbozo de resignación se le dibujaba en la boca.

–Todo sube –dijo, como si la pantomima que había hecho no hubiera sido suficiente–. El agua, la luz...

–Todo, no. Mi pensión sigue siendo la misma mierda –lo interrumpió con tono agrio–. ¿Y tengo que pagarlo?

–Es no contributiva –comentó el empleado, refiriéndose a la pensión.

–Es de lo que soy: de pobre. ¿Y tengo que pagar esa subida? –insistió la Rubia con el tema que realmente le interesaba.

–No queda otra, Dolores –sentenció el empleado.

–¡Que les den...! –se desahogó la mujer, sin acabar la frase–. Desde que a Rafael le hicieron lo que le hicieron, esto va de mal en peor... Dame doscientos euros de mi cuenta –añadió a continuación.

Mentalmente contó con detenimiento el dinero que acababa de darle el empleado. "Cincuenta y cincuenta y cincuenta y cincuenta; cien y cien; doscientos..."

–¿Cuánto me queda? –le preguntó al empleado.

–No mucho, Dolores; la verdad que no mucho... Trescientos cincuenta y siete euros –recitó, con la mirada fija en la pantalla del ordenador.

Antes de guardar el dinero en el monedero, le pidió al empleado que le cambiara uno de los billetes de cincuenta por monedas más pequeñas. Le dio el billete más manoseado. Los otros tres, que parecían recién hechos, los metió en el monedero. Poco después, tras comprobar que las monedas que le había dado sumaban cincuenta euros, las introdujo también en el monedero. A continuación guardó el monedero en el bolso, gruñó unas palabras de despedida, se volvió a reajustar el pañuelo, cogió a la niña de la mano y salió a la calle. Afuera, una nube pasajera ocultaba el sol. Unos metros más adelante, tras intercambiar unas palabras con otra vecina, entró en la floristería y compró unos crisantemos. Vistosos, frescos, amarillos, relucientes, baratos... no olían a nada.

—¿Qué pasa, Rubia? —El Gitano, el hijo de Vicente y la Caneta, había entrado también a comprar flores. Un ramo de rosas rojas. Se las llevaba a su mujer. Eso le dijo. Era su cumpleaños.

—Pues qué va a pasar, saliva por la garganta —respondió, mientras volvía a limpiarle las babas a la niña.

—¿Y el Miguelito? —preguntó la niña, intentando quitarse el pañuelo que la Rubia le pasaba por los labios.

—¿A echar un rato con tu marido, el Baldomero...? —le preguntó Vicente Heredia, el Gitano.

La mujer bajó los párpados, como si asintiera con los ojos, y no dijo nada.

—Hay problemillas, ¿no? —volvió a preguntar Vicente Heredia.

—¡Y cuándo no los hay...! —exclamó al fin la mujer—. El niño... —añadió resignada.

—Te acompaño un poco, Rubia —dijo Vicente Heredia, cogiéndola del brazo.

—Vicente, ¿has visto mis zapatillas nuevas? —le preguntó la niña.

—¡Claro que las he visto, y bien bonitas que son!

—¿Sabes que el Miguelillo es novio mío? —le preguntó, refiriéndose al sobrino del Gitano.

—¡Buena elección, sí señor! —exclamó el Gitano.

—¿Y que el Pablito también es novio mío?

—A ese no lo conozco, pero seguro que también será un buen mozo.

—Es el hijo del electricista del Peñón. Lo vio en la casa del González, de Miguel González, el hijo de la Canilla... Hicieron reformas en la casa, cambiaron toda la instalación eléctrica. La casa la han dejado que dicen que es un palacio. ¡Como tienen tanto dinero! Y desde entonces dice que el Pablito ese es su novio —le aclaró la Rubia—. ¡Esta niña tiene una memoria...!

—¿Algo nuevo de tu hijo? —le preguntó el Gitano.

—Sigue detenido. Lo mandaron a la cárcel —le dijo Dolores, la Rubia, una vez que alcanzaron la calle. Conocía a Vicente desde pequeño, a Vicente y a toda su familia. Con él podía hablar sin resquemor de sus cosas—. Me ha pedido que vaya a verlo... ¡No sé! ¿No estará mi hijo liado con lo de la muerte del Rafael, el hijo de la Fuensanta y el Ovidio? —le preguntó de repente. Los ojos chispeando de temor y rabia. Esa sospecha parecía envenenarla.

—Olvídate de eso —le dijo—. Está detenido por algo de narcotráfico.

—Ya lo sabes: vi pasar en coche a los que mataron al Rafael. Eran dos. A uno de ellos, lo he visto alguna vez con el perla de mi hijo...

—Pero a tu hijo me han dicho que lo han detenido por cosas de droga. Ya te lo he comentado —la tranquilizó el Gitano, como si no hubiera reparado en lo que la Rubia acababa de decirle— ¿Quieres que te acompañe a la cárcel? —le preguntó poco después.

La mujer negó firmemente con la cabeza.

–Esta vez, no –le dijo–. Voy a ir sola. Esto se acabó.

–Quiero ver a papá –canturreó la niña.

–Si quieres, Margarita y yo nos quedamos con la niña, cuando vayas –le comentó a la Rubia.

–Es una buena idea. No quiero ir con ella a ese sitio. De forma distraída, Vicente Heredia sacó un billete de cincuenta euros y se lo dio.

–Para el viaje. La vida se está poniendo muy cara –le dijo.

Sintió la mano de la vieja que le apretaba el brazo.

–Yo sí quiero ir –insistió la niña.

–Aquí te dejo. Dale recuerdos a tu marido –añadió poco después, guiñándole un ojo con respeto, como si así reconociera en su justa medida la ficción de la Rubia, cuando se refería a hablar con su marido.

–Vicente, dile al Miguelillo que yo soy su novia –le dijo la niña, cuando se marchaba, enseñoreando un par de dientes mal dispuestos–, y que es muy guapo, y que yo también tengo otro novio.

–Por supuesto que se lo diré, pero no sé si le va a dar celos.

Las vio alejarse calle adelante, ya sin cuesta, hacia las afueras, a lo que había sido un enorme rellano despoblado y reseco, ahora cuajado de casitas adosadas de las que, entre las tapias de sus raquíticos patios, encaladas de blanco hiriente, sobresalían buganvillas y algún que otro limonero. Como si fuera una casa más, esta sin adosar, aislada, mucho más grande que todas las demás juntas, de las que la separaba una hilera de altos cipreses que balanceaban sus puntas al unísono, movidos por la suave brisa que se había levantado, abierta la verja de par en par, como si invitara a entrar a todo el que quisiera, majestuoso y siniestro, se encontraba el cementerio. Se santiguó, respiró profundamente, con avidez, y a continuación, aunque sin duda hubiera podido acelerar los pasos, de forma cansina, la vieja y la niña se adentraron en su interior. Al poco rato se encontraban ante la tumba del Baldomero, su marido. Colocó, echando un poco de agua, algunos crisantemos en el pequeño florero que había en el rellano de la lápida. El resto lo reservó para la tumba de la Trini.

–Niña, vete un ratillo a jugar por ahí ¡Ten cuidado!

–¿Puedo coger flores? –preguntó la niña, señalando a las flores que había en las tumbas cercanas.

–No, eso no, son de los muertos. Juega con otra cosa.

–Pues voy a la casita de mamá.

La niña se alejó en dirección al ciprés que había clavado en el centro del cementerio.

–Aquí estoy otra vez, hijo –murmuró resignada la Rubia para sus adentros.

Le contó a su marido lo que había hecho aquella mañana: la contribución, el banco, algún chismorreo... Y luego, por si su marido aún no se había enterado, como sin darle importancia a la cosa, de forma inconexa, ¡a ver si su marido caía en el asunto!, comenzó con lo del concejal: "Vinieron hace unos días, la policía, por si había visto algo, yo no les dije nada... Se han cargado al concejal, al hijo de la Fuensanta y el Ovidio, el de los Rubiales, el Rafael... Se había metido en política. Mandaba mucho y, al parecer, no a todo el mundo le gustaba lo que mandaba. ¡Hijos de puta! ¡Ojalá al que lo mató se le sequen las manos, se le pudran las carnes...! No se habla de otra cosa en Villanueva del Mar... que si las drogas, los negocios sucios, la construcción, las mujeres... ¡Yo que sé! A la gente le gusta darle al pico. Iban preguntando casa por casa, por todo el Tomillar, y como nuestra cueva está justo a la entrada... Y yo en silencio, ¡qué les iba a contar! Pero estoy preocupada... El niño, ¡ya sabes...! *torció* desde chico, con esas junteras... Él no tiene agallas, pero las malas compañías y su mala cabeza... Hace varias noches, aún no había esclarecido, serían las seis y media de la madrugada, pero yo ya estaba levantada, las luces apagadas, en silencio, atareada en la cocina... vi pasar un coche. Adónde irá ese coche a estas horas –me pregunté–. Se paró cerca de la casa, bajó un hombre y se puso a orinar, cerca de nuestra casa, ¡el muy guarro! Lo vi, y vi a otro, el que conducía, que se quedó dentro del coche. Después arrancaron y se fueron. Al poco rato el mismo coche pasó de vuelta... No podía haber llegado muy lejos. Al día siguiente, a la misma hora, volvió a pasar el mismo coche y también esta vez regresó al poco rato. Eso me extrañó. Y me extrañó aún más cuando al siguiente día, el mismo día que mataron al concejal, la cabeza hecha pedazos, le habían dado bien, hasta dejarlo frito..., lo vi pasar de nuevo, ida y vuelta. ¡Dios mío! El que conducía el coche es uno que yo he visto alguna vez con el niño, uno que habla muy fino, tan fino que apenas se le entiende. Estoy segura, pero yo con la boca cerrada, ¡qué iba a ver yo a esas horas! –eso le dije a la policía–, y no sé... Solo se lo he comentado al Vicente, al niño de la Caneta, el que fue guardia civil. Él sabrá qué hacer... No me ha dicho nada, como si ni siquiera me hubiera oído, pero ese es más listo que el hambre... Cuando pienso mal, acierto, Baldomero, y tú lo sabes... –dio un fuerte respiro y tragó todo el aire que pudo, como si acabara de expulsar antes aire viciado y necesitara reemplazarlo con urgencia–. El niño es un bala perdida, un sin cabeza... Otra vez está en la cárcel. No es eso lo que él ha visto en nuestra casa. Trabajo, sudor, no esa vergüenza; eso es cosa de criminales, de gente mala... Si fuera... ¡lo mato! Esa deshonra... ¡A un hombre bueno! Y no sé qué hacer... Yo quería que tú lo supieras, aunque no me gusta darte preocupaciones, bastantes problemas tendrás tú por ahí. ¿Qué hago? Dime, ¿qué hago, Baldomero? El Vicente me dijo que no hiciera nada... Voy a ir a verlo a la cárcel. Él me lo ha pedido. Y no sé... no sé qué hacer ni sé qué decirle"

La niña se acercó corriendo.

–He visto la casita de mamá –dijo–. Solo hay matojos feos. No tiene flores.

–Luego vamos y la ponemos bonita cojn flores y con todo, que ahora estoy hablando con el abuelo.

XIII.

La jueza la citó en calidad de testigo. Al inspector Montosa –él quiso interrogarla personalmente–, le pareció una mujer confiada, amable. Sin duda, sabía que resultaba atractiva y ejercía de atractiva. Estaba casada, tenía dos hijos veinteañeros. Ya no era una niña. Mientras hablaba, como si fuera un tic nervioso, se mecía el pelo. Su casa en Villanueva del Mar, en la que pasaba las vacaciones, junto al mar, hasta donde de noche ascendía el rumor apacible de las olas, quedaba cerca del lugar en el que el concejal había sido asesinado. No había oído nada. Al lado del mar dormía como un tronco. Estaba nerviosa –le dijo al inspector Montosa, deshecha– y, sí, conocía bien al concejal, era su primo. También ella era concejal o concejala, ¡como se dijera!, de cultura, en El Peñón, un pueblo a pocos kilómetros, subiendo a la sierra. Había entrado en política, si aquello se podía llamar así, animada por Rafael Rubiales. De él fue la idea de hacer una candidatura a las elecciones municipales del Peñón, similar a la de Villanueva del Mar. "Ahora El Peñón".

El inspector Montosa entró directamente al grano. Josefina Martín no pareció sorprenderse, incluso el inspector tuvo la impresión de que lo aguardaba, de que estaba convencida de que de un momento a otro saldría a relucir lo de la grabación. Sabía que su marido se lo había dicho a la hija del concejal asesinado.

—Es celoso, muy celoso, y eso no tiene cura... Los grabó el día de la Virgen del Carmen. Habían quedado los tres para almorzar, aprovechando que, como todos los años, ella y su marido iban a pasar aquel día en la casa que tenían en Villanueva. Pablo Ríos, el marido de la concejal, se levantó para ir al lavabo y dejó el móvil grabando. Rafael, mi primo, hizo algunos comentarios picantes... ¡tonterías! Nos conocemos desde pequeños, él me decía cosas o yo se las decía..., pero de ahí a pensar que podíamos tener un lío. Éramos amigos, muy amigos; antes de que hablara, yo ya sabía lo que estaba pensando. Y al revés... Si prácticamente nos hemos criado juntos.

Le preguntó si había oído la grabación.

—Claro, mi marido me la puso entera... Me quedé de piedra. No esperaba eso. Tuvimos nuestros más y menos, pensé separarme. Después reconsideré la cuestión, tengo un par de hijos ya mayores, pero que todavía viven con nosotros; qué iba a hacer yo... Y lo quiero, cuando me casé con él ya sabía cómo era, callado, reservado, muy metido en sí mismo. Yo no soy así, yo soy más abierta. Si lo dejo, no sé cómo podría acabar... Lo sacas de su oficio, y no sabe hacer nada. Buen electricista, la empresa le va muy bien y más ahora, con la informática, lo de la domótica, eso de las casas inteligentes, pero...

–¿La ha maltratado alguna vez?" –la interrumpió Montosa.

–Nunca, jamás... –exclamó Josefina–, ni siquiera de palabra. Sería incapaz. No me ama, me adora..., por eso me extrañó tanto que se pusiera a grabarnos, como a dos adolescentes estúpidos y calenturientos. En fin, tuve que prometerle que dejaría de ver a mi primo, incluso con lo de la política, a no ser que estuviera él delante, que saliéramos las dos parejas por ahí, a comer, a tomar una copa. Como siempre".

–¿Tuvieron relaciones sexuales? –le preguntó el inspector.

La mujer lo miró sorprendida. Se había puesto colorada, como una adolescente cogida en falta.

–¿Con mi primo...? –preguntó extrañada.

–¡Claro!

–Ya se lo he dicho. A lo mejor por ahí van chismorreando no sé qué, como nos veían juntos, con nuestras tonterías; cualquier mal pensado...

–Pero hasta su marido tuvo sospechas –insistió el inspector.

–Pablo sospecha de cualquier cosa, y cualquiera pudo calentarle la cabeza. ¡Qué sé yo!

–¿Sabe que esto es una declaración en toda regla y que usted está aquí en calidad de testigo?

Josefina Martín asintió con la cabeza, mientras intentaba mecerse el pelo una vez más. Después, desafiante, miró con fijeza al inspector Montosa. El labio inferior le temblaba ligeramente. El inspector tuvo la impresión de que aquella mujer estaba asustada. Y no solo eso: aquella mujer mentía. En aquellas condiciones, sabía que continuar con el interrogatorio iba a resultar inútil. Sin duda, la mujer se enrocaría en su negativa, y las preguntas y las respuestas que vendrían a continuación no serían más que una especie de juego de ping-pong insulso, cruel y sin sentido. Poco después la mujer firmó la declaración y se fue, mientras Montosa se disponía a hacer el correspondiente informe a la jueza. De cualquier modo, pensó, se lo comentaría personalmente. Había matices que difícilmente podría plasmar en un papel. Algo, en la manera como había conducido aquel interrogatorio, había fallado. Ya encontraría la ocasión de sacar más fruto de aquella partida. Tal vez con la ayuda de la jueza. Tenía la impresión de que, a pesar de su juventud e inexperiencia, esa mujer sabía cómo llevar a cabo un interrogatorio. "Digna hija del juez Rivera" –pensó.

XIV.

La casa-cueva de la Rubia estaba en penumbras. Sabía que lo hacía por ahorrar, que el escaso dinero del que disponía no le permitía gastar más que lo estrictamente necesario, lo vital. No dijo nada. Se sentó donde siempre lo hacía, donde la Rubia le indicó que lo hiciera la primera vez que fue a verla, después de volver con el rabo entre las piernas a Villanueva del Mar, hacía ya algunos años. Había llevado unos pasteles. Sabía que le gustaban, que eran golosas, ella y la niña. El paquete de café también se lo había regalado el Gitano una de las veces que fue a verla. Cosas de familia. Las dos tazas relucían. En el interior todo era limpio y aseado. Así fue siempre la Rubia: todo como los chorros del oro. La llamó por teléfono. "Rubia, voy para allá". No hicieron falta más palabras. La fachada que antecedía a la cueva vencida por los años, la madera desvencijada. Todo en la casa urgía una buena mano de pintura. Al entrar, se rozó la mano con una rama insolente de buganvilla. Hermosa gota refulgente de sangre roja. Se la limpió con el pañuelo. La sangre pronto dejaría de manar.

–¿Te has cortado? –le dijo la Rubia.

–Esa mata de buganvilla –respondió, enseñándole el dorso de la mano. Otra gota de sangre empezaba a manar–. No es nada. Un día de estos me paso y podo todo esto. Tengo lo necesario.

Lo obligó a lavársela: agua y jabón.

–Estas cosas se infectan –sentenció la Rubia–. ¿Y bien?

"Y bien", era que quería saber por qué la había llamado.

Antes, hizo un poco de café para los dos.

–Ya está bien de dulces por hoy –añadió poco después, entre un sorbo y otro de café. El azúcar se me pone por las nubes. Dejaré algunos para la niña.

–¿Me lo como ahora? –la voz de la niña, sentada delante del televisor, en la habitación de al lado, sonó suplicante.

–No, mañana. Ya te has comido dos.

–Mamá, mejor me lo como mañana que si no me duele la barriguita.

Le preguntó. A la Rubia se le iluminó la cara. Siempre le había gustado comentar cosas con él. Le gustaba hablar, pero nunca respondía directamente ni con monosílabos. Largas parrafadas preñadas de extrañas metáforas. En eso se parecía a su madre. Cuando vivía, su madre solía llevarlo a la casa de la Rubia, a jugar con el Baldomero y a hablar, sobre todo hablar las cosas que tuvieran que hablar entre ellas. Ambas primas enredaban el palique, lo hacían interminable, florido, como esas ramas que se entrecruzan, sin que se pueda saber dónde comienzan ni dónde acaban. Las palabras (como los pájaros en las ramas) saltaban de una a otra, y ellas sin saberlo. Era un deleite oírlas.

Y, ahora, después de la pregunta que le había hecho, escuchar de nuevo a la Rubia. En su salsa, sin interrumpirla. La voz gitana, envejecida, trémula, pero aun con genio, de la Rubia.

–Si le doy vueltas al asunto, y yo no es que cavile mucho, pero con los años se aprenden cosas..., la historia de la abuela de la Trini, (y no solo de ella, Gitano, también de la mía y de la tuya, de toda la gente de aquí de siempre), es casi *clavaíta* a la historia de Villanueva del Mar, como una repetición de las cosas que han pasado aquí, pero una repetición como la de esos cantes, esas músicas que saltan de los altavoces de la feria, o sea, que son iguales y distintas, porque no es lo mismo una persona o una familia que un bloque de viviendas o los bancos del parque o los tres edificios del ayuntamiento que yo he conocido... Su abuelo, un viejo campesino hijo de campesinos, de una casta que seguramente surgió de la tierra, y su abuela, hija de un pescador –dicen que un poco bobalicón. Eso se lo oí decir muchas veces a mi madre– que malvivía en la arena de la playa (entre los chinos de la arena de la playa) de Villanueva del Mar, cuando Villanueva no era ni villa ni nueva y todo era mar y campo y arena de la playa y chinos pulidos que pavimentaban la arena de la playa, y ese era el lugar, el refugio al lado de los cañaverales, casi a la intemperie, unos troncos que se levantaban clavados en la arena y que se techaban enramados con las hojas de las cañas secas: allí era donde vivían. Cayó Cuba, donde perdimos lo poco que teníamos – mi padre me contaba cosas de esas, de chinches y piojos,

173

y de hambre, mucha hambre. Su padre, mi abuelo José el de la Espartera, estuvo allí en Cuba. Se libró de milagro—. ¿Has escuchado alguna vez hablar de la malaria? Es una cosa de los mosquitos que da calenturas y escalofríos y vómitos y diarreas; y nos quedamos sin Cuba, sin cañas, sin ingenios y sin azúcar, pero con las calenturas, los vómitos y las diarreas, y con hambre, mucha hambre. Y en estas playas, que dicen que son como si fueran las de Cuba, los que tenían parné y sabían del asunto, que no eran muchos, un par de familias con dinero, plantaron cañas y más cañas de azúcar, y levantaron algunos ingenios y volvieron a reponer a los esclavos, pues así los trataban, a los gitanos y a los que eran tan pobres y desgraciados como los gitanos, o sea, a casi todos los que malvivían en Villanueva, que si un poco pescando, que si un poco con las viñas, con las papas, con los tomates... Pero, bueno, la caña fue una ayudita para el *necesitao*. Eso sí, para ellos el parné gordo con muchas misas y mucho gorigori, mientras que los de siempre, tu familia, mi familia, seguían como siempre: trabajando de sol a sol por cuatro perras. ¡Y en la época de la monda...! Llegaron muchos gitanos de todas partes, y vivían en la playa, bajo una choza... Mi abuelo y luego mi padre y luego, pero eso fue solo al principio, mi Baldomero al que Dios si existe lo tenga en su santa gloria, todos ellos trabajaron en la monda y en la fragua, cuando no era el tiempo de la caña... Tu abuelo también y tu padre... Se plantaron cientos y cientos de cañas, miles, no de cañaverales, que también, sino de cañadú... Y los hombres resecos por el hambre, ennegrecidos por la tinte de calamar de la caña, sudorosos y sin poder quitarse de encima, mientras trabajaban, las roídas camisas (negras de tanta suciedad, sudadas a chorro, ¡a qué olerían!...) que llevaban puestas, con los huevos hinchados como globos de feria. Vicente, ¿no te lo contó nunca tu padre?, al abuelo del Rubiales, del concejal, al Rafael, al que también Dios tenga en su santa gloria, le pasó eso: lo del dolor de los huevos hinchados. Por lo visto se quedó, aunque ya no lo necesitaba (a la Aurora la había preñado ya varias veces), se quedó sin leche ni semillas, *con los güevos vanos pa to su resto*... Y siempre, durante las largas faenas, de sol a sol, el picor en el cuerpo, el polvillo que se adentraba entre los harapos mal cosidos de las camisas roídas, llenas de rajones. Así era la monda, en Cuba le decían la zafra. Y esa es la vida que llevaba mi padre, viejo (así lo recuerdo), siempre viejo, *tronchao* desde poco después de haber nacido, si es que no nació así. Y también tu abuelo, Gitano, tu abuelo también sabía bien de lo que iba la zafra y el real que le daban de sueldo después de una agotadora jornada cortando cañas sin parar. *Deslomao*, *desrengao*... ¿Nunca te lo contó tu padre? A los padres no les gustaba contar esas cosas. ¿Qué podían contar? Las manos sucias, magulladas, a veces ensangrentadas, el picor insoportable en el cuerpo, y sin poder rascarse, peor, mucho peor si se rascaban, pues nada aliviaban con ello, y las cicatrices se infectaban y picaban y seguían picando más, mucho más que antes, infectadas, con el hongo dentro del cuerpo o el bicho que fuera. La boca reseca. Un cigarrillo de vez en cuando, un cigarrillo hecho con la misma hoja reseca, la de la caña, y un trago al botijo, el agua calentorra, de la que da diarreas, y otra vez al tajo. Durante un tiempo estuvo de capataz, en lo de la zafra, el Toledano (¡se creía un señorito!), Miguel el Toledano, el padre de don Miguel González, el maestro... No es que fuera malo, era tonto:

se creía que las cañas eran suyas y no de los Ordóñez, los de la fábrica... Por cierto, antes, desde la cocina, te veía pasar de vez en cuando. Supongo que irías a la casa de don Miguel, a echar un rato...

El Gitano afirmó con la cabeza.

—Llevo tiempo sin ir. Se metió en obras en su casa...

—Sabía lo que opinaba la Rubia—. Es inteligente, tiene criterios propios. Me ayudó mucho, sobre todo al principio, cuando me echaron de la guardia civil. Le estoy muy agradecido, además me gusta hablar con él.

—Ese hombre no es de fiar: de la nada ha hecho demasiado dinero —sentenció la Rubia.

—Fue maestro mío, cuando pequeño...

—¡Anda!, y de mi Baldomero. ¡Y ya ves!, lo metió en lo de la droga y en el negocio de la droga... Pero, bueno, allá tú... La obra de su casa la terminó ya hace meses. Dicen que se ha hecho un palacio, todo con teclas y botones. ¿Por dónde iba? ¡Ah, sí...! Después, pero eso fue después de lo de Francia y de lo de Alemania y de lo de Suiza, después comenzaron a llegar los turistas, ¡y ya ves cómo ha cambiado todo esto! Para bien, digan lo que digan..., que hasta el nieto del Rubiales llegó a concejal y a tener sus buenos metros de invernadero, y de don Miguel González, el maestro, ¡ya ni hablamos! ¡A ti tampoco te ha ido mal, Gitano! Y como te iba contando, la abuela de la Trini, que era prima de mi madre y del padre de Rafael, el concejal al que han matado, no tenía ni chispa de luces. Yo creo que de ahí le viene lo suyo a la niña, a mi nietecilla, que ese retraso le viene de la parte de la abuela materna. La Trini salió más bien de la parte del padre, y ¡mira!, se hizo maestra y ahí estuvo dando clase en la escuela: todas las mañanas me dejaba a la niña, yo tenía que estar atenta, cuidarla, no era mucha tarea... Ella la recogía por la tarde, cuando se acababan las clases. La Trini no paraba. ¡Qué pena que se separara de mi hijo! Pero, claro, con la cabeza que tiene este hijo mío... Después tuvo alguna cosilla con el Rafael, antes de liarse con el hijo puta del guardia civil de los cojones. Me lo contó ella misma. ¿Es eso lo que quieres que te cuente? ¿Lo de la Trini con el Rafael o lo de la Josefina, la del Peñón, y su marido, el electricista...? ¿Quieres saber cosas de cuernos...? Lo de la Josefina con el Rafael no lo sabía ni Dios. Te lo digo yo. Pero la verdad es que alguien debía saberlo, alguien debió contárselo al electricista, porque dicen que ahora el electricista anda como loco, como un loco celoso, preguntando a unos y a otros... Bueno, y como lo quieres saber todo, después está también lo de la hija del Daniel, la pelirroja, la que trabaja en el Ayuntamiento. Eso lo sabía muy poca gente. No sé cómo la policía ha podido enterarse. Yo sí lo sabía; si llevo toda mi vida en Villanueva y hablo con unas y con otras. La gente me cuenta... El marido, un primo tuyo retirado, se ha enterado ahora, por lo de la policía. Dicen que ha pedido el divorcio. En fin, Rafael era así: ¡las mujeres...! Más bueno que el pan, yo solo tengo cosas que agradecerle; él me arregló lo de la no contributiva, que es de lo que ahora vivo, y estaba viendo lo de una residencia para la niña, para cuando yo falte. Yo le hablé de lo de la niña, aunque él lo sabía..., y me dijo que intentaría hacer algo. Entonces le comenté lo de la Asociación esa, lo de la residencia para personas retrasadas que no pueden valerse por sí mismas. Yo ya me había informado, pero ¡quién podía pagar eso! ¿Y cuando yo falte? Rafael me dijo que lo intentaría, que no me preocupara. Él sabía cumplir una promesa, y ahora todo se ha ido a hacer puñetas... Y a lo que iba, que al Rafael las mujeres le gustaban a rabiar. Y sabes lo que te digo, que era un hombre de los pies a la cabeza, con todo lo que hay que tener, que llamaba pan al pan y vino al vino y que era capaz de enfrentarse a quien fuera, que no se achantaba ante nada ni ante nadie... Y que esos gustitos de las entrepiernas es lo que se ha llevado al otro barrio. Lo mismo que mi pobre Baldomero... Tampoco que yo sepa obligaba a ninguna. Me refiero al Rafael. ¡Lo de la prima...! ¿Y qué te importa a ti lo de la prima? ¡Bueno, algo había! Lo que pasa es que ahora que está muerto, al pobre le van a sacar a relucir todas sus faenas juntas, ¡como si fuera el único! Pero, ¿quién se lo contaría al marido, si eso que yo sepa solo lo sabía yo...? Como vivo donde vivo, veo pasar a unos y a otros por la mañana, por la tarde, por la noche, de madrugada... en coche, caminando... ¡Cuántas veces, en la madrugada, cuando nadie podía verlo, se ha parado el coche de Rafael en la puerta del chalet de la Josefina! Yo lo veía... Y el Rafael que era más listo que el hambre... Recuerdo un día, antes de que me arreglara lo de la no contributiva, porque yo tampoco soy tonta, que yo iba paseando con la niña y nos encontramos cerca del chalet de Josefina. Y al saludarnos —lo recuerdo—, lo miré fijo a los ojos y él también me miró fijamente, y en ese momento supe que él sabía que yo sabía lo que había entre él y su prima. ¡Qué raro, verdad! Pero así somos los humanos... y entonces le dije, porque tenía que decírselo y porque llevaba tiempo pensando decírselo. "Oye, Rafael, a ver si me arreglas lo de una paguita". Dicho y hecho... Y así estaban las cosas... Cuando pequeña la Josefina era una niña preciosa, tan vivaracha, tan despierta. Había en su mirada algo que la hacía distinta, una luz que iba más allá de todo lo que la rodeaba. ¡Qué alegría! ¡Qué ganas de vivir había en esa niña! La conozco desde pequeña. Nació en Alemania. La tía de Rafael y su marido se habían ido allí a buscarse la vida. La recuerdo parloteando medio en alemán medio en castellano. No había quién entendiera lo que decía, pero ella se hacía entender. Y sí, en su tiempo se oyó algo, habladurías malintencionadas. Después cada uno se casó por su lado, así que ¡chitón! Yo esto nunca lo he hablado con nadie, salvo con mi Baldomero, que Dios lo tenga en su santa gloria... Y el marido, ya que me has preguntado también por él, un muchacho del Peñón que ha hecho dinerillo de electricista y con eso de los ordenadores. ¡Lo que dan de sí los enchufes y los cables! Pero a ese yo lo conozco menos. Baldomero, el perla de mi hijo, estuvo trapicheando con él hace algún tiempo. Oí que le había enchufado la corriente en un cortijo medio derruido, abandonado, por encima de los Almendrales, en pleno secano, para que cultivara droga en macetas. ¡Fíjate qué talento! Todo ilegal. La guardia civil cogió pista... ¡Un desastre! El marido, ya te digo, muy calladito, un *suavón*. A la Josefina ya la interrogó la policía. Supongo que por lo mismo. Y supongo que como tú ahora eres de esos que vigilan, no sé, como un policía que ya no es policía, pero que te ganas la vida vigilando, algo habrá ahí que te interese. No sé por qué lo mataron (se paró un instante. Quería contarle otra vez eso al Gitano. Estaba pensando cómo hacerlo. Los ojos le brillaron, como si los tuviera humedecidos), pero sí sé quiénes lo mataron. Ya te lo dije. Los vi pasar la mañana del crimen y la anterior y la anterior de la anterior. No eran de aquí. A uno de ellos lo conozco. Lo he visto alguna vez de juntera con el Baldomero, seguro que para nada bueno. Ya sabes tú cómo es mi hijo: nació *torcío* y sin luces. A lo mejor, la niña le ha salido a él, a su falta de luces... Pues de juntera, seguro que los dos por cosas de droga. Y te voy a ser sincera, yo sé que tú no eres de los que se van de la lengua, pero por si te vale... Sí, voy a ser sincera, he llegado a pensar que mi Baldomero podría tener algo que ver con lo del Rafael Rubiales, que él fuera de los que lo han matado, que esté en ese lío. ¿Tú qué crees, Gitano? Tú que lo conoces desde que era chiquitillo.

Dolores la Rubia se le quedó mirando. Sin duda su opinión le importaba.

—No tiene ni dinero ni talento para eso —la tranquilizó Vicente Heredia, el Gitano—. Otra cosa es si alguien puso el talento y el dinero (y él meció la cuna —pensó el Gitano, pero no dijo nada—).

—¡Qué cabeza! ¡Ni la luz la he encendido! —exclamó la Rubia.

Se levantó e hizo ademán de acercarse al interruptor.

—Por mí no lo hagas, Rubia, yo ya me voy. ¿No ibas a ir a verlo a la cárcel?

—Sí —confirmó la Rubia—. Pasado mañana tengo la cita.

—¿Y no quieres que te acompañe?

—No, tengo que ir yo sola. Estas cosas hay que hacerlas sin ayuda de nadie. Madre e hijo. Los dos solos, sin testigos. Le tengo que cantar cuatro cosas... La Margarita y tú os quedáis con la niña. No quiero ir con ella a ese sitio.

—Vicente, ¿le dijiste al Miguelillo que es mi novio? —le preguntó de pronto la niña, sin mover la vista del televisor, en el momento en que se disponía a salir.

—¡Claro que sí!

—¿Y le dijiste que tengo otro novio más?

El Gitano volvió a asentir.

–¿Y qué te dijo, Vicente? ¿Qué te dijo...? –ahora la niña había vuelto la cabeza hacia él, y sonreía con la boca llena de babas.

–Que son muchos novios.

–¡Todo los días con la misma cantinela! –exclamó la Rubia.

Cuando salió de la casa de la Rubia, se había hecho de noche. De dentro le llegó la voz de la niña que, como una autómata, hablaba y hablaba con su madre. Pasó con cuidado al lado de la buganvilla. En lo alto del tomillar, el cielo refulgía cuajado de estrellas. De algún sitio le llegó el aroma embriagante de una dama de noche. Se sentía pesado. De buena gana, hubiera vomitado el pastel que acababa de comerse. Le estaba dando vueltas a lo de la Josefina y el Rafael, a lo de Pablo Ríos; revinando qué persona podría haberle dado velas al Baldomero en aquel entierro, en el caso de que –como temía la Rubia– el Baldomero tuviera algo que ver con aquello. Se hizo toda clase de conjeturas. A aquel puzle le faltaban algunas piezas para que todo encajara. De pronto tuvo una idea, pero tras reconsiderarla, la desechó. Demasiado fácil, demasiado claro, demasiado a la vista... Entonces se imaginó a la Rubia cantándole en la cárcel las cuarenta a su hijo, y pensó que, en el fondo, no acababa de entender a esa mujer, que a veces parecía actuar siguiendo un código trasnochado, que no la llevaba a ninguna parte, del que no podía sacar ningún provecho. Un código limpio de intereses personales, en el que conductas como las de su propio hijo resultaban censurables Mientras que, otras veces, parecía comprar y vender sus fidelidades (y por qué no, también sus propios amores y desafectos), siguiendo el cálculo frío de sus intereses. Sentía nauseas: la mantequilla del pastel de los cojones, de no vomitar y remediarlo pronto, le iba a fastidiar la noche: herencia del exceso de alcohol en su maltrecho hígado. Una arcada agridulce, ácida, le ascendió de repente. Se acercó a unos setos que había cerca y, mientras vomitaba, se le ocurrió que debía llamar al Baldomero a la cárcel. Si su idea era correcta, entonces el Baldomero tenía escondido dinero en algún sitio.

Los faros de un coche lo deslumbraron. Rápidamente se limpió la boca lo mejor que pudo.

—¿Pasa algo...? —le preguntó el conductor, tras parar el coche. Seguro que lo había visto vomitar.

—¡Ah, es usted!

—¿Estas bien?

—¡Sí, sí, don Miguel! —respondió avergonzado—. De echar un ratillo con la Rubia —añadió por cambiar de tema—. Por cierto, hemos estado hablando de usted.

—Espero que mal —ironizó don Miguel González.

—La nieta de la Rubia que dice que es la novia de uno que estuvo trabajando en su casa de usted. El hijo del electricista, uno del Peñón... —añadió, como si necesitara justificarse de algo.

Don Miguel Gonzales sonrió, sin hacer mucho caso.

—¿Cómo te va, Vicente? —le preguntó a continuación—. ¿Muchos cuernos...?

—En esas estamos, don Miguel; el trabajo no falta.

—Pues a ver cuándo te pasas por mi casa, como antes. Tomamos una cerveza y ves todo lleno de teclas y de pantallas... ¡Lo último de lo último! ¡Te gustará! Por cierto, la dama de noche está que se sale.

Al principio, recién vuelto a Villanueva, fue a verlo

muchas veces –al principio a su despacho, en el centro del pueblo, cerca del Ayuntamiento, después, por invitación del propio don Miguel, a su casa–. Buscaba sus consejos, tal vez su protección. Don Miguel González podía ayudarle. Y le ayudó. En la empresa constructora de don Miguel, trabajaba mucha gente, y los servicios de un detective privado, aunque fueran esporádicos, podían resultar interesantes.

–Un día de estos le llamo –respondió el Gitano–. Ya sabe que me gusta hablar con usted.

Se despidieron poco después. La luna brillaba esplendorosa en una esquina del cielo. Una tenue brisa se levantaba desde el mar. De pronto volvió el aroma embriagante de la dama de noche. Respiró hondo. Sin duda, venía de la casa de don Miguel González. Sí, tenía que pasarse más pronto que tarde por su casa.

XV.

Aquella mañana no salió a correr. Durante la noche, extrañas pesadillas de las que ahora nada recordaba habían habitado su sueño, y el vómito (el maldito vómito de los cojones) lo había obligado a levantarse en una ocasión. Se sentía cansado. Apenas había tomado nada en el desayuno. Abrió la puerta del habitáculo en el que trabajaba con el periódico de la mañana bajo el brazo. Como si fuera un trofeo. Ya dentro, sin ni siquiera tiempo para ordenar los papeles que tenía sobre la mesa, se sentó y comenzó a leerlo. La noticia venía en portada. *Después de desarticular una banda de narcotraficantes, la jueza de Villanueva del Mar manda al jefe de la Policía Judicial de la Guardia Civil a la cárcel.* Ya no había dudas, esa clase de decisiones no se toman a la ligera. Las pruebas sin duda serían contundentes. El capitán Urdiales, por fin, estaba donde debía estar desde hacía muchos años. Pensó en llamar a Hominis Dignitas, para preguntar por Kandel, pero lo pospuso. Ya le habían dicho que estaba bien y a salvo. Encendió un cigarrillo, al que dio una calada profunda. Sintió que la bocanada de humo le descendía hasta los pulmones y un repunte de ansia que se le removía, pero apenas reparó en ella. Se sentía satisfecho, aunque preocupado por lo que pudiera ocurrirle a Kandel, a pesar de las medidas que los de la ONG decían que habían tomado. Había animado al muchacho a hablar, y ahora no podía, sin resquemor, olvidarse fácilmente del asunto. Desde la ventana que daba a la plaza, podía observar cómo la vida transcurría igual que siempre, coches circulando hacia arriba y hacia abajo, comercios abiertos, personas que entraban y salían de los sitios; conocía a los paseantes, a los desocupados, a los que todos los días hacían el mismo recorrido... Ese fluir del tiempo sin sorpresas desagradables le reconfortaba y, de forma extraña, a la par (como si se tratara de un teatro de sombras chinescas o del mito platónico de la caverna), le producía desazón. Siempre sucede algo, nada permanece inalterable. La quietud aparente no presagia nada bueno. En el núcleo pírico de la tierra, en las profundidades del mar, en los suburbios más siniestros del alma humana, siempre hay algo que se agita, algo que al final resulta inconveniente, cuando no revulsivo o siniestro. Por el fondo de la calle que desembocaba justo al lado del edificio del Ayuntamiento –blanco, pretencioso, con una balconada de madera que lo atravesaba de punta a punta–, vio aproximarse la moto de su sobrino. Le dio otra calada al cigarrillo y lo apagó bruscamente. No le gustaba que Miguelillo lo viera fumando. Mal ejemplo... Se sonrió para sus adentros. ¿Por qué ese empeño en dar ejemplo? No iba a salvar a nadie, ni a sí mismo, ni a su propia gente. La salvación no existe, ni siquiera en su forma más simple, menos apocalíptica. El mundo –la vida–, está lleno de problemas. Todos los bichos vivientes tienen problemas, lo que pasa es que unos –los más fuertes– sobreviven y así son aún más fuertes, y otros –los más débiles o peor adaptados– perecen en el intento de enfrentarse o de eludir esos problemas. Somos seres vidriosos y resbaladizos, turbios. No hay solución. Solo la muerte nos descansa al fin a todos. Pero la muerte no es la vida. Donde no somos, reina el silencio, la paz eterna de los cementerios. Lo demás es ruido, inquietud, dificultad; a veces, quebranto, y por qué no, a veces, también felicidad. Lo expulsaron de la Guardia Civil: su anhelo, el objetivo al que había dedicado parte de su juventud. A él, que se creía espejo en el que podían mirarse los gitanos. Tenía voluntad, tenía inteligencia..., pero era un engreído y no sabía cerrar la boca, cuando hasta el más tonto sabe cómo hacerlo. Duró tres años. ¡Corta carrera! Para qué le había servido matricularse también en filosofía, si no había aprendido a pensar en silencio, a callarse sabiamente. *El comienzo de la sabiduría es el silencio* –decía el adagio–, y a lo mejor él no había sabido callarse a tiempo. Pero, ¿qué significa callarse a tiempo? ¿Aguardar, antes de hablar, antes de rebelarse, a saber quién es el amo? Abrió el cristal de la ventana, para que la habitación se aireara. Al poco oyó los pasos de su sobrino que se acercaba, el llavín en la puerta...

–¡Tito! –gritó su sobrino, nada más entrar–. Huele a tabaco –comentó a continuación, con sorna, como si se vengara de las filípicas de su tío.

–Aquí nadie fuma –lo atajó muy serio.

–Ni tabaco ni canutos... –comentó el sobrino. Se le notaba contento– ¡Noticias frescas! –exclamó–. Esta mañana, Josefina, Josefina Martín, la concejala del anónimo, la mujer de ese del Peñón, el Pablo Ríos de los cojones, ha estado declarando en comisaría. Me fui temprano al Peñón, como me tienes dicho, y al poco de estar allí, salió en coche de su casa. La seguí en la moto, hasta llegar a Villanueva del Mar, donde se dirigió a la comisaría. Me han dicho que estuvo declarando en el despacho del policía ese que es amigo tuyo...

—¿El inspector Carlos Montosa?

—El mismo...

Se quedó pensativo. Aquello comenzaba a tener sentido. ¡Tal vez solo se trataba de una declaración de rutina, relacionada con el hecho de que la mañana que mataron al concejal, Josefina Martín estaba en la casa que ella y su marido tenían en Villanueva del Mar, muy cerca del lugar del crimen! Descartó esa posibilidad. La declaración de rutina ya la había hecho el mismo día del crimen, a las pocas horas de que el cadáver fuera descubierto, según le había contado el propio Pablo Ríos. Josefina, como el resto de los vecinos del lugar, había sido ya interrogada. ¿Qué interés podía tener la policía para interrogarla de nuevo a ese respecto? Había oído campanas, y ahora las piezas empezaban a encajar unas con otras. Recordó lo que le había contado la Rubia.

—¿Se rumorea algo sobre esa declaración? —le preguntó al sobrino.

—¡Yo que sé! —exclamó el sobrino—. Habladurías, que si esto, que si lo otro, que si lo demás allá...

—¡Al grano!

—Que el concejal se la estaba follando —concluyó el sobrino, con una inflexión de voz y una forma de mirar a su tío de abajo arriba, sin pestañear, sin mover apenas los ojos, con la que parecía dejar constancia de que más claro no podía hablar. Por si hubiera habido dudas al respecto, añadió a continuación:

–¡Al pan, pan y al vino, vino!

–¿Volvió luego al Peñón? –le preguntó.

–Sí, nada más salir de la comisaría, cogió el coche y se marchó. La seguí por supuesto hasta la puerta de su casa, en el Peñón. Esperé un rato... y nada. Así que me he venido...

–Bien, ya veremos... ¿Te vio el marido?

–Sí, como siempre. Ya me lo dijiste: haz ruido o lo que sea, pero que te vea el marido, que sepa que estamos haciendo cosas por las que él paga ¿Lo he dicho bien? Por cierto –prosiguió el sobrino, sin aguardar su respuesta, las palabras parecían quemarle en la boca–, esta misma mañana, muy temprano, cuando iba a salir para el Peñón, al pasar por la plaza con la moto, ¿a quién vi?

Vicente Heredia lo miró sin mostrar ningún interés, con la rutina con la que a veces se mira a los ojos de la gente cuando habla.

–Pues vi al comisario Montosa saliendo con la jueza del edificio en el que ella vive, cerca de aquí. No se les veía triste, ni disgustados... Yo diría que...; para mí que esos follan.

Ahora miró al sobrino con gesto interrogativo, sorprendido por la noticia. Sonrió.

–¿Y cómo sabes tú que la jueza vive en ese edificio? –le preguntó a su sobrino.

–Tito, ¡somos o no somos profesionales! –exclamó el muchacho–. ¿De qué sé yo dónde vive la jueza...? Que soy un profesional y estoy atento, eso es todo.

–¡Anda, que no se te escapa una! –concluyó Vicente

Heredia—. A ver si pones el mismo empeño en sacarte el graduado... Los indocumentados no pueden ser detectives privados, hay que esforzarse un poco.

—Pero los libros es que me cuestan... ¡Tantas letras juntas y tan pocos dibujos! —replicó el sobrino.

—Muchacho, ¡no queda otra! —concluyó el Gitano—. Por cierto, deberías aligerar las entrepiernas, solo piensas en lo mismo —añadió—. ¡Vamos a tomar algo!

Le hubiera gustado oír algún consejo de esos que no se habla con los padres, algún comentario irónico, picante, pero entendió que la conversación había acabado, que su tío no se sentía cómodo hablando con él de ciertos temas. Ni siquiera comprendía cómo se había referido un momento antes a las entrepiernas. ¡Pensaría que todavía era un niño!

Se acercaron al barecillo en el que solían tapear al mediodía. Un lugar solo para los parroquianos, todavía no descubierto por los turistas, que preferían la aglomeración de los chiringuitos de moda, junto al mar. Tenía buen precio y no había demasiado ruido. Un platito de calamares y otro de boquerones fritos, con una ensalada de pimientos asados que sabía a gloria y una caña de cerveza, para el Miguelillo. Él se conformó con un botellín de agua. El estómago no le daba para más. Pagó él. El muchacho comía con ganas.

—Tito, esta tarde, no sé cómo te vendría... —comentó el sobrino.

—¿Has quedado con tu madre? —le preguntó con sorna.

—La verdad es que no —respondió el muchacho sonriendo—. La Sonia que quiere que...

—¿Esa quién es? ¿La del Peñón...?

El muchacho asintió con la cabeza. La sonrisa no le cabía en la cara.

—¡Anda, anda! Te espero en el despacho mañana por la mañana, a primera hora —lo atajó sin dejarlo terminar—. No hace falta que mañana vayas al Peñón, ¡ya veremos! Y dale a esa Sonia saludos de mi parte.

Poco después volvió solo al despacho. Cuando pasado un buen rato se presentó Pablo Ríos, no se sorprendió lo más mínimo. En el fondo, lo esperaba. Esta vez Pablo Ríos no intentó justificar por qué había ido a verlo. Estaba preocupado. Su mujer había estado declarando aquella mañana en la comisaría y, aunque las preguntas habían sido, por así decirlo, de rutina —según las palabras del mismo Pablo Ríos—, que si no había oído ni visto nada sospechoso la mañana del crimen, que si había tenido relaciones íntimas con su primo, que si sospechaba de alguien..., le inquietaba la idea de que, esa misma rutina, fuera la expresión de lo desorientada que podría estar la policía en relación a la verdad de los hechos y, subsiguientemente, que su mujer aún estuviera en peligro.

Intentó tranquilizarlo de nuevo. A pesar del seguimiento que estaba haciendo del caso, no había detectado en el pueblo ningún movimiento, nada que pudiera hacerle pensar en la existencia de un peligro real.

—Ni ninguna conducta extraña por parte de su mujer —añadió, modulando la voz, como si así quisiera mostrar mayor grado de profesionalidad en lo que decía.

—¿Y esto? —le dijo de pronto Pablo Ríos, mientras extraía un sobre del bolsillo—. ¿Cómo se explica esto? —le preguntó, mostrándole un folio que acababa de sacar del sobre.

Vicente Heredia leyó lo que sin duda era otro anónimo amenazante. Al igual que el primero, estaba escrito con palabras recortadas del periódico que el presunto extorsionador habría pegado en el folio en blanco. "Tienes los días contados, puta".

—El que sea, las letras las ha recortado del *Marca*, el periódico deportivo —comentó de pasada.

Pablo Ríos lo miró sorprendido.

—Hilas fino —le dijo, como si no acabara de creerse del todo la conclusión a la que parecía haber llegado Vicente Heredia.

—¿Habéis presentado la correspondiente denuncia? —le preguntó—. Aunque sean recortes del *Marca*, malamente hechos, no parece una broma. Es la segunda vez...

—No, todavía no... —lo interrumpió apesadumbrado Pablo Ríos—. Mi mujer aún no sabe nada de este anónimo, incluso no sé si decírselo. No quiero preocuparla.

—Pero necesitaría protección policial...

—También fue esa una de las razones por las que te contraté y por la que quiero que sigas haciéndolo, que refuerces esa vigilancia. No hay problema con el dinero. Sé que mientras tú estés encima... Aunque esto ya está pasando de castaño oscuro... A lo mejor tendría que pensar en lo de la protección policial.

—Una de las razones por las que me contrataste... ¿Y cuáles fueron las otras? —le preguntó de repente Vicente Heredia.

Pablo Ríos no dijo nada. Se limitó a mirarlo a los ojos y luego sonrió. "Una forma de hablar" —añadió poco después.

Volvió a tranquilizarlo. No había observado nada extraño en el entorno de su mujer ni en su quehacer cotidiano. "¡Cualquier loco suelto, qué digo loco, cualquier tonto exaltado suelto...! Berrean, pero son inofensivos" —concluyó Vicente Heredia con tono notarial.

—¡A ver si de una puñetera vez se cierra el caso del concejal! —exclamó Pablo Ríos—. Han detenido a dos de Villanueva del Mar. Vino hace unos días en el periódico. Hoy dice el periódico que también han detenido al responsable de la Guardia Civil, acabo de leerlo... Uno de ellos, de los dos de Villanueva, es Baldomero Ruiz, el hijo de Dolores, la Rubia. Estuvimos hablando de él, me preguntaste...

—Lo he oído —lo interrumpió Vicente Heredia—. ¿No tendrás por ahí ese periódico y así le echo un vistazo?

—No, lo leí en el bar. No suelo comprar periódicos. Te ponen la cabeza como un bombo. Solo leo a veces prensa deportiva, pero eso es porque me gusta mucho el futbol... Jugué en El Peñón, en la liga regional, cuando joven, ¡claro!

—Pero, por lo que he oído por ahí —prosiguió Vicente Heredia—, lo del hijo de Dolores la Rubia, lo mismo que lo de ese capitán de la Guardia Civil, nada tiene que ver con la muerte del concejal. Es un asunto distinto, narcotráfico y esas cosas...

—Así será —ahora era Pablo Ríos quien lo interrumpía—, pero a mí no me extrañaría que ese estuviera también enredado en lo del concejal, incluso que lo del periódico no sea del todo exacto. Han podido detenerlo por lo del concejal y han hecho correr la notica del narcotráfico... ¡Qué sé yo!

Vicente Heredia se encogió de hombros.

—¡Una noticia falsa para cazar a alguien! —concluyó Pablo Ríos.

Vicente Heredia volvió a repetir el mismo gesto.

—Pablo —le dijo de pronto, muy serio—, y si lo de los anónimos fuera un invento tuyo, y si, en realidad, me hubieras contratado para que vigilara a tu mujer. Por desconfianza, por celos... Según dicen, ¡ya sabes!, a la muerte del concejal se ha empezado a murmurar que si esta mujer o esta otra han sido sus amantes, que si la policía está indagando esos asuntos, y que, incluso, a raíz de todo esto, algunos maridos se han enterado de la infidelidad de sus esposas. ¡Dicen que ya hay dos matrimonios que han presentado demanda de separación! ¿No te habrá ocurrido a ti algo parecido?

—¿A dónde quieres llegar? —la expresión de la cara de Pablo Ríos había cambiado de repente. Ahora lo miraba con el recelo con el que se mira a un extraño del que no se está seguro de sus intenciones. Mirada oscura, sombría, como la que precede a los matones antes de que bailen los cuchillos, de que los puños se enzarcen en un toma y daca que no presagia nada bueno. .

—Sabes muy bien adonde he llegado —le respondió con firmeza.

—Podría ser, no eres tonto... —dijo Pablo con tono conciliador—, pero no. Te equivocas de cabo a rabo. Que yo sepa, no estoy en esa lista de celosos. Me preocupa mi mujer. Para mí, es lo más grande, y no quisiera que algún loco, algún resentido, pudiera hacerle daño. Así de simple, así de sencillo. Los anónimos no los he hecho yo; precisamente no iba a recurrir a recortar el papel del único periódico que leo —añadió, acentuando lo sensato de su planteamiento, como si le hubiera querido advertir a Vicente Heredia que se había percatado del alcance de sus insinuaciones—. De todas maneras, te voy a confesar una cosa —añadió poco después Pablo Ríos, con la mirada fija en Vicente, como si quisiera así mostrarle la veracidad de sus palabras —. ¿Para qué ocultarlo más? Mi mujer tuvo una..., digamos que tuvo una aventurilla con Rafael Rubiales; yo mismo los grabé con el móvil hablando entre ellos de sus cosas... La policía no lo sabe. Creo que no lo sabe, o a lo mejor sí lo sabe; de cualquier modo esto debe quedar entre tú y yo. ¡Ya ves si confío en ti! Quiero a mi mujer más que a nada en este cochino mundo... Imagínate qué palo. Pero, bueno, lo discutimos y decidimos seguir viviendo juntos. Agua pasada... Me juró que no volvería a repetirse más, y yo la creí; no me quedaba otra ¿me entiendes? —prosiguió apesadumbrado—, así que ya lo sabes. Me preocupa lo de los anónimos. No sé si alguien más sabrá algo de lo que te he dicho, algún tonto, algún desaprensivo, alguien que podría estar detrás de los anónimos, tal vez para chantajear a mi mujer ¡qué sé yo! Así que, si además de por lo de los anónimos, sé en cada momento lo que está haciendo mi mujer, pues matamos dos pájaros de un tiro.

—¿Entonces qué hago? —ahora era Vicente Heredia el que trasmutaba el tono. Apacible, servicial. Él también tenía su negocio.

—Seguir con la vigilancia de mi mujer, como si fueras su sombra... —respondió Pablo Ríos, mientras extraía un sobre del bolsillo del pantalón—. Es otra parte del adelanto —le dijo, entregándole el sobre—. Cuando salgo de mi casa para el trabajo, por la mañana temprano, veo a tu sobrino apostado... Que siga así. Se le ve espabilado.

Vicente Heredia lo abrió. Contenía dinero. Cinco billetes de cien euros y uno de cincuenta.

—Quinientos cincuenta euros... ¡Me estás acostumbrando mal! –exclamó, con una sonrisa desbordada que parecía a punto de rebasarle la comisura de los labios.

–Solo es un adelanto del pago. Dale una propinilla al niño, los cincuenta... –dijo Pablo Ríos, mientras se levantaba del asiento para marcharse–. Tengo que visitar a un cliente. Afortunadamente el trabajo no me falta –aclaró–. Ahora todo el mundo quiere su casa rodeada de cámaras y robotizada por dentro y por fuera. Mientras más dinero se mueve, más miedo hay. ¡Los humanos no tenemos remedio!

Poco después, sonó el teléfono. Era su mujer quien lo llamaba.

–¿Cómo sigues? ¿Has vuelto...? –le preguntó.

–Estoy mejor. Anoche debió sentarme algo mal. En la casa de la Rubia me comí uno de esos pasteles con nata... ¡ya sabes!

–Pues hoy, caldito de pescado... No tardes. La sopa ya está hecha. Te espero y comemos juntos.

XVI.

−¿Está muy lejos? −le preguntó al conductor del autobús, nada más entrar.

−En unos minutos llegamos −respondió, con la mirada fija en la carretera−. Yo le aviso.

Era el segundo autobús que la Rubia cogía aquella mañana. Se sentó en el fondo, lo más lejos que encontró de un pequeño grupo de jóvenes que parecían competir entre ellos en ver quién decía la ocurrencia más graciosa. Casi por turno, uno decía una cosa y el resto estallaba en risas. Cerró los ojos mientras apretaba el bolso sobre su vientre. Mediano, de baratillo, negro, como el vestido que llevaba puesto y el velo que le cubría la cabeza. Repasó mentalmente lo que tenía dentro. El monedero, el documento de identidad, el libro de familia, el bocadillo de jamón cocido que aquella misma mañana se había preparado, la pequeña botella de plástico con agua, la hoja con el día y la hora de la cita, un paquetito de pañuelos de papel... ¿Irían todos los pasajeros al mismo sitio que ella? ¿También los jóvenes? Al poco rato el autobús paró en seco. Oyó el chirriar de la puerta que se abría, el estrépito chistoso de los jóvenes que se había acrecentado. Abrió los ojos. Era una zona urbanizada. Los jóvenes se bajaron.

—La siguiente parada es el centro penitenciario —gritó el conductor.

El autobús traqueteó, mientras arrancaba. La Rubia volvió a cerrar los ojos. Una pareja de pasajeros discutía por algo —antes, con los gritos de los jóvenes, no los había oído—. No muy lejos de donde se había sentado, oyó que alguien estaba tarareando una canción. Era una voz masculina, bien templada. Se acordó de su marido. También él cantaba así, por lo bajini, para sí mismo. "Quien canta, no puede ser malo" —recordó que decía su marido, el pobre infeliz—. Abrió los ojos y miró al que canturreaba. Parecía gitano. No le gustó su aspecto. Las patillas anchas, como los antiguos bandoleros. Iba sin afeitar, descuidado. Poco después, acababa de cerrar los ojos de nuevo, cuando do el conductor advirtió que habían llegado.

Bajó los escalones sin prisa y, una vez en el asfalto, se ajustó bien el pañuelo en la cabeza. El sol brillaba esplendoroso en lo alto del cielo. Ni un pájaro, ni un árbol... Asfalto, gravilla y hormigón: al fondo de un descampado, a poca distancia de la parada, sin ninguna otra construcción, como si todo aquello en su día hubiera sido un desierto, se levantaba, enorme, el edificio de la prisión. Una torre, tan alta como el campanario de la antigua Iglesia de Villanueva del Mar, se erguía entre los pabellones. Se dirigió a la puerta principal, siguiendo la fila de los otros pasajeros. Iba la última. Miró el reloj. Las diez y cuarto. Hasta las doce tendría que estar esperando. Cruzaron la entrada, a través de una especie de puerta de seguridad. Le escanearon el bolso. Todo correcto. En silencio, sin mirar a nadie, se acercó a un pequeño mostrador, donde un funcionario atendía a los que acababan de llegar.

–Yo venía a ver a mi hijo. Tengo cita... –le murmuró al funcionario; el tono de voz bajo, como para que nadie la oyera.

–Documento de identidad, libro de familia –respondió mecánicamente el funcionario, haciendo un gesto perentorio con los dedos de las manos.

Le mostró los documentos que le había pedido.

–Tiene cita con el interno Baldomero Ruiz a las 12 –corroboró el funcionario, mientras consultaba la pantalla del ordenador que tenía delante–. Siéntese allí –dijo, señalando una bancada que había al fondo de la sala–. Le avisaremos cuando llegue su turno.

Buscó con la mirada el asiento más apartado y se sentó, tal como le habían dicho, después volvió a consultar el reloj. No faltaba mucho para que dieran las once. Con el bolso bien agarrado, reposando sobre el vientre, cerró los ojos. Oyó la voz de una mujer que hacía callar a un niño y, luego, una voz bronca que cuchicheaba algo a alguien. Debía ser a una mujer, porque al poco, como si siseara una letanía de resignación que se repetía una y otra vez en silencio, escuchó una voz femenina que se repetía como un eco: "él se lo ha buscado, él se lo ha buscado, él se lo ha buscado...". "Así es" –confirmó la voz bronca, y después se calló de repente–. "Tengo hambre" –ahora era otra vez la voz del niño–. "Tú siempre tienes algo" –le contestó la primera voz de mujer que había escuchado, la de la letanía–. "Toma. Te lo comes entero. No tires nada al suelo" –añadió la misma voz–. Entonces reparó en que no había comido nada desde la noche anterior. Con los ojos aún cerrados, casi palpando el cierre, abrió el bolso. Oyó el clic seco, metálico, entonces abrió los ojos y sacó el bocadillo que iba envuelto en una hoja de periódico. Le dio un mordisco. Estaba reseco. Dio un trago a la botellita de agua que llevaba y siguió comiendo, absorta en la tarea que estaba realizando, sin apenas moverse, intentando hacer el menor ruido posible, como si buscara pasar desapercibida. Un mordisco y un trago, un mordisco y un trago... Cuando finalizó, se sacudió con mucho cuidado las migajas de pan que habían caído en el vestido, plegó el papel de periódico y lo introdujo en el bolso. A continuación volvió a cerrar los ojos. Ya la llamarían, cuando fuera la hora.

A las doce en punto, un funcionario condujo a todos los familiares que tenían cita a esa hora a los locutorios. Una sala de medianas proporciones, dividida en seis pequeños habitáculos, separados entre ellos por un tabique, cada uno con dos sillas de escay. Al fondo de los locutorios, había un cristal transparente del que colgaba un teléfono. El funcionario le dijo que se sentara en el locutorio cinco. Cabizbaja y muda, sin mirar a las otras personas que ya aguardaban sentadas a uno y otro lado, le obedeció. Las manos juntas, entrelazadas, como si temiera tocar algo que pudiera contaminarla. Al instante empezaron a salir los detenidos. "Disponen de cuarenta minutos" –advirtió el funcionario–. Alzó la cabeza, delante de ella, tras el cristal, con un teléfono en la mano, estaba su hijo, que le hizo una señal para que cogiera el teléfono de su locutorio. Baldomero sonreía bobaliconamente, como si no hubiera pasado nada, como si todo aquello no fuera más que una broma. Eso le hervía la sangre.

–¡Mamá! –le dijo, con tono suplicante.

Lo miró como si lo atravesara con una lanza.

–No me mires así, mamá... Por ayudar a unos pobres desgraciados, por eso estoy aquí –añadió, con cierta inocencia–. Me han *endosao* a mí el marrón...

–A ti siempre te endilgan todo lo malo. ¡Qué mala suerte tienes, hijo! –comentó con ironía.

–Créeme, mamá, que tú nunca me crees...

–Por algo será –lo atajó con sequedad.

–Necesito que me busques un abogado, de pago, si no no salgo de esta...

–¿Y quién lo va a pagar? ¿Yo, con los trescientos euros que me dan al mes por la no contributiva? –murmuró burlonamente.

–Ya se verá, mamá; ya se verá. Tengo..., tenía un negocio entre manos... Las cosas se tienen que ir arreglando –le comentó conciliador–. Quiero salir de aquí.

–¿Tienes tú algo que ver con la muerte del hijo del Rubiales, de Rafael, el concejal...? –le preguntó. La duda la corroía por dentro.

–No me busques una ruina, mamá, que yo ya tengo bastante... Estoy aquí por una tontería, por querer echarle una mano a esos negros que vienen de África. Es verdad que me iban a dar un dinerillo por eso, lo necesitaba. Lo reconozco. No te engaño.

Le comentó que durante tres mañanas seguidas, al amanecer, antes de que se cargaran a Rafael Rubiales, vio pasar en un coche a un amigo suyo, acompañado por otro, al que no conocía. "Estoy segura de que esos dos fueron los que mataron a Rafael".

–¿Qué amigo, mamá...? –se interesó.

–No sé cómo se llama. Uno que habla raro, muy fino,

con muchas eses. Lo he visto varias veces contigo, en tu piso, en...

—No sé a quién te refieres.

—Tú nunca sabes nada... Pero te digo una cosa, ¿sabes quién fue el que me arregló lo de la no contributiva? Rafael Rubiales. ¿Sabes quién estaba intentando arreglar lo de una residencia para la niña? Rafael Rubiales. ¿Sabes quién me pasaba cien o doscientos euros algunas veces, para poder llegar a fin de mes? Rafael Rubiales. ¿Sabes que este mes me he quedado sin ese dinero extra y que esos euros que tanta falta me hacen ya no los voy a cobrar más? ¡Te lo digo para que lo vayas sabiendo! —estalló indignada.

—Yo estoy aquí por lo que estoy, ya te lo he dicho... No tengo nada que ver con la muerte del Rafael. Créeme. No me busques más ruina... Necesitaba un poco de dinero por ti y por la niña; ver si se podía salvar algo del terreno que compré en el Pedregal, construir algún chalet...

—¿Pero qué sabes tú de eso? —le reprochó.

—Le hice caso a Papá, él quería que me dedicara a la construcción.

—¿A la construcción...? Que fueras albañil, ayudante de albañil, paleta... No constructor, que para eso hace falta cabeza.

—Anoche soñé que papá me pegaba una paliza —comentó el Baldomero muy serio.

—Algo malo habrás hecho. Papá no pega en vano.

—Mamá, ¿por qué eres así conmigo? —le preguntó con tristeza—. ¿Por qué no eres como todas las otras madres? —añadió, mirando a uno y otro lado, donde estaban otros presos hablando con sus familiares.

No le contestó. Quería salir de allí lo antes posible.

Lo poco que tenía que hacer, ya lo había hecho. Unos minutos después, que a ella se le hicieron interminables, el funcionario advirtió que fueran acabando, que ya era la hora.

—Mamá, ¿por qué no me quieres? —volvió a insistir Baldomero, con los ojos enrojecidos.

—Porque eres lo que más he querido en la vida y lo que más sufrimiento me ha dado. Por eso. Pero el amor se agota lo mismo que las fuerzas, y a mí, las fuerzas que me quedan son para mi niña... Así que te lo voy a preguntar por última vez —murmuró la Rubia— ¿No estarás *pringao* en lo del Rafael?

—¡Otra vez...! —protestó, medio distraído.

—Mírame a la cara y contesta —le ordenó.

Baldomero Ruiz alzó la mirada. Una sonrisa bobalicona, forzada, se le dibujó en la boca.

La madre le clavó los ojos.

—¡Canalla...! —masculló con desprecio.

—No me digas eso, mamá, que me hundes. ¿Volverás...? —le preguntó a continuación, esperanzado, ahora con la mirada fija en ella, como si quisiera atravesarla, saber y manipular sus intenciones.

—Sabes que no; ni tengo dinero para tanto viaje, ni aquí se me ha perdido nada. Tú sí que me has hundido a mí; a mí, a tu hija, y a tu pobre padre que en gloria esté.

—¡Mamá...!

Se levantó de su asiento y miró a su hijo fijamente. "Eres y serás un desgraciado. No tienes remedio" —le dijo, como si le hablara exclusivamente a sus ojos, mientras colocaba con sumo cuidado, en su sitio, el teléfono que había tenido en la mano. A continuación, lentamente, como si levitara, sin hacer ningún ruido, sin tocar nada, se dirigió a la salida. Al verla, el guardia que estaba ordenando la salida, le dio un pañuelo de papel. Estaba llorando. Poco después el resto de los visitantes comenzó también a salir. Delgada, toda vestida de negro, con el pañuelo bien calado, la Rubia fue la primera en abandonar el centro penitenciario. Consultó el reloj. Según se había informado previamente, el autobús de vuelta estaba a punto de llegar. Le dolía todo el cuerpo y tenía sed, pero ya no le quedaba agua en la botella. Quería llegar a su casa, descansar, dormir, borrar de su mente los ojos de su hijo, las palabras de su hijo, sus expresiones..., pero sabía que, como siempre, eso le resultaría imposible, pues entre las rendijas de los borrones con los que quería anegar su memora, al menor descuido surgiría el brillo de otros ojos que fueron también los ojos de su hijo, sus primeras risas y balbuceos, la carita necesitada y suplicante de su niño cuando era pequeño, inocente.

XVII.

¡A ver qué pasa! –se dijo Montosa, animándose a sí mismo. La tarde era espléndida, como si hubiera sido escogida de dechado en un concurso de lo mejor de la primavera. De cuando en cuando una ligera brisa le traía el olor a marisma. Le gustaba esa mezcla de olor a algas frescas y minerales, a pescado de bajura. Se había criado en un ambiente como ese (más frío, más lluvioso, más gris), más al norte. El cielo azul, limpio, radiante, sin una sola mancha, por poniente, pronto comenzaría a pintarse con todos los tonos rojos que podía imaginar, hasta arder como llamas de un incendio, y luego iría apagándose, ceniciento, oscuro, profundamente negro. Respiró hondo. Lo hermoso es breve –se dijo–; es breve y hay que agotarlo sin miramientos. Cómo era eso... –se preguntó–. Carpe o carpem ("el Gitano seguro que lo sabe")... Aprovechar el momento, disfrutar de los días que pasan. Consultó el reloj. Iba bien de tiempo. Unas gaviotas revoloteaban en el aire y, luego, una de ellas —más lista, más intrépida que las otras— se posó en el suelo. Sin duda había divisado algún resto de comida. La tarde anterior llamó a Vicente Heredia para quedar. Tomarían unas cervezas, picarían algo de pescado. Esta vez la idea de llamarlo, de tanto posponerlo de un día para otro, no se diluiría en la nada. De modo extraño se sentía en deuda con el Gitano (como si intuyera que el Gitano también estaba en deuda con él), y tenían que hablar, aclarar algunas cosas, antes de que llegara su hijo, antes de que el sumario por la muerte del concejal se cerrara, antes de que él abandonara Villanueva del Mar. Cuando llegó al chiringuito en el que habían quedado, Vicente ya lo estaba aguardando, sentado en la terraza, una caña de cerveza en una mano, en la otra le humeaba un cigarrillo. Él pidió otra caña antes de sentarse. Se sentía contento (quería que el Gitano lo viera contento). No eran los viejos tiempos, esos nunca se recobran; el sentimiento de que la vida a pesar de todo seguía transcurriendo sin acarrearles demasiados males, la caña de cerveza fría que estaba a punto de llegar, echar un rato hablando de esto y de lo otro con Vicente —de lo *otro*, también de lo *otro*—, el olor a marisma y a espetos de sardinas..., cada una de esas sensaciones y anhelos, eso era lo que le exaltaba el ánimo (y el resquemor. No había modo de acallar el resquemor, ni el mal sabor de boca cuando pensaba en el antiguo galleo del Gitano). Pero hay fallos, hay tropiezos, se toman decisiones... A veces resulta difícil valorar las decisiones, sobre todo las propias, las que a uno le atañen; entre la lealtad al otro y el interés propio: en ese estrecho intervalo se pueden poner en juego tantas cosas... El bienestar y la alegría, la desazón y la culpa que aguijonean en los momentos más insospechados, cuando no se los aguarda, como esos intrusos que llegan de repente para aguarnos la fiesta. Vicente Heredia lo miró con picardía.

–Se te ve muy bien –le dijo, después de chocar las cañas.

¡Salud! –dijeron al unísono. Tampoco a Vicente parecían irle mal las cosas. Se encontraron hacía algunos años en la academia, compartieron el mismo destino durante tres o cuatro años, novatos los dos. ¡Cuántos canutos no se habrían fumado juntos! ¡Cuántas risas y confidencias! Después las cosas que nunca paran se complicaron y, ahora, volvían a encontrarse. ¿Para qué darle más vueltas? ¡Salud! El resquemor que a veces sentía al pensar en Vicente, en su salida de la Guardia Civil, no tenía sentido, ganas de joderse a sí mismo, de sentirse como un dios minúsculo, justiciero y estúpido, que se inmiscuye donde nadie lo llama. Pero a él lo llamaron. Vicente Heredia, el Gitano, lo llamó y le comentó lo que iba a hacer, y él dijo "Gitano, ¿lo has pensado bien?". El Gitano siempre pensaba bien las cosas, o por lo menos él lo creía así, o necesitaba creérselo. "¡Gitano! Dios escribe recto con renglones torcidos". También era cierto que a Vicente los jefes nunca le convinieron –como si, a pesar de todo, fuera él mismo el que les buscaba las cosquillas, los puntos flacos, y con el sargento Urdiales, el Gitano los encontró–, al igual que a él no le convenían las parejas estables, los amores que se institucionalizan, que se quieren eternos para siempre... Tarde o temprano (y ese modo de pensar los límites de cada uno, poniéndose él mismo a ras del Gitano, solo era una manera de querer comprenderlo, de no censurarlo sin tener en cuenta... ¿sin tener en cuenta qué?), por una causa u otra, Vicente y él, cada uno a su manera, acababan chocando contra sus respectivos límites, contra aquello que de alguna manera los desestabilizaba, les creaba malestar y desasosiego, y en esas alguien siempre salía perdiendo. La reflexión no era de él. Demasiado alambicada. Cosas que se le ocurrían a Vicente Heredia y que nunca iban descarriadas del todo. Así que la salida de la Guardia Civil de Vicente –su separación del cuerpo, lo mismo que su propia separación: el divorcio de su mujer–, ya sin jefes (y él sin esposa), tal vez había sido lo mejor para los dos, para él (seguro) y para Vicente, no sabía si seguro, pero no tenía dudas de que Vicente, aunque siempre buscaba la cercanía de un jefe, de un padre, de un guía... ¡vaya usted a saber por qué!, pero eso sí, de una figura de saber y respeto, al final acababa por enfrentarse a él, al jefe de turno, por confrontarse con él, como si Vicente –y eso se lo había reconocido el mismo Vicente, en uno de aquellos días pasados en los que confidencialmente, bien fumados de hachís, se decían cosas que a ambos les importaban–, necesitara saber hasta dónde llegaba el poder o el saber o lo que fuera de ese jefe, de ese padre, "como si yo quisiera ser padre de mí mismo"–. Así que ser detective privado, de alguna manera policía o algo similar, pero sin jefe que lo ordenara, pensaba Carlos Montosa que, posiblemente, en el fondo, habría resultado ser una bendición para el Gitano, el mejor de los mundos posibles.

–Te metiste a detective privado, ¡qué cabrón! –le dijo, como si acabara de enterarse de la noticia y se alegrara de ella.

El Gitano se encogió de hombros, sonrió quedamente y no dijo nada. Socarrón, reservado cuando quería. En ese momento, de forma apenas perceptible, le estaba mirando las piernas a una muchacha que estaba sentada en la mesa de al lado.

—¿Bien con tu mujer?" —le preguntó al Gitano, para joderlo.

—Muy bien, de lo mejor que me ha pasado en la vida —ahora sí respondió, y los ojos se le separaron de las piernas de la muchacha.

—¿Y tú, de amores?" —le preguntó a continuación el Gitano, también para joderlo.

—Me separé, un desastre... —respondió Carlos Montosa—. He llegado a la conclusión de que soy mejor padre que esposo... No sirvo para eso; no es solo lo de las infidelidades y esas cosas, es que no... Mucho tiempo con la misma, me es imposible, como si fuera una cadena, algo que me invade, me obliga, me coarta... y estallo, me lo paso mal y se lo hago pasar mal a ella, pero estoy resignado, no me amargo por eso... Tampoco se vive mal como yo vivo.

—¿Estás ligando con la jueza, con la hija del Rivera?.

Miró a Vicente sorprendido, no esperaba esa pregunta. ¿Cómo lo sabía? No se lo había dicho a nadie, ni tenía intención de hacerlo. Balbuceó algo, una simpleza para zafarse de la pregunta.

—Estás en mi tierra, en mi pueblo, soy detective privado, y aquí lo sé todo —comentó jocoso Vicente Heredia.

—Nada serio —confesó al fin—. Parece buena chica y, además, tiene cabeza, pero yo vivo bien, soltero, con mi trabajo, mi hijo. Ni quiero que me jodan, ni yo joder a nadie. Cada uno es como es —concluyó—. ¡Ni se me ocurre, cómo has podido enterarte...!

El Gitano volvió a encogerse de hombros.

—Nunca revelo mis fuentes —comentó, impostando la voz.

Al día siguiente, viernes, tenía que recoger a su hijo en la estación de autobuses, iba a pasar unos días con él, en Villanueva del Mar. El niño se había empeñado, quería conocer el mar —Montosa había cambiado el rumbo de la conversación, no le resultaba cómodo hablar de lo de la jueza.

—Podemos quedar, supongo que a tu hijo le gustaría... —le propuso Vicente Heredia, cuando se lo dijo—. Este sábado, por la mañana, voy a salir a navegar un rato por la bahía con los de Hominis Dignitas, una ONG con la que algunas veces trabajo. Son buena gente, un poco místicos, pero buena gente. Voy con mi mujer y mi hija. Lo pasaremos bien. El mar, una vez que uno se aleja de la costa y se aparta del ruido y de la gente, resulta distinto, más inquietante, más hermoso, más azul y más negro, inmenso, inabarcable... También los detectives privados tenemos deberes familiares y necesitamos descansar de vez en cuando.

El trabajo no le faltaba, le daba para vivir decentemente, incluso estaba pensando ampliar el negocio, abrir otro despacho en algún pueblo cercano, tal vez en Marbella. Era solo una idea. En los pueblos grandes y con dinero siempre había cosas que investigar, no todas domésticas; la vida cotidiana genera toda clase de anomalías y malestares, y la gente piensa que si no se las arregla el médico —antes lo hacía el cura: otros tiempos—, tal vez se las podría aliviar un detective privado. Ahora estaba con un marido celoso. Decía que habían amenazado a su mujer anónimamente. Quería que él, Vicente Heredia, detective privado, investigara todo eso. Un tipo raro —pagaba bien—, enamorado sin duda de su mujer, tal vez demasiado enamorado. Concejala de cultura del Peñón, un pueblo cercano, a unos kilómetros hacia la sierra. Prima del muerto, de Rafael Rubiales, el concejal asesinado.

–Tal vez los anónimos sean falsos –le dijo, como si le estuviera revelando el misterio de la santísima trinidad– y tal vez lo que realmente quiera y por lo que me paga sea para que vigile a su mujer, para que le garantice su fidelidad. Los celos, lo de siempre...

–No me consta que haya ninguna denuncia de esos anónimos –le comentó Montosa, sin darle más importancia a lo que acababa de contarle el Gitano–. Así son los celos... una pasión irreductible que brota de la inseguridad, pero a la que, a veces, los hechos... No solo los hombres saben poner cuernos, también las mujeres. Ya te lo digo yo: las mujeres son unas maestras...; pero los hechos avivan esa pasión, como la brisa y la leña reseca avivan a las llamas y, entonces, el fuego se extiende, arrasa al bosque, al monte, a todo lo que encuentra a su paso.

–¿Sospecháis de ese tipo, del marido de la concejala del Peñón? –preguntó el Gitano.

Por un momento se cruzaron las miradas. Vicente Heredia sonrió y, a continuación, le dio un trago a la cerveza. Aún estaba fresca. Con los ojos –sabía que Montosa no le iba a responder directamente a la pregunta que le había hecho– buscó al camarero, con la intención de que les tomara nota de lo que iban a comer. Montosa le seguía la mirada, quería volver a encontrársela de frente; en silencio, atento al más mínimo parpadeo de los ojos del Gitano, pensando... Lo conocía bien; habían pasado unos años, pero el Gitano seguía siendo el mismo. Sí, lo conocía bien, tan bien como el Gitano lo conocía a él. ¡Cuántas tardes, cuántas noches se habían pasado hablando de esto y de lo otro, "fumaos" y medio borrachos! ¡Otros tiempos! Y allí estaba ahora, sentado frente al Gitano, atento a su mirada, pensando. Había tenido esa sensación muchas veces. Hablaban de cualquier cosa, le hacía preguntas al Gitano, quería sonsacarle..., el Gitano respondía lo que le daba la gana, respondía con preguntas, como los gallegos, pero él caía en la red (o quería caer en la red, o simulaba que lo hacía), contestaba a sus preguntas: ¡el Gitano, socarrón, lo sonsacaba mientras él creía que estaba sonsacando al Gitano! Dando pequeños saltitos, se acercaba una gaviota al lugar donde estaban sentados, mientras en el cielo un grupo de gaviotas graznaban desesperadas, como si corearan a la que parecía más decidida, tal vez más temeraria. De pronto la gaviota se abalanzó sobre un trozo de pescado que había en el suelo y, al instante, como quien huye del diablo, salió volando en dirección contraria a la que se encontraban las otras gaviotas, las cuales acrecentaron el graznido y salieron disparadas hacia el tejado cercano en el que se había posado la primera. La tarde estaba cayendo. Parecía que el sol, a punto de ocultarse, había prendido fuego al mar y que éste ardía envuelto en llamas, rodeado de inmensas moles de cristal, que reflejaban el azul —ya apagado— del cielo. Por fin apareció el camarero.

—Aquí estoy —dijo, como si fuera un conejo que acabara de salir de la chistera.

Pidieron algo para picar y una botella de chardonnay bien frío.

—Que no se te olvide la cubitera —le advirtió el Gitano al camarero, cuando este ya se marchaba.

Tenían que hablar, aclarar algunas cosas. Habían desarticulado a una banda de narcotraficantes, habían detenido al jefe de la policía judicial del campo de Gibraltar, al mismísimo comandante Urdiales y, ¡justicia poética!, era la hija del juez Rivera quien lo había logrado. Sin duda había razones para hablar... ¿Qué pensaría el Gitano de todo eso? Se había alegrado. Eso le había dicho. Lacónico, reservado –según para qué temas– hasta la desesperación, cuando a él le convenía, así era el Gitano. ¿Qué pensaría realmente el Gitano de la detención del comandante Urdiales, al que ellos habían conocido como jefe, cuando era sargento, hacía ya algunos años, los dos novatos, los dos en su primer destino, el campo de Gibraltar...? Infierno de desempleo, de marginación, de corrupción, de narcotráfico, el campo de Gibraltar y sus alrededores. Los escasos comensales empezaban a abandonar el chiringuito. Las gaviotas ya lo habían hecho un poco antes. En aquel momento solo se oía el vaivén sereno de las olas, como si el mar inspirara y expirara profundamente, sin prisa. Acabaron con lo que habían pedido. Dos botellas de chardonnay yacían boca abajo en la cubitera, ya sin hielo, flotando en el agua que se había formado. Pidieron un par de gin-tonic. La noche hacía rato que se había asentado. El Gitano mojó un trozo de pan en el resto del aceite de los boquerones en vinagre que quedaba. Le gustaba sentir ese sabor en la boca. En el cielo, negro, sin una estrella, la luna iniciaba el plenilunio. Solitaria, como un inmenso globo fosforescente, proyectaba su reflejo tenue sobre la mar, rodeada de un halo lácteo que difuminaba ligeramente su contorno.

–Desapareciste sin decir palabra y sin dejar rastro –dijo de pronto Montosa, mientras Vicente se limpiaba los restos de pan y aceite de los boquerones de la boca.

El Gitano lo miró sorprendido, como si no supiera a qué se refería. Acababa de dar un trago al gin-tonic. Lo saboreó.

—Está un poco aguado —comentó, refiriéndose al gin-tonic, y a continuación respiró profundamente—. Ahora apenas bebo... Por aquí antes olía a dama de noche —añadió—. Era una delicia. Ya ni eso.

—¿Por qué lo hiciste? —le preguntó Montosa.

—¿Lo de beber o lo de dejar de beber...?

—Sabes que no me refiero a eso.

El Gitano esbozó una ligera sonrisa. Parecía impostada.

—Hace ya tiempo. Ni lo recuerdo —comentó Vicente Heredia.

—Claro que lo recuerdas. Necesito saberlo.

—No creo recordar que entonces me lo preguntaras —lo interrumpió el Gitano—. No sé..., una llamada. Tenías mi número de teléfono, sabías dónde encontrarme. ¡Claro que dejé rastro!

—A lo mejor no me atreví y lo fui dejando.

—¿Y ahora te atreves? ¿De dónde sacaste las agallas, Montosa?

Carlos Montosa permaneció en silencio, con la vista perdida en el mar, que empezaba a picarse lentamente, como si la balsa de aceite que hasta entonces parecían sus aguas, comenzara a calentarse poco a poco, y la calma chicha, aún sin hervor, se viera amenazada por el vaivén travieso de minúsculas olas. Tenía el vaso de gin–tonic en la mano. Lo miró, como si sopesara su contenido y, a continuación, se lo acercó a la boca. Dio un trago pequeño, un simple mojarse los labios.

—Fuimos amigos y, ahora quiero saber... Eso es todo —dijo.

—¿Quieres saber por qué me fui sin decir nada, sin despedirme? Han pasado más de diez años, y ahora quieres saber.

—A lo mejor piensas que no te apoyé lo suficiente, que a la hora de la verdad reculé –lo interrumpió Montosa. No quería jugar al gato y al ratón. Le aburría. Sabía que así no llegaría a ninguna parte.

Vicente Heredia acababa de encender un cigarrillo. Una pequeña nube de humo, como un tornado de juguete, ascendió sobre su cabeza.

—A lo mejor... –musitó.

—Sabes que lo hablamos y que convenimos que no se ganaba nada con eso –se apresuró a decir Montosa, que había vuelto a dar otro pequeño sorbo al gin-tonic–. Te dije que yo estaba dispuesto a declarar, a personarme ante el juez Rivera, a corroborar las pruebas que habías presentado...

—A lo mejor lo dijiste con la boca chica... Un poco más y no se te oye.

Con la vista fija en el vaso de gin-tonic, al que acababa de colocar sobre la mesa, como si así, aumentando la distancia, con mayor perspectiva, pudiera observarlo en todos sus detalles, Montosa aguantó el golpe. Ni el más pequeño músculo de la cara se le estremeció.

—No soy un cobarde –dijo–, y sé apreciar la amistad –añadió a continuación.

—No he dicho que lo seas –corroboró Vicente Heredia–, pero sobre la amistad y la defensa de la verdad a lo mejor en ese momento apreciaste más otras cosas. ¡Qué sé yo!

—¿Qué cosas? –preguntó Montosa. Parecía sorprendido.

Ahora fue Vicente Heredia el que fijó la vista en el mar. Una brisa ligera peinaba las hojas de las palmeras. El chiringuito, en silencio, estaba casi vacío. Le hizo una señal al camarero para que se acercara. Pidió otro gin–tonic. Montosa aún estaba con el suyo a medias.

—¿Qué cosas...? —repitió, como el eco, Vicente Heredia, una vez que el camarero se hubo retirado, luego volvió a fijar la mirada en el mar: negro, ligeramente encrespado; pequeños trazos de plata, inquietos, parecían manar de su interior. El halo de la luna se había hecho más intenso—. No te hagas el inocente —dijo de pronto— ¿Qué cosas...? —volvió a repetir, como si en realidad la pregunta, en lugar de a él mismo, se la estuviera haciendo a Carlos Montosa—. ¿Y por qué quieres ahora remover todo eso?

—Nos hemos encontrado casi por casualidad, han detenido al comandante Urdiales; me importa, quiero saber. ¿Qué cosas? —insistió Montosa.

—¡A estas alturas...! —musitó el Gitano con desgana.

—Me da igual la altura.

—No sé..., que tu padre hubiera podido verse perjudicado por todo aquello...

No le extrañó la respuesta. Le dolió. En cierto sentido se había imaginado algo así.

—Deja a mi padre en paz —lo interrumpió secamente Carlos Montosa.

—Decías que querías saber. Has sido tú el que después de diez años has puesto el tema sobre la mesa. Yo ya lo tenía casi olvidado, y si no lo tenía olvidado del todo, ya apenas me afectaba. Me costó la salida de la Guardia Civil, un montón de sueños rotos... ¡Que deje a tu padre en paz! A lo mejor el brigada Montosa, tu padre, estaba *pringao* hasta la médula en lo del narcotráfico, y a lo mejor tú lo sabías. Él, con el sargento Urdiales, con nuestro sargento Urdiales, el hortera de los coches de lujo... ¡Que deje a tu padre en paz! ¿Y en mí nadie pensó? En la vergüenza de tener que volverme a Villanueva del Mar con el rabo entre las patas, en tener que comenzar desde cero, en ser el hazmerreír... ¿Nadie pensó?

El camarero acababa de dejar el gin-tonic sobre la mesa. Carlos Montosa pidió otro.

—Ponle un solo trozo de hielo —le advirtió al camarero.

Desde donde fuera, les pareció oír el canto de un búho. Se habían quedado solos en la terraza del chiringuito, casi a oscuras.

—El primero que debió pensar en todo eso fuiste tú —lo atajó Montosa—. ¿Sabes por qué toda aquella operación se vino al traste? No porque yo no te secundara. Se fue al traste porque te creías el más listillo de todos, y tal vez lo fueras, pero también eras un engreído, uno que se creía con el derecho de ir cantando las cuarentas a unos y a otros, sin reparar en la conveniencia ni en las consecuencias. Tenías que brillar y te fuiste de la lengua antes de tiempo. El juez Rivera se quedó con el culo al aire, a mí estuvo a punto de pasarme lo mismo, mientras el sargento Urdiales arreglaba las cosas a su antojo, deshacía pruebas, se desprendía de todo lo que pudiera inculparlo... ¡pero, claro, el sargento Urdiales estrenaba coche nuevo y tú no tenías ni una jodida bicicleta y, además, eras el más limpio y el más listo de la clase y querías que todo el mundo lo supiera! En el fondo, nunca has dejado de ser un gitano acomplejado y resentido.

Nada más llegar el camarero con el gin-tonic, Montosa le dio un trago largo, como si tuviera sed y aquello fuera solo agua fresca, cristalina. Mientras tanto, Vicente Heredia permanecía con la vista perdida en el vaivén de las olas que comenzaban a formarse. Reinaba el silencio. El camarero había apagado algunas de las luces del interior del chiringuito. No lejos de donde se encontraban, el camarero, apostado a la entrada de la terraza, entre las sombras, como un vigilante silencioso, se estaba fumando un canuto. Les llegó el olor del hachís y el resplandor de la llamita que se encendía y se apagaba.

—¿Es eso lo que piensas de mí? —le preguntó el Gitano. Su voz era una queja apagada.

—No lo sé.

—Te pusiste en tu sitio, donde a ti te convenía, y a mí me pusiste en el mío —el murmullo de la voz del Gitano sonaba a reproche, a ajuste de cuenta.

—¿Qué esperabas? A lo mejor fue eso lo que pretendías, a lo mejor fue eso lo mejor para los dos. Necesitabas que alguien te cortara las alas.

De lejos volvió el ruido del canto del búho. Como si el buuuuuh... buuuuuh del ulular del búho se hubiera referido a él, oyeron a continuación los aullidos de un gato, que pareció responderle. El Gitano acabó lo que le quedaba al gin-tonic de un solo trago. Con sumo cuidado colocó el vaso sobre la mesa.

—La muerte del Utrera me dejó sin testigo. Estaba a punto de declarar, lo tenía convencido.

—¡Claro, la muerte del Utrera! —repitió con eco amargo Montosa.

—Eso precipitó las cosas, hizo que yo no midiera... —musitó el Gitano.

—¿Pero aún sigues sin preguntarte por qué murió ese loco? —la voz de Montosa se había trasmutado en reproche.

—Se suicidó. Todo el mundo lo sabe. Era débil. Debió acojonarse. La misma fiscalía...

—¡Pero qué suicidio ni qué leche! —Montosa volvió a interrumpirlo—; lo mataron, lo colgaron, se libraron del testigo del que tú te vanagloriabas antes de que declarara. ¿Pero aún sigues sordo y ciego o es que te lo montas?

—¿Me estás acusando?

—No soy juez. Fui amigo tuyo...

—¿Me estás acusando de que me fui de la lengua antes de tiempo? —ahora fue el Gitano el que lo interrumpió. La voz apagada, como si rezara una plegaria.

Montosa no respondió. Cogió de la cajetilla un cigarrillo y lo prendió. En la oscuridad, la llamita le iluminó la frente. Le dio una calada y, al instante, desordenado, el humo salió de su boca.

—No, Vicente, yo no te juzgo, simplemente me defiendo con la verdad.

—Te defiendes con la verdad... ¡Puf!

—Tómalo como quieras.

—¿Por eso querías hablar conmigo? —preguntó el Gitano. La voz, que seguía apagada, era un puro reproche.

—Sí, por eso y porque por eso te fuiste sin despedirte de nadie, sin decirme ni adiós, aparentando que estabas dolido, dolido conmigo, que no te había apoyado....

Montosa había vuelto a darle otra calada al cigarrillo. El silencio era sepulcral. Solo el vaivén acompasado de las olas, con su ronroneo de cuna, aliviaba la tensión del instante.

—Me expulsaron de la Guardia Civil como a un apestado —musitó Vicente Heredia. La voz contenida, un murmullo agrio—. Era eso lo que querían. Un gitano, ¿qué se puede esperar de un gitano...? Tuve que volver a mi pueblo; un puto fracasado.

—Bueno, digamos que el sargento Urdiales te facilitó la salida que tú mismo habías solicitado, a cambio de que retiraras la denuncia. Un arreglo. Nada heroico, aunque lo entiendo.

—¡Qué fácil se ven los toros desde la barrera! —prosiguió Vicente Heredia—. Gracias al abogado que me busqué... A él se le ocurrió. Si no, nunca hubiera podido tener la licencia de detective privado. De eso vivo, de eso vivimos yo y mi familia. No todo el mundo tenía un padre brigada de la Guardia Civil.

—Sí, claro, yo lo tenía...

—Al lado de aquí, había antes una enorme dama de noche. Olía a noche de verano —musitó entonces Vicente Heredia, como si hablara solo.

Carlos Montosa le dio un nuevo trago al gin-tonic. El trozo de hielo comenzaba a derretirse. El ruido del vaivén de las olas se iba acrecentando. Le hizo una señal al camarero, con la intención de pedirle la cuenta.

—¿Qué tal sigue tu padre? —le preguntó de pronto Vicente Heredia. El tono de voz pretendía ser conciliador, afable.

—Mi padre murió hace ya dos años. Un infarto —respondió Carlos Montosa—. Por cierto, no dejó ninguna herencia especial, ni bienes inmuebles, ni dinero en negro, ni...

—Lo siento —lo interrumpió Vicente Heredia.

Poco después pagaron entre los dos la cuenta que el camarero les había presentado y se marcharon.

—Quedamos el sábado por la mañana a la entrada del puerto —le dijo sin demasiada convicción Vicente Heredia, al despedirse—. A tu niño le gustará.

Montosa dio un resoplido y no dijo nada. El Gitano lo vio alejarse paseo marítimo adelante, tal vez en dirección al apartamento en el que la jueza María Rivera vivía. Él torció mucho antes. Su casa no quedaba lejos. Como todas las mañanas, tenía que levantarse temprano, correr un rato..., y aquella noche había bebido y fumado demasiado. Le dolía la cabeza. Pensó en meterse los dedos en la boca, en vomitar allí mismo, antes de llegar a su casa. Tal vez así se aliviaría. Pero no lo hizo; siguió andando y no hizo nada. Estaba borracho.

XVIII.

–Vicente, soy yo.

Llevaba días esperando aquella llamada. Antes tuvo que escribirle una carta (anodina, llena de buenas intenciones, de buenos consejos, como si se tratara de un pastor de almas o de un hermano de la iglesia evangelista: eso ayudaría), en la que le pedía que lo llamara. Consultó el reloj. Aún tenía algo de tiempo por delante. Del pasillo le llegaba la voz cantarina de su hija, el repiqueteo de sus pies saltarines. Estaba contenta.

–Baldomero –le dijo.

Tras un momento de silencio, oyó el murmullo apagado de unas lágrimas. Sin duda, al oírlo, el Chino se había conmovido. Un sentimental con pocas luces y demasiada ambición. Le dio pena. Le preguntó cómo estaba.

–¡Buff! –murmuró el Baldomero, mientras le arreciaban las lágrimas.

Un desgraciado –pensó el Gitano–. Lo conocía desde chico, y desde chico intuía que, por una razón u otra, el

Chino nunca llegaría a nada.

–No es momento de lágrimas. Así no se arreglan las cosas –le dijo, entre la conmiseración y la fría razón de la verdad desnuda. Sabía que el Baldomero sí entendía ese lenguaje.

–Ya lo sé –murmuró el Chino, al otro lado del teléfono–. ¡Me cago en mi mala suerte! –añadió.

–Tenemos un problema –prosiguió Vicente Heredia–. Chino, ahora eres tú el que tiene que echar una mano. Tu madre y tu hija te necesitan. Es importante. ¿Dónde has guardado la medicina de tu madre? –le preguntó de repente, a sabiendas que esa pregunta, de entrada, iba a desorientar las seseras del Baldomero; pero no disponía de mucho tiempo. La conversación no podía durar más de cinco minutos, así lo disponía la ordenanza del centro penitenciario.

–¿La medicina...? –por el tono supo que el Chino se estaba sorbiendo las lágrimas.

–Sí, la medicina. Tu madre la necesita. ¡Piensa! –insistió el Gitano.

–¡Qué sé yo de medicinas! –exclamó extrañado el Baldomero.

–Sí, sabes. Claro que sabes... ¡Piénsalo! Eres el único que lo sabe. Baldomero, con la mano en el corazón, de hermano a hermano... –El Gitano estaba echando mano de su vocabulario más rastrero. Lo necesitaba. No podía desaprovechar la oportunidad de aquella conversación telefónica–. Hermano, estás en la cárcel a la espera de juicio y la cosa te va a ir a peor, y yo lo sé, y tú lo sabes... ¡Años de encierro te aguardan! Aprovecha y haz el bien, que tu pena sirva para algo útil ¡Piénsalo...! Tu madre te necesita. Ella tiene su orgullo y no te lo dice. Te quiere y te necesita.

—No sé... —musitó el Chino, de nuevo entre sollozos.

—¿Dónde tienes guardada la medicina que tu madre necesita? —insistió imperioso, como esos clérigos que fustigan lo mejor del arrepentimiento de las almas, su atrición y contrición.

Desde el fondo le llegaba el murmullo de otras voces, el grito de alguien que llamaba a alguien, el golpe seco de una puerta metálica que se cerraba y, mientras tanto, el Chino permanecía en silencio. Lo oía respirar y sorberse las lágrimas. ¿Estaría pensando? ¿Habría entendido? Quedaba poco para que los cinco minutos de conversación permitidos se cumplieran. Ahora era él, Vicente Heredia, el que comenzaba a impacientarse.

—Hazlo por tu madre y por tu hija. No te queda otra. ¡Piénsalo! ¿Dónde...? —insistió de nuevo.

—Yo no sé...

—Sí lo sabes. Eres el único que lo sabe —lo interrumpió—. La niña, tu hija, no puede quedarse desamparada.

—No sé... ¡qué sé yo! —exclamó por fin el Chino—. Busca en la cocina de mi casa. Allí, tal vez...

—¡Ay, Baldomero, Baldomero...! —musitó el Gitano.

—Vicente, eres el único amigo que me queda. No me abandones...

Se despidieron. El tiempo se había agotado.

—Un día de estos voy a la cárcel a verte —le dijo—. ¡Cuídate!

Consultó el reloj. Tenía que salir cuanto antes para el puerto con su mujer y su hija.

Llevaba barba y parecía entender de barcos. Era el responsable de Hominis Dignitas en Villanueva del Mar. Nada más salir del coche, se puso las gafas de sol. El cielo de un azul intensísimo brillaba como si un operario diligente y hacendoso lo hubiera recién pulido. Una nube algodonosa —el perfil recortado, como si fuera de plata— flotaba por poniente. "Corre, no te detengas", dijo el de la barba. El muchacho al que se había dirigido sonrió. Una ristra de dientes blancos le iluminó la cara. "Directo a los camarotes. Ya te aviso", le advirtió el responsable de Hominis Dignitas.

El muchacho hizo ademán de volver la cabeza, como si fuera a responder, pero siguió caminando, los pasos acelerados, en dirección al barco. Se le ocurrió la noche anterior. Tenía dudas, pero ahora, en la clara placidez de la mañana, pensó que la idea había sido un acierto. Demasiados días encerrado, oculto, sin darle la luz del sol. De cualquier modo la cosa ya estaba hecha. Aguardó a que llegaran todos y, unos quince minutos más tarde, el barquito rojo, de no más de veinte metros de eslora, coronado por un pequeño castillo de proa, se dirigía alegre mar adentro. Los niños —la hija del Gitano, el hijo de Montosa— estaban entusiasmados, atentos a las continuas sorpresas que el mar les deparaba, preguntando a unos y a otros. La estela espumosa, blanca, plateada, desde popa hasta la orilla del mar, como un camino perfectamente trazado por el que navegaba el barco, los tenía boquiabiertos. De cuando en cuando, cerca de proa, como si fueran guías privilegiados de aquellos mares, aparecía una pequeña manada de delfines saltarines, alegres, exultantes, que hacía la delicia de los niños. El cielo azul, iridiscente, como esos que pintaba Fray Angélico, sin mancha, parecía una enorme cúpula ingrávida, capaz de protegerlos de cualquier posible adversidad. Le sorprendió encontrarse con María Rivera, la jueza.

—Se animó y, al final, vino —le comentó el responsable de la ONG a Vicente, mientras se rascaba la barba—. La llamamos hace unos días para invitarla. Ya sabes que nos gusta estar a bien con las autoridades, siempre hay situaciones en las que podemos necesitar su ayuda o, por lo menos, que no nos dificulten nuestra tarea, pero declinó la invitación. Tenía cosas que hacer. Sin embargo ella misma me llamó anoche, quería venir. Hay que agradecérselo, supongo que ha debido hacer un esfuerzo para solucionar lo que sea...

Vicente Heredia asintió con la cabeza, mientras hacía un mohín con el que ponderaba el presunto sacrificio que habría hecho la jueza.

—Son cosas que hay que agradecer —sentenció el Gitano con sorna—. Parece una mujer muy considerada...

El de la barba sonrió. Mayor aún fue la sorpresa de encontrarse, no en el pequeño puerto de Villanueva del Mar, antes de embarcar, sino ya en el interior del barco, cuando llevaban un rato navegando, con Kandel, el joven guineano cuyo valiente testimonio había sido fundamental para que Hominis Dignitas presentara la correspondiente denuncia ante el juzgado de Villanueva del Mar, dando cuenta así de las condiciones en las que se llevaba a cabo el transporte de los subsaharianos de uno al otro lado del Mediterráneo: la gota que indirectamente había colmado el vaso del sumario abierto contra la red de narcotráfico; la gota que había arrastrado, entre otros, al comandante Urdiales a la cárcel. Como siempre, Kandel sonreía. Aquel muchacho no parecía estar hecho para la autoflagelación, ni para la queja estéril. Vitalista, con los ojos abiertos de par en par, a pesar del relumbrón del sol de la mañana y de los destellos cegadores sobre el espejo azul del mar, a veces negro de tan azul, casi de cristal azabache, parecía absorber por los cinco sentidos, por todos los poros de su negra piel, la vida, el vigor, la fuerza, el empuje, como si todo eso —como savia que nutre a los árboles— le diera ímpetu para seguir adelante.

—Llevaba demasiados días encerrado, sin ver apenas la luz del sol, y nos lo hemos traído; que le dé el aire... Anoche lo pensé y así lo he hecho —le confesó el de la ONG—. Aquí está a salvo. Después tendrá que volver al escondite. Tenemos que pensar qué hacer con él. No puede seguir encerrado.

María Rivera, la jueza, y el comisario Montosa, como por casualidad, no parecían encontrar un momento para separarse. Hablaban con unos y otros, comentaban lo esplendoroso del día, la calma del mar, la danza infatigable de los delfines que —para el deleite, la curiosidad insaciable de los niños— habían vuelto a aparecer, con sus esbeltas cabriolas al aire, pero luego volvían a retomar la conversación entre ellos. La jueza llevaba un vestido largo, claro y sedoso, ligeramente ajustado, estampado de flores, como si fueran ramilletes multicolores apenas esbozados. Se reía, sin hacer apenas ruido; los comentarios de Montosa parecían arrancarle una y otra vez la sonrisa de los labios. ¡Y no tiene novio! —habría exclamado satisfecho Vicente Heredia, si la jueza hubiera sido un familiar suyo o alguna conocida con la que tuviera suficiente confianza—. Desde luego, no dijo nada de eso. Le preguntó por su padre, le dijo que lo había conocido —"un juez justo y valiente. Un gran hombre...". María Rivera sonrió satisfecha. Estaba bien, disfrutando de la jubilación. Leía mucho, escribía de sus cosas, iba de un lugar a otro, daba charlas...

–Seguro que le gustó la noticia de la detención del jefe de la Policía Judicial de la Guardia Civil del campo de Gibraltar –comentó Vicente Heredia.

–No creo que menos que a ti... –apostilló Carlos Montosa.

–Bueno, ni que a ti –le contestó sonriendo Vicente Heredia.

Se había alegrado tanto de verlo con su hijo aquella mañana a la entrada del puerto, tal como habían quedado.

–Cuando lo llamé para decírselo, ya lo sabía; la prensa... Estaba contento, feliz como un niño pequeño con juguetes nuevos. Él fue el primero en abrir esas diligencias, pero según me dijo, la cosa se atascó y quedó en nada –musitó la jueza–. El caso venía coleando desde hacía demasiado tiempo. Muchos años informando al moro de todos los movimientos policiales... ¡Ese comandante sabrá el dinero que ha sacado del narcotráfico! Y, ahora, gracias entre otros a la información que ha ido reuniendo Hominis Dignitas, a los documentos aportados, juntando como quien dice una cosa con otra, hemos podido detenerle.

El Gitano buscó con la mirada a Kandel, que en aquel momento jugueteaba con los niños. ¡Si la jueza supiera cuántos sacrificios y cuántos riesgos había detrás de esa "información"! Saludó a Kandel con la mano. Tras devolverle el saludo, el joven volvió a la tarea que se traía con los niños. Parecía contento. Hay personas que cumplen con su obligación, incluso haciendo más de lo que se les podría exigir, sin aspavientos, como si eso fuera lo más natural del mundo. El joven Kandel, negro, pobre, desheredado de casi todos los bienes de la tierra, nunca saldría en la portada de un periódico, nunca sería celebrado como el héroe que realmente era.

—¿Qué tal tú, jefe? —Kandel se había acercado a donde él estaba. Le sonrió. El muchacho le devolvió la sonrisa.

—Bien —le respondió el Gitano, mientras (como si quisiera protegerlo de algún peligro) el joven Kandel apoyaba su brazo sobre el hombro del Gitano. Sintió la púdica calidez del apretón de su mano—. Bien —volvió a repetir el Gitano—. ¿Y tú? —le preguntó a continuación.

—Ya no en el invernadero. Ahora dicen que es peligro para mí. Tengo que llegar a Alemania. Allí conozco a uno —respondió Kandel.

El Gitano le pasó el brazo por la cintura, mientras lo palmeaba. Sin duda, era Kandel quien necesitaba ayuda. Al-Qurtubí, el de Nador, no se iba a quedar con los brazos cruzados... Una bandada de pájaros negros surcó el cielo. Piaban estruendosamente, como si estuvieran enfadados por algo y quisieran dejarse oír a pesar del runrún monocorde y machacón del motor del barco. Entonces Margarita, la mujer del Gitano, se acercó al responsable de la ONG y le dejó caer algo al oído. El de Hominis Dignitas consultó su reloj y, a continuación, asintió con la cabeza e hizo una señal en dirección al castillo de proa del barco. El ruido del motor se apagó de repente. Margarita parecía nerviosa. Llamó a su hija. La pequeña corrió hacia ella. El hijo de Montosa la siguió.

—Escuchadme un momento —alzó la voz, mientras cogía a la niña en brazos.

—¡No se oye! —gritó Vicente Heredia, divertido. No le había comentado nada al respecto, pero le gustaban las sorpresas y las bromas que, a veces, le hacía su mujer, porque seguro que le iba a gastar alguna clase de broma. La conocía bien.

Solo se oía el vaivén sereno de las olas, el apacible ruido del mar que se abría ante ellos en una panorámica –azul, celeste, blanca, refulgente...– que no parecía tener fin. Uno de los de la ONG se aproximó a Margarita. Llevaba una bandeja con copas en una mano y una botella de champán en la otra.

–Pasado mañana es el aniversario de mi boda con ese gitano –dijo Margarita, con voz ligeramente trémula, señalando a Vicente–. Siete añitos llevamos viviendo juntos, siete añitos que llevo casi tocando el cielo. Seguro que él se acuerda que un día como hoy... –Vicente Heredia afirmó ostentosamente con la cabeza–. O sea, que como le sucede todos los años, seguro que ni ha caído en la fecha en la que estamos... –prosiguió Margarita irónicamente, mientras Vicente, como si se hubiera confundido, intentaba rectificar el sentido de su anterior cabeceo–. Da igual. Tan solo es una fecha. Gitano, te quiero... Y puestos a querer, quiero que todos nos acompañéis, a mí y a mi hija, en un brindis por este hombre bueno, honesto, que habla hasta por los codos, que cree que sabe más que nadie; un perfecto cascarrabias, un padrazo, un pedazo de marido...

El de Hominis Dignitas había empezado a llenar las copas. Vicente Heredia se aproximó al lugar donde estaba su mujer y su hija. Las besó. Se había emocionado. Aunque no era creyente, sabía que no valía la pena rectificar a Dios, ni estar eternamente cabreado con él: cuando le salía de los cojones, si no se intentaba hacer nada estúpido para evitarlo, al final Dios o lo que fuera escribía recto, aunque los renglones al principio le salieran torcidos.

Alzaron las copas para brindar, mientras Margarita sacaba de una nevera unos refrescos para los niños.

–Y, bueno, ¡nunca le había hecho un regalo como este! –dijo, después de abrir el refresco a los niños–. Os pido un poco de silencio –añadió refiriéndose a todos los presentes–. Vale la pena. Va por ti, gitano...

Vicente Heredia la miró sorprendido. ¡Qué es lo que no se le ocurrirá a esta mujer! –pensó.

De repente, con la rotunda vivacidad del rayo, el desgarro de una guitarra sonó en medio del mar. La reconoció: Enrique de Melchor. Sabía lo que venía, pero lo que llegó fue mucho más de lo esperado: el milagro, la voz profunda, jonda, bien templada de don Antonio Mairena. Cantaba el mirabrás: *A mí que me importa que el rey me culpe, si el pueblo es grande y me abona, voz del pueblo, voz del cielo, ay, anda, que no hay más ley que son las obras, y con el mirabrás, tiri ti ti tiri, ay anda...* Se acercó más a ella, le pasó el brazo por la cintura. Le quitó las gafas oscuras que llevaba puestas para protegerse del sol. Los ojos azules verdosos almendrados de su paya... La besó en la boca. Margarita sonrió. Sabía que al Gitano no le gustaba hacer ese tipo de cosas en público, que el pudor le podía. Se volvieron cara al mar, como si de pronto se hubieran quedado los dos solos, la brisa de frente... *Tiran bombitas de la cabaña, si será el rey de la Gran Bretaña* –se animaba la voz de Mairena.

–¿Cómo se te ha ocurrido?" –le preguntó.

Margarita se encogió de hombros. "Aquí suena como nunca antes la había escuchado. Grandiosa, libre" –le susurró al oído–. En lo que parecía fondo de aquel espacio azul e infinito, una línea de color más intenso, también azul, señalaba el límite en el que el cielo se juntaba con el mar, como un círculo que se cerraba dejando fuera a la tierra: lugar de paso y de separación, frontera, tránsito, aislamiento.

—Estamos bien donde estamos" –le dijo a Margarita.

—En la tierra, pero con los pies en la mar –apostilló Margarita.

Salga usté a su puerta, hermosa, y dígame usté salero; castañas de Galaroza, vendo camuesas y peros, ay, Marina, vendo naranjas, y son de la China, batatitas borondas, suspiritos de canela, malacatones de Ronda, castañas, cómo bajean –el tono de la voz ascendía y descendía suave, airoso, oscilando levemente como las suaves olas de la mar.

—A lo lejos, donde parece que el mar se junta con el cielo, aunque no podamos verla, aunque no queramos verla, la tierra continua... –comentó Vicente–. De allí vino Kandel.

Por Dios, te pío, nunca te alabes que te he querío. Y hasta la cabeza de mi gitana huele a mosqueta –con voz baja, apenas un susurro, Vicente Heredia comenzó a canturrearle a Margarita al oído, como si le hiciera la segunda voz a don Antonio Mairena, apenas el eco de un murmullo–. *Y yo la quiero, y de vergüenza no se lo telo. Cuando vas andando, rosas y lirios van derramando.* El aplauso de los reunidos los arrancó del ensimismamiento en el que se encontraban. "Gracias" –le dijo a su mujer, y volvió a besarla en los labios–. Y aquella mañana fue para él como si el tiempo de los sinsabores –lejos, aguardándolo tras la línea temblorosa de la playa– no fuera más que un mal sueño que alguien próximo le hubiera contado. Con su hija en los brazos, se fijó en Montosa que cerca de proa había vuelto a retomar la conversación con la jueza Rivera. ¿De qué hablarían? Visto de perfil, las facciones del hijo de Montosa, sentado en aquel instante en las piernas de su padre, eran como si el propio Montosa hubiera regresado de repente a su propia infancia. ¿En qué sueñan los niños? ¿En qué soñaba él (Vicente Heredia, el Gitano) cuando pequeño? Era curioso, no recordaba ningún sueño de su infancia. Su primer recuerdo, pero ya había iniciado el bachiller, era de una pesadilla sangrienta que lo enraizaba en un suelo movedizo en el que se iba hundiendo poco a poco. De pronto la imagen del Utrera, de aquel pobre desgraciado que él creía que se había suicidado, colgado de una cuerda como un badajo de carne y de trapo, la lengua fuera, los brazos vencidos a lo largo del cuerpo, lo asaltó, aunque logró desecharla al instante. Estaba en mar abierto, tenía en brazos a su hija, su mujer había dicho de él aquellas cosas tan hermosas... Todavía en el aire puro de la mañana resonaba la voz de don Antonio Mairena. Mirando la cara serena, noble, ilusionada del hijo de Montosa, Vicente Heredia pensó que tal vez Montosa, por lo menos de pequeño, nunca se había despertado con los sudores fríos de una horrible pesadilla. Y tal vez, incluso ahora, a su edad, no supiera realmente lo que eso era. Eso los diferenciaba.

Horas después, cuando el sol aún pendía arrogante en lo alto del cielo, ya rumbo a su declive, el barco viró en dirección a Villanueva del Mar. Habían pasado un día magnífico. Posiblemente, ni su hija, ni el niño de Carlos Montosa, olvidarían nunca ese día. Tal vez lo desdibujarían en su imaginación, repintarían algunos fragmentos, incluso otros pasarían al olvido eterno, pero con el transcurrir del tiempo, al evocarlo, la luz, el olor, el sonido de las olas y de la voz de Mairena, el gusto que el salitre deja en los labios, la textura del aire en el cuerpo casi desnudo, el cielo y la mar, tan azules los dos, tan limpios, tan intensos, tan crueles, tan hermosos... dejaría una impronta que impregnaría sus mejores sueños, los que nos hacen creer que, a pesar de todo, la vida bien vale la pena, y que hay un lugar –que tiene que haber un lugar– en el que todos los hombres, todas las criaturas, tengan reservado un sitio bajo la tenue y cálida luz del sol. Ahora, frente a ellos, cada vez más cerca, la silueta anodina de Villanueva del Mar, esbozada sobre el fondo azul oscuro de la cadena de montañas que por detrás la resguardaba de los aires fríos del invierno, iba ganando en relieve y textura, acentuando su fealdad y mal gusto, también su belleza. La torre de la antigua iglesia, el palmeral, el montículo sobre el que se elevaba (ajeno al vaivén y al solivianto del pueblo) el cementerio, el resto majestuoso de uno de los antiguos ingenios, con su enorme chimenea de ladrillos rojos. A la derecha, según se aproximaban, por la zona de levante, ascendiendo casi desde la orilla del mar, metros y metros, monte arriba, se extendía el enorme mar de plástico de los invernaderos, desvencijados algunos por la acción del viento, blanco opacos, lechosos... ¿Cuántos mares cabrían en los mares del sur?

–¡Papá, papá, mira qué bonito...! –la voz de su hija, tierna como el suave crujir del pan recién hecho, atrajo su atención.

Miró hacia la izquierda, donde la niña le señalaba. El mar, por ese lado, con los rayos del sol que comenzaban a declinar, era toda una sinfonía de rojos: suaves y casi anaranjados, rojos verdosos y pardos, rojos transparentes como el ámbar, rojos de lumbre y de fragua, rojos que parecían sandías que acaban de entreabrirse; rojos de sangre... Inmenso mar de sangre roja.

—¿No será que el mar se está quemando...? —le preguntó preocupada su hija.

"El mar no se quema, se queman los sueños" —le hubiera respondido a su hija, de haber sido capaz de entenderlo. No dijo nada. Sonrió, mientras acariciaba la cabeza de su hija.

XIX.

Por fin tenían la grabación de Pablo Ríos. La escucharon con detenimiento. La jueza, María Rivera, había dado la orden para que Josefina Martín fuera citada a declarar en calidad de testigo. El comisario Montosa fue el encargado de tomarle declaración.

—Quiero que me diga de quién son las voces que se escuchan —le dijo, mientras accionaba la grabación.

Se oían ruidos de platos, de cubiertos, el ronroneo casi inaudible del vaivén de las olas, un "ya voy, ya voy..." que cesaba bruscamente, sobre un fondo de voces, de risas y chillidos apagados. De pronto se oyó lo que sin duda era el ruido bronco de las patas de una silla que se arrastraba por el suelo, y tras unos segundos de silencio, surgió una voz de hombre. Se oía perfectamente. Sin duda estaba cerca del aparato con el que se había hecho la grabación. "Voy al váter" —dijo la voz, que parecía estar disculpándose.

—Es Pablo Ríos, mi marido. Se levantó en ese momento con la intención de ir al lavabo. Eso dijo. Pero debajo de la servilleta había dejado su móvil grabando.

¿Por qué no has venido unos días antes, como había-mos quedado? –preguntaba de pronto otra voz distinta. Una voz recia, firme, un poco áspera.

–Es Rafael Rubiales –aclaró con voz trémula, mientras con la cara hacía un gesto extraño, como si quisiera restarle importancia a lo que su marido había grabado.

Pablo no quería. Tenía cosas que hacer. Eso dijo. Se le metió que esta vez viniéramos los dos juntos. Manías... – respondió una voz femenina, dulce, bien timbrada– *¡Qué ricas!* –exclamó poco después la misma voz. Parecía estar degustando algo.

–Evidentemente, esa soy yo..., yo comiéndome una sardina en espeto –comentó con ironía–. Cuando veníamos de vacaciones a Villanueva del Mar, o simplemente a pasar un fin de semana, yo solía llegar unos días antes, así podía adecentar la casa un poco. Las casas cerradas necesitan airearse, quitar el polvo, ordenar, hacer algunas compras...

–La entiendo –comentó Montosa.

Te he echado de menos –proseguía la voz del concejal–. *Y yo también, pero... Y eso que le dije que tenía que arreglar un poco la casa, airearla...* –contestaba Josefina Martín en la grabación–. *Pablo no ha querido que esta vez venga sola: manías suyas. ¡No sé qué pensar...! y como él tenía cosas que hacer... Qué guapa estás. ¡Para comerte...!* –exclamó de forma clara la voz del concejal.

–¿Y eso? –se interesó el inspector Montosa.

Josefina Martín lo miró un instante y, luego, pareció interesarse por un pequeño rasguño que había en la silla en la que estaba sentada.

–Cosas que se dicen... –musitó.

La casa necesita que se la trate con mimo: pequeños mordisquitos, caricias... –con tono irónico, la voz de Josefina interrumpía al concejal–, *pero este es muy celoso, de esos calladitos...; celoso y torpe. Bueno, ¡qué casa tan mal aprovechada!* –exclamaba de nuevo la voz de Rafael Rubiales–. *Un poco desasistida. Necesita calentarse de vez en cuando...* –volvía a interrumpirlo Josefina, acentuando aún más el tono irónico–. *Si el gilipollas supiera cómo calientas, cómo calentamos la casa, aunque sea en verano. ¡Cuidado, cuidado!* –susurraba Rafael Rubiales de pronto, de forma imperativa–. *La próstata y la cerveza no hacen buenas migas* –como si declamara una sentencia bien sabida, reaparecía de nuevo la voz de Pablo Ríos–. *Ya tenemos que empezar a cuidarnos* –dijo entonces la voz de Rafael Rubiales con tono jocoso, poco antes de cesar la grabación.

–¿Desde cuándo erais amantes? –le preguntó el inspector Montosa.

Josefina Martín le clavó los ojos y, a continuación, como había hecho un momento antes, pareció interesarse por el rasguño de la silla. Fue solo un instante. De pronto volvió a buscar la mirada del inspector Montosa y con tono desafiante dijo:

–Llevábamos varios meses con esto... En fin, siendo amantes, si esa es la palabra que quiere oír.

A mediodía, la jueza tenía la copia de la declaración sobre la mesa. El inspector Montosa habló por teléfono antes con ella.

–Reconoce haber tenido relaciones sexuales con el concejal –le dijo, de forma aséptica–. Su marido, según cree, debió sospechar y los grabó. Eso es todo. Es lo que repite como un mantra...

–¿Y esas relaciones, desde cuándo...? –le preguntó la jueza.

–Desde hace un par de meses. Eso dice ella –contestó el inspector Montosa.

–Quiero interrogarla yo misma –dijo la jueza, después de unos minutos de silencio, en los que parecía estar pensando qué rumbo tomar–. Ahora mismo me la trasladas a mi despacho en calidad de testigo. Hay algo que no me encaja.

–Por cierto, la policía municipal acaba de detener a Antonio Baena, ¿Te acuerdas de él?" –le informó el inspector Montosa.

–Claro que me acuerdo: el tipo ese que trabajaba en el Ayuntamiento, dicen que de enchufado, y que amenazó de muerte al concejal. Uno de los que va a perder su puesto de trabajo, una vez que se resuelvan las oposiciones –respondió la jueza.

–Exacto –asintió Montosa–. Andaba borracho por la calle, gritando que él se ha cargado al concejal, porque a él le sobran cojones para hacerlo. Ya sabes, esa clase de bravatas ¿Qué hacemos? Yo creo que...

–Mejor que siga detenido –lo interrumpió la jueza–. No hay que descartar nada. A veces los bocazas dan sorpresas. Ahora, cuando puedas, lo interrogas y ya veremos... Mientras tanto, yo voy a ver lo que me cuenta esa vampiresa.

Al poco rato Josefina Martín se encontraba sentada en el despacho de la jueza de Villanueva del Mar. Le recordó que estaba en calidad de testigo y que eso la obligaba legalmente a responder con la verdad.

–Quiero que me cuente con detalles todo lo que recuerde de ese almuerzo en el chiringuito, cuando su marido los grabó –le dijo, mientras ella misma accionaba una grabadora que tenía sobre la mesa–. Por supuesto, voy a grabarla –le aclaró.

–Ese mediodía, al rato de llegar a Villanueva del Mar, habíamos quedado para almorzar con mi primo Rafael en un chiringuito de la playa, en la Gavina, no sé si lo conoce. Se come bien –comenzó a narrar Josefina. La voz trémula, como si de un momento a otro estuviera a punto de romperse–. Cuando pasábamos una temporada en Villanueva –sobre todo en las vacaciones de verano– nos veíamos casi a diario. Comidas, copas, largos paseos por la playa... Rafael Rubiales –el concejal– y su mujer, Pablo y yo. Éramos inseparables. Nos conocíamos desde hacía muchos años, desde que éramos niños. Me refiero a Rafael y yo. Rafael es... o sea, era primo hermano mío, hijo de una hermana de mi madre. Después él se casó con Carmen, Carmen Ibarra, una chica que era amiga de los dos, de la pandilla, y yo me fui a vivir con mis padres al Peñón, donde conocí a Pablo. Hace unos años compramos una casa en Villanueva del Mar, cerca de donde vivían Carmen y Rafael. Me gusta el mar, siempre me ha gustado mucho. Es a lo que estoy acostumbrada. Ese día, no recuerdo por qué, Carmen no había podido venir a almorzar con nosotros... Que le diga la verdad, toda la verdad y nada más que la verdad –musitó Josefina, como si hablara para sí misma–. ¡La verdad! Recuerdo que tuvimos que sentarnos dentro del chiringuito y que, desde donde estábamos sentados, a pocos metros, se dejaba entrever el mar, medio oculto por una hilera de palmeras. El camarero se acercó a la mesa, mientras sacaba un pequeño bloc del bolsillo. El bolígrafo lo llevaba ya preparado. Hacía calor allí dentro. "Dime, Rafael –le dijo el camarero a mi primo–. "Tenéis el aire puesto, ¿no?" –preguntó mi primo, medio resignado, como si no acabara de creérselo del todo–. "Sí, sí... La verdad es que lo hemos intentado, pero no había manera de acoplaros fuera, en la terraza. Como no habías avisado..." –se justificó el camarero–. "Lo hemos decidido a última hora –declaró mi primo Rafael–. Toca joderse. Nos pones unos pescaditos fritos, una ensalada de pimientos... No sé. ¿A vosotros qué os apetece?" –nos preguntó–. "¿Cómo están las sardinas?" –fui yo la que pregunté. Me encantan los espetos bien hechos–. El camarero hizo un gesto expresivo con las manos, como si la pregunta estuviera fuera de lugar. Estamos en julio, ya sabe... Buen mes para las sardinas –sentenció a continuación–. Meses sin "erre", buenas sardinas; meses con "erre", buen marisco. No falla". "Pues nos pones también un par de espetos" –le dije, mientras de reojo, en silencio, intentaba escrutar lo de las sardinas con mi marido. Estaba enojado, tenso, receloso. No entendía qué le pasaba, pero sabía que cuando se encontraba de esa manera, tenía que ser muy cauta con las palabras. Todo lo podía interpretar mal, le buscaba los tres pies al gato... Es un hombre inseguro, muy trabajador, muy por su casa, pero los celos... "¿Y a ti se te apetece algo...?" –recuerdo que entonces fue mi primo el que le preguntó directamente a Pablo–. A lo mejor él también lo notó raro. "No, no... lo que vosotros pidáis. Me gusta todo" –respondió lacónico, con cierta desgana, como si aquello no fuera con él–. "Bueno, pues entonces pon también, además de los espetos, un platito de raya frita y un calamar a la plancha. Después, ya veremos –recapituló mi primo Rafael–. Mira si puedes subir un poco más el aire" –le recomendó poco después al camarero, que ya se alejaba con la nota hacia la cocina–. Llevaba razón el camarero, a mediados de julio, con lo de la Virgen del Carmen y sin reservar previamente, era difícil encontrar un chiringuito con mesa libre en la terraza. Pablo, mi marido, sacó un pañuelo del bolsillo y se secó la frente. "Un poco de calor, eso es todo" –murmuró, como si se disculpara por lo que acababa de hacer–. "¡Pero por qué no te limpias el sudor con una servilleta de papel! No es tan fácil quitar después las manchas del pañuelo –recuerdo que le dije–. Tienes el sudor muy fuerte" –añadí a continuación, con un tono que quería ser a la vez cariñoso y mandón. Yo sabía que, en el fondo, ese tono, esa manera de dirigirme a mi marido, lo calmaba. No sé...; como si esa clase de expresiones formaran parte del estado natural de las cosas, sin que él se viera obligado a sospechar de ellas, a tomarlas a mal. Bueno, señoría, no sé si estoy siendo demasiado detallista. Pero como usted me dijo... Al poco rato el camarero se acercó con una jarra grande de cerveza. "Don Rafael, ¿vino blanco para el pescado, como siempre? –preguntó, mientras colocaba la jarra en la mesa–. ¿Suave y fresquito?". "Sí, pero no aguachirri –sentenció mi primo Rafael–. Un verdejo..., el que tú sabes...". Como ve, señoría, era mi primo el que ordenaba. Estaba acostumbrado. Nosotros lo dejábamos hacer. Sabía comportarse. Tenía ese don. Recuerdo que, desde fuera, nos llegaba, amortiguado, el griterío de la gente. Una barca se acercaba a la orilla. Al poco un muchacho saltó de ella. En la mano derecha llevaba un par de pulpos, que seguramente acababa de pescar. Un momento después volvió el camarero con las sardinas. Inspiré profundamente. Me gusta el olor a mar, a madera y a humo que desprenden las sardinas espetadas. "Que cada uno se sirva –dije, mientras me ponía un par de sardinas en mi plato–. ¿Vamos a salir con la Virgen?" –le pregunté a mi primo Rafael–. "¡Claro! –exclamó mi primo, que ya se acercaba una sardina a la boca–. Antonio, el concejal de cultura, tiene una traíña, no muy grande... –prosiguió, a punto de darle el primer bocado a la sardina– ¡Hijas de puta, qué buenas están! –añadió a continuación, refiriéndose a la sardina, mientras colocaba la raspa limpia en el plato–. Hemos quedado a las siete de la tarde. Acompañamos a la Virgen, nos damos una vuelta por la bahía, aprovechamos el fresquito... Tengo mesa reservada para cenar en el Camborio". "¿Vendrá Carmen, tu mujer?" –lo interrumpió Pablo, mi marido. Parecía abstraído, como si no estuviera allí del todo. Ya se lo he dicho. La pregunta que acababa de hacer sonaba a compromiso. "¡Claro, claro! –exclamó mi primo–. Es su santo. Me toca homenajearla. Nos lo vamos a pasar bien. ¡Ya sabéis! Le voy a dar una sorpresa. Vendrá también mi hija y mi nieta".

Al poco volvió el camarero. En la bandeja traía los platos que habíamos pedido. Un par de mesas más allá de donde nosotros estábamos, entre bocados y bocados al plato de sardinas que tenían sobre la mesa, una pareja parecía discutir por algo. De cuando en cuando, el tono de voz de la mujer se elevaba, seguido como un resorte automático, perfectamente sincronizado, del suave siseo del hombre que la llamaba al orden. La armonía parecía perfecta... Me suelo fijar en cosas como esas, por eso lo recuerdo. Afuera las palmeras, como estatuas inmóviles y silenciosas, dejaban proyectar manchas de sombra sobre la arena. Pensé que las palmeras eran como mi marido. Ya se veían algunos cuerpos blanquecinos, casi lechosos, que entraban y salían del agua, dando saltitos, como si quisieran esquivar el vaivén de las olas, apenas perceptibles, por lo menos desde donde nosotros estábamos comiendo. Sin duda eran extranjeros. Los de Villanueva del Mar y alrededores, yo también, no comenzamos la temporada de baños hasta el día siguiente, después de que la Virgen del Carmen haya bendecido las aguas del mar. Otro barquito se acercó a la costa. Un hombre gordo y velludo saltó al agua. Yo lo conocía de vista. El cuerpo oscilante, mientras se acercaba a la orilla, recordaba a esos osos que se asientan en el lecho de un rio, a la espera del paso de los salmones. Los he visto en los documentales de la tele. "Es Antonio, el concejal, y esa es la traíña en la que vamos a salir" —dijo mi primo, señalando con el dedo hacia el gordo, que en ese momento parecía varado en medio de la orilla, como si aguardara la llegada de alguien—. "Voy al váter" —exclamó de pronto mi marido, mientras se levantaba de su asiento y arrojaba la servilleta sobre la mesa. Aquí comienza la grabación. Supongo que ya la ha oído. La jueza asintió, sin decir nada. No quería desviar la atención de la testigo. Le fascinaba tanto circunloquio, tanto rodeo inútil. ¿Qué pretendía Josefina Martín con toda aquella verborrea, con la que sin duda intentaba retratar, retratar y retocar a su favor, lo que había sucedido en aquel almuerzo a la orilla de la playa? ¡Tantos detalles inútiles...! ¿Quería emborracharla, a ella, a la jueza que tal vez fuera a juzgarla, que tal vez ya la estuviera juzgando, con la verdad transparente de aquel torrente de palabras?

Una vez a solas, mi primo me preguntó por qué no había venido antes a Villanueva —prosiguió Josefina Martín—. "Pablo tenía cosas que hacer y no quería que viniera yo sola. Manías que se le han metido" —respondí—.

Luego, lentamente, como si dispusiera de todo el tiempo del mundo para hacerlo, mi primo deslizó la punta de la lengua entre sus labios. Sin duda, intentaba seducirme, como si fuera un juego. Sin mala intención ¡Ya sabe! O eso creía yo... Yo ya estaba acostumbrada "¡Qué ricas!" –exclamó, saboreándose la lengua, ya vuelta al interior de la boca, mientras me clavaba los ojos enfebrecidos. La verdad es que me sentí un poco incómoda, pero así era mi primo. "Te he echado de menos" –me dijo. Los ojos le brillaban. Recuerdo que entonces pensé que a lo mejor no era un juego–. "Y yo también, pero... –le contesté, siguiéndole lo que yo creía que era un juego–. Y eso que le dije que era mejor que yo viniera unos días antes, para limpiar la casa, airearla... Pablo no ha querido que esta vez venga sola: manías suyas. ¡No sé qué pensar...! y como él tenía cosas que hacer..." "¡Qué guapa estás! ¡Para comerte...!" –me interrumpió mi primo. Estaba lanzado. Cuando quería, cuando lo estimaba oportuno, yo sé que sabía jugar sus cartas–. Debí ser más precavida, lo reconozco; ahora, a toro pasado, lo sé, y reconozco que, aunque fuera con tono irónico, en aquel momento le seguí la corriente. Yo había bebido un poquito de vino y... Recuerdo que incluso le comenté lo de los celos de mi marido, su torpeza; o sea que en la cama no resultaba especialmente... No sé si me entiende La jueza asintió sin decir nada. "Bueno, ¡qué casa tan mal aprovechada!" –exclamó entonces mi primo con ironía–. En ese momento yo comenté algo sobre las casas, que necesitan calentarse de vez en cuando, quitarles el polvo, airearlas... Tonterías. "Si tu marido supiera cómo calentamos la casa, da igual que sea verano o invierno... –susurró mi primo, y al instante, antes de acabar lo que fuera a decir, añadió con premura, de forma imperativa: ¡Cuidado, cuidado!"–. Miré hacia mi izquierda, por donde había salido mi marido, que en aquel momento volvía a la mesa. Antes de sentarse, comentó algo sobre su próstata. No lo recuerdo bien. A su manera, también él quería ser irónico, pero la voz le delataba. Debía haberme dado cuenta. Tal vez hubiera podido evitar algunos males.

–¿Qué males? –le preguntó la jueza. Era la primera vez que la interrumpía.

–¿Qué males...? –repitió Josefina Martín– ¡Qué males van a ser! –exclamó–. Los celos, las discusiones, los malos ratos. Lo amenacé con dejarlo. No soporto los celos, aunque esta vez él pudiera llevar razón... No lo niego. Unos meses antes, tuve, tuvimos... Una tontería, un error..., pero, bueno, mi primo y yo... En fin, que nos habíamos acostado juntos.

–Las dos primeras veces que se la interrogó, no dijo nada de esa relación que estaba teniendo con su primo –intervino la jueza.

–Que había tenido –la rectificó Josefina Martín–. ¡Y qué iba a decir! Póngase en mi lugar.

–Prosiga, por favor –la atajó la jueza.

–No hay mucho más. Acabamos de comer y mi primo le hacía una señal al camarero para que trajera la cuenta. La primera vez, siempre pagaba él. Íbamos invitados a todo, a lo que fuera... Mientras llamaba al camarero, recuerdo que mi marido, ¡me fijé! ¡Dios sabe que me fijé!, cogía la servilleta y se limpiaba la boca y, a continuación, ya con el móvil en la mano, hizo como que comprobaba si había tenido alguna llamada o algún wasap. Entonces debió apagar la grabadora... Eso fue todo.

–¿Desde cuándo erais amantes? –le preguntó la jueza.

247

—Ya se lo dije al policía. Está en mi declaración. La firmé —respondió Josefina Martín.

—Mire, Josefina —intervino la jueza—, sé que se da perfectamente cuenta de la situación en la que nos encontramos. Han asesinado al teniente de alcalde de Villanueva del Mar, Rafael Rubiales, que fue su amante. Esto no es un juego de apariencias. Escuche bien lo que le voy a decir. Está aquí en calidad de testigo, obligada por tanto a decir la verdad, y la verdad no siempre suena bien. Además, por razones morales, no sé si también sentimentales, debería decir la verdad, toda la verdad y nada más que la verdad. Le aseguro que no es lo mismo comparecer ante mí en calidad de testigo que como cómplice de asesinato.

Josefina Martín la miró sorprendida. Estaba pálida, asustada sin duda, a punto de quebrarse.

—La grabadora continúa abierta —prosiguió impertérrita la jueza—, así que vuelvo a hacerle la misma pregunta: ¿Desde cuándo erais amantes?

XX.

El fin de semana le había estado dando vueltas a aquel asunto. Fue como una revelación. Nada más despertarse, mientras meaba, ya aliviado de la premura, ¡zas, las piezas comenzaron a encajar! Tenía que darse prisa. Seguro que la policía no tardaría en actuar. Los conocía bien. Sabía que Montosa no era de esos que se chupan el dedo. Llamó a la Rubia por teléfono. La mujer pareció alegrarse. "¿Tienes la llave del piso de tu hijo?" –le preguntó–. Tenía una copia de la llave. "Dentro de un momento me paso por tu casa. Te recojo. Vamos a echarle un vistazo al piso" –le dijo Vicente Heredia.

Poco después, directamente, sin pasar por la oficina, cogió el coche y se dirigió a la subida del Tomillar. La vieja estaba aguardándolo apostada en la entrada de la cueva. El fondo resplandeciente de buganvillas rojas, resaltaba aún más el cuerpo enjuto y perennemente enlutado de la vieja. A su lado, la niña vestida de blanco tenía una muñeca de trapo en la mano.

—¡Vamos, Dolores! —le dijo, sin salir del coche.

La niña se sentó atrás, con la muñeca entre los brazos, como si la acunara.

—¡Límpiate las babas, que no te chorreen, que se te mancha el vestido! —gruñó la Rubia.

Vestía como siempre, de negro; de riguroso luto. Escuchimizada como un pajarillo, la cara cuarteada de pequeñas arrugas, como si hubiera sido moldeada por un diminuto cincel loco; silenciosa, reservada. Colgado del brazo, le pendía un bolso negro, desgastado por el tiempo.

—Mamá, tengo que limpiarme, que estoy muy guapa con el vestido blanco.

—¿Llevas la llave? —le preguntó antes de arrancar.

La mujer asintió con la cabeza.

—¿Qué pasa? —preguntó poco después.

—Tengo una corazonada —respondió el Gitano.

Tomaron la dirección del paseo marítimo. Casi al final, cerca del antiguo ingenio, al lado de un bloque de viviendas de ladrillo visto, aparcó el coche.

—¿Era aquí? —le preguntó el Gitano.

La mujer volvió a asentir con la cabeza.

—El tercero A —dijo, como si con aquella escueta respuesta hubiera agotado toda su reserva de palabras.

—¡A ver mi niña! ¡A ver mi niña! —dijo la niña, apretando la muñeca contra el pecho.

Salieron del coche. La luz del sol, todavía desde el levante, proyectaba sus sombras sobre los sucios adoquines —rojos y blancos— del paseo, como si fueran monigotes oscuros, desiguales, que se hubieran pegado a sus pies y que les antecedían. El aire fresco les daba en la cara. No se veía a nadie por aquel lado del paseo. Entraron en el edificio, aún en penumbras. De pronto la luz se encendió. Algún vecino debía haber accionado el interruptor. Se oyeron pasos que bajaban por las escaleras, unos ladridos de perro... Antes de encontrarse con quien fuera, se metieron en el ascensor. Al poco rato estaban ya dentro del piso de Baldomero Ruiz, el hijo de la Rubia.

—Siéntate y no toques nada —le dijo la Rubia a su nieta, señalándole el sofá.

—Mamá, voy a dormir a la niña, para que no toque nada —dijo la niña.

La vieja miró a su alrededor con cara de asco. Restos de comida, de latas de cervezas vacías, al lado de ropa usada, esparcida desordenadamente por el suelo, y de viejas revistas..., se amontonaban a uno y otro lado del pequeño salón, en el sofá, sobre la mesa. Se sentó al lado de la niña, en el trocito de sofá que estaba más despejado. Encogida, aparentemente frágil, con el bolso descansando sobre las rodillas, como si temiera no ya tocar, sino rozarse con alguna de aquellas inmundicias. Interrogó con la mirada al Gitano.

En el centro del salón, Vicente Heredia observaba los escasos muebles que allí había, el techo, las paredes... Lo hacía con detenimiento, sin prisas, como si estuviera sopesando alguna cosa. Después se adentró en la cocina y, a continuación, entró en el dormitorio, en el cuarto de baño, abrió la puerta de la pequeña despensa... Lo oía trastear aquí y allá, mover la cama, algunos muebles. Al cabo de un rato, volvió al salón.

—Más pronto que tarde estará aquí la policía y pondrán todo esto patas arriba. Peor aún de lo que está —dijo, como si hablara consigo mismo—. ¿Dónde habrá escondido este lo que busco? ¿En el sofá...?

La vieja lo miró en silencio. Parecía abstraída, incómoda, deseosa de salir de allí lo antes posible.

—¿Buscas algún arma? —le preguntó.

—No

—¿Qué buscas, Vicente?

—Dinero, eso es lo que busco.

La niña lo miró de repente, sorprendida, como si acabara de despertarse de un sueño.

—Vicente —dijo, mientras unas gotas de baba le chorreaban de la boca—, ¿le vas a comprar un vestido a la niña...?

—¡Límpiate la boca, que te manchas! —le ordenó la Rubia, mientras le daba un pañuelo de papel.

—Mamá, el Vicente tiene mucho dinero y le va a comprar un vestido nuevo a la niña —susurró la niña.

A la mujer se le iluminó la cara. Fue solo un momento. Al instante las arrugas, la sequedad, la cara afilada de cuchillo, volvieron a recobrar su antigua forma, a ocupar el sitio que, por naturaleza, parecía corresponderles. Se levantó del lugar en el que estaba sentada y, encorsetada, como si eso pudiera ayudarla a evitar cualquier clase de roce con los muebles, se dirigió a la cocina. Vicente Heredia la siguió. Desde la puerta de la cocina, sin acabar de entrar en ella, en silencio, iba depositando atentamente la mirada en todo lo que allí había. Sin duda, estaba pensando.

—¿Has buscado allí? —le preguntó, señalando con la mirada hacia la pequeña despensa.

—Por supuesto —respondió Vicente Heredia—. Solo hay tarros con legumbres. Habichuelas blancas, lentejas, garbanzos...

—Habichuelas, lentejas... ¡Cuándo ha cocinado este en

su vida! ¿Has mirado dentro de los tarros? –insistió la vieja.

–¡Claro que sí!

–Hace años, antes de tanto banco y de tanta caja de ahorros, el poco dinero que teníamos lo guardábamos ahí. Algo habrá aprendido de mí mi hijo, porque desde luego a cocinar, no. ¿Para qué quiere este tantos garbanzos y tantas habichuelas?

Vicente Heredia sonrió. Desgraciadamente había inspeccionado dentro de los tarros.

–¡Saca los garbanzos o lo que haya dentro, que vamos a mirar bien! –le ordenó Dolores la Rubia.

Vicente Heredia cogió uno de los tarros y lo abrió. Estaba lleno de lentejas. Vació las lentejas –pocas lentejas, muchas menos de lo que esperaba–. A mitad del tarro, y justo con la dimensión de su circunferencia, había una lámina de hojalata colocada.

–Mi marido era latero. En eso y en lo de la fragua se buscaba la vida –comentó la vieja–. Con esos trozos de lata escondíamos el poco dinero que teníamos.

Vicente Heredia retiró la hojalata. En el fondo del tarro había un fajo de billetes.

–¡Apareció! –exclamó, mientras comenzaba a hacer lo mismo con otro tarro.

En total, cuando acabó con el resto de tarros que quedaban, contó el dinero. Cincuenta y cinco mil doscientos euros.

–Es para ti –le dijo a Dolores–. Lo necesitas.

La mujer lo miró en silencio, como si estuviera sopesando las palabras de Vicente.

–No –respondió taxativa–. Es dinero manchado.

–El dinero es dinero –sentenció el Gitano–. Las manchas son otras cosas. La policía se va a presentar aquí un día de estos, ya, mañana mismo, y el dinero será requisado. Así que lo coges. Es tuyo y de la niña. La vida se ha puesto muy cara y tienes que comer y pagar la luz y el agua...

La mujer no respondió. Con gran cuidado, Vicente fue reintroduciendo las legumbres en los botes, ya sin la hojalata. Los cerró y los volvió a colocar en su sitio. Poco después hizo un fajo con los billetes, cogió el bolso de la vieja, lo abrió y colocó los billetes dentro. Al retirar el brazo, Dolores la Rubia le retuvo la mano y, antes de que Vicente pudiera impedirlo, se la besó. La vieja tenía los ojos enrojecidos.

—Vámonos de aquí —dijo Vicente Heredia, después de volver a colocar cada cosa en su sitio.

Al poco rato se encontraban ya de vuelta, dentro del coche.

—¿Es eso lo que vale la vida de un hombre? —murmuró la vieja, en el instante en el que el coche arrancaba.

—No, la vida de un hombre cuesta bastante menos; unos cientos de euros... Por ese dinero, el de los botes de tu hijo, hay gente que estaría dispuesta a cargarse a medio Villanueva —respondió el Gitano.

—¡Qué mundo tan raro! —exclamó la vieja— ¡Los pisos tan caros y la muerte tan barata!

—Recuerdo que cerca de aquí, cuando yo era chico, había una dama de noche que olía... ¡Dios mío, cómo olía! —exclamó Vicente Heredia.

—La de la Curá, la del huerto de Concha la Curá —corroboró la vieja—. A veces me acuerdo de esa mujer. Yo era chica... Se mató, se tomó una botella de aguafuerte y se quemó viva por dentro. La había dejado el novio...

Ahora ya nadie se mata por eso.

—Una cosa es lo que vale un hombre y otra lo que pagan por su vida —le dijo de pronto Vicente—. Menos, bastante menos que eso, le han debido dar a tu hijo por hacer de correveidile.

—¿Correveidile de qué? —se interesó la Rubia—. ¿De lo de Rafael o de eso de la droga, porque este es capaz de tocar todos los palos?

—Vicente, ¿le dijiste al Miguelillo que tengo un novio que se llama Pablito, y es muy guapo? —los interrumpió la niña. La baba le salía de la boca.

—¡Claro que sí! —respondió el Gitano, sonriendo—. No se me olvidó.

—Pues que no se te olvide... —insistió la niña.

Al rato, una vez que dejó a Dolores la Rubia y a la niña en su casa, si no hubiera sido porque lo aguardaba y, sobre todo, porque le pagaba, cuando volvió a aparecer por su despacho, habría pensado que aquel hombre se estaba convirtiendo en una pesadilla. Una pesadilla apesadumbrada, patética...; más apesadumbrada y más patética, más sombría, que lo que él mismo Vicente Heredia había reflejado en el informe que meses antes le había hecho del electricista a Don Miguel González. La pesadilla que puede generar un pobre hombre asustado, inseguro, celoso de cualquier movimiento que hiciera su mujer. El día anterior habían vuelto a interrogar a su mujer. Era la tercera vez que sucedía y quería saber qué estaba pasando. ¿Tendría algo que ver el asunto de los anónimos con esa sucesión de interrogatorios? Sabía que su mujer le había sido infiel con el concejal asesinado y sabía —ella misma se lo había dicho— que esa infidelidad era el cogollo sobre el que oscilaban las preguntas que le hacían en los interrogatorios. ¿Por qué insistían tanto en eso, cuando para él mismo era un tema ya casi olvidado? Vicente Heredia le explicó lo que era evidente, lo que nadie en Villanueva del Mar en aquel momento ignoraba: la policía había descartado otros posibles móviles del crimen y se había centrado en el tema de los celos, aunque hacía un par de días que habían detenido a un tal Antonio Baena, porque –al parecer, eso decían– él mismo se había inculpado de la muerte del concejal. Pero aunque estuvieran investigando en ese sentido o en cualquier otro que él desconocía, lo cierto era que lo del asesinato por celos, con el transcurrir de los días, iba tomando mayor importancia, así que no debía extrañarse de que, lo mismo que a su mujer, la policía estuviera interrogando a otras mujeres que también habían tenido relaciones sexuales (o eso era lo que se chismorreaba) con Rafael Rubiales. Ya circulaban chistes en Villanueva del Mar respecto al tema –concluyó el Gitano, que en ese momento se le había ocurrido contarle a Pablo Ríos algunos de esos chistes, pero fue solo un instante, pues como esas travesuras malévolas que a veces pasan por la cabeza y luego afortunadamente se disipan, le pareció indecoroso hacerlo, así que se calló. Le preguntó –eso sí– si a él lo habían llamado a declarar. Era lo esperado. Lo que acabaría sucediendo.

Pablo Ríos negó con la cabeza.

–Y si me llaman, ¿qué debo decirles? –preguntó dubitativo.

–La verdad, por supuesto. No se trata de un juego, esto va en serio.

–Pero, a veces, la verdad puede resultar engorrosa, poco creíble –objetó receloso–. Ponte en mi lugar. Tu mujer te engaña con uno de tus mejores amigos. Tienes pruebas, tú mismo has grabado una conversación comprometida en la que los dos hablan sobre el tema... Estás dolido, muy dolido; lo discutes con tu mujer y, al final, ella misma lo reconoce. El mal está hecho, pero ya no hay remedio. Así que decidís seguir viviendo juntos. Tú la quieres, la quieres más que a nadie en el mundo, y en esas alguien acaba con la vida del intruso. En cierto sentido, aquí paz y en el cielo gloria. De cualquier manera, decides contratar a un detective privado, primero porque alguien le ha mandado un anónimo amenazante a tu mujer y también porque quieres vigilar sus pasos, saber lo que hace o no hace cuando está lejos de ti... Lo del anónimo puede ser obra de un loco, de un desaprensivo, de un chantajista, según opina el detective que has contratado, y al parecer no hay ninguna clase de indicios de que tu mujer haya vuelto a... a ponerte los cuernos. Así están las cosas. Y en estas te llama la policía a declarar. ¡A ver, a ver qué es lo que declaro!

El hombre parecía abatido. En el fondo, le dio pena.

–¿Sabe por qué, hasta ahora, la policía no ha citado a ninguno de esos maridos ni a ti tampoco? –le preguntó el Gitano.

Pablo Ríos se encogió de hombros.

–Porque no quieren dar ningún paso en falso –respondió Vicente Heredia–, no quieren con la precipitación quemar ninguna clase de indicios, ni pruebas. Esto es un juego de piezas de puzle. Por la forma, por el color... vas tanteando las distintas piezas, hasta que encuentras dos que se acoplan perfectamente, y a partir de ese instante, el puzle se va resolviendo, cada pieza en su sitio... Todos y cada uno de los maridos cornudos sois una de las piezas del puzle. Hay otras piezas... Por ejemplo, las vallas que se usaron, los restos biológicos, las llamadas de teléfono, los posibles pagos, las cuentas bancarias, los sicarios que se contrataron para cometer el crimen; algún intermediario, si lo hubo... Todas esas piezas van revelando lentamente su secreto. Y, a lo mejor, la confesión de Antonio Baena es otra pieza, lo mismo que la sombra o la mano oculta de algunos constructores. Y por qué no, también, la venganza silenciosa de algunos políticos de la oposición... Todas esas posibles piezas confluyen en lo que parece la pieza más sólida, la que sin duda la policía anda buscando: los sicarios que ejecutaron lo que otro u otros querían que hicieran.

–No creo que los sicarios vayan a hablar –comentó Pablo Ríos con un tono de voz que pretendía ser distendido–, pero, ¡vaya!, eso sería lo mejor... Que los detengan, que hablen, que digan quién los contrató, cuánto les pagaron...

Ahora fue Vicente Heredia el que se encogió de hombros.

–He pensado denunciar los anónimos a la policía, ¿qué te parece? –le preguntó de pronto Pablo Ríos.

–Un poco tarde, ¿no? –respondió Vicente Heredia–. De todas maneras, tú verás... Por mi parte, creo que ya no tiene sentido continuar vigilando a tu mujer. Te he hecho un informe por escrito, según lo convenido. Así que damos por finalizado el contrato y la investigación –añadió, mientras extraía un sobre cerrado de uno de los cajones de su mesa–. Es el informe –le aclaró–. Si te parece, me abonas el resto de dinero que me adeudas.

Pedro Ríos lo miró sorprendido.

–¿Y los anónimos? Mi mujer puede estar aún en peligro... –exclamó indignado–. Mientras que esto no se acabe, mientras no se sepa quién está detrás de la muerte del concejal de Villanueva del Mar, que detengan...

–Este trabajo ha llegado a su fin –lo interrumpió muy serio Vicente Heredia–. Me abonas el resto que me adeudas y te marchas con el informe a tu casa. Esto se ha acabado.

–No entiendo nada... –replicó Pablo Ríos, furioso. La cara se le había enrojecido como un tomate.

–Lo has entendido todo perfectamente. Se acabó la farsa. Yo de ti, me buscaba a un buen abogado.

–¿Y si me niego a pagarte? –lo amenazó Pablo Ríos.

–No te vas a negar, no te conviene. Ahora mismo me haces una transferencia a mi cuenta con tu móvil.

Pablo Ríos agachó la cabeza. Sin duda estaba pensando. Necesitaba relajarse.

–¿Por qué me haces esto? –preguntó con la mirada perdida en el suelo.

–Es lo que te queda por pagarme –dijo Vicente Heredia, extendiéndole lo que parecía una factura.

–¿Por qué? –insistió Pablo Ríos.

–Lo sabes perfectamente, lo sabes mejor que nadie –la voz del Gitano era como una declaración inapelable–. Los anónimos son una farsa hecha con trocitos del diario *Marca* recortados por ti mismo. Ni siquiera, como yo creía al principio, me contrataste para que vigilara a tu mujer...

Pablo Ríos alzó la cabeza bruscamente. Parecía más relajado, como si de alguna manera hubiera vuelto a recobrar el dominio sobre sí mismo. Lo miró desafiante.

–Lo hiciste para que te tuviera informado de los posibles movimientos de la policía, por lo de la muerte de

Rafael Rubiales... Por eso me contrataste. Pensabas que yo, que había sido guardia civil, que aún tendría contactos en la Guardia Civil, tendría idea de lo que estaba pasando... Barruntar las cosas, influir. Eso es lo que te interesaba, lo que aún te interesa, y esto ya se acaba. Lo lógico es que sea el detective privado, como los médicos, el primero que emita un diagnóstico y dé el caso por cerrado, después la policía hará su trabajo.

–Pero el caso aún no se ha cerrado. No han detenido a nadie que yo sepa –comentó Pablo Ríos, con el esbozo de una sonrisa forzada en la boca.

–Cuestión de días, tal vez de horas –lo atajó Vicente Heredia–. Pablo, te van a detener, te van a acusar de ser el inductor de la muerte de Rafael Rubiales, el teniente de alcalde de Villanueva del Mar, el que contrató y pagó a los sicarios a través de un intermediario, de Baldomero Ruiz. ¿Por cierto, cuánto le pagaste a cada uno?

–¡Pero qué dices...! Yo no he sido. Nada tengo que ver con todo eso –lo interrumpió indignado Pablo Ríos–. No pueden demostrar nada ¿Quién ha levantado todas esas calumnias? ¿El Baldomero de los cojones?

Vicente Heredia se encogió de hombros, mientras con la mirada señalaba a la factura que Pablo tenía en la mano. Entonces Pablo Ríos pareció reparar en ella. La observó con atención, como si la estuviera estudiando, calculando los haberes y deberes que había tras ella. Después sacó el móvil y activó la cuenta de su banco.

–¡Hecho! –dijo secamente–. No creo que me hayas solucionado nada. He estado perdiendo el tiempo y el dinero. Entiendo que te echaran de la Guardia Civil.

–Dicen que era el mejor, aunque hablaba demasiado –ironizó el Gitano–, y ahora, en serio, los sicarios están a punto de caer, si es que ya no han caído, así que, yo de ti, me adelantaría a la declaración de los sicarios y a las conclusiones de la policía: Iría al juzgado y lo contaría todo —concluyó Vicente Heredia—. Eso podría aligerar la condena. Por cierto, ¿quién te contó lo de tu mujer y el Rafael Rubiales?

Pablo Ríos lo miró con desprecio.

—Cornudo y apaleado... ¡Eso nunca! —exclamó—. Soy inocente. Todo lo que he hecho ha sido para proteger a mi mujer, por el bien de mi familia. Contra mí no puede haber nada, nada sólido, pruebas... ¡Que investiguen bien los movimientos de Baldomero Ruiz! Ese sí que es una pieza de cuidado. Sé lo que digo.

Vicente Heredia se levantó de su asiento con la intención de estrechar la mano de Pablo Ríos, como despedida, pero antes de que pudiera llegar a él, Pablo Ríos se había incorporado también de su asiento y, sin decir nada, sin hacer el menor gesto de despedida, se dirigió a la puerta. Visto de espalda, le pareció que Pablo Ríos ganaba en estatura. Más alto, más ancho, más ágil.

.

XXI.

Demacrado, como si acabaran de darle un buen susto. Acababa de llegar y parecía contento (sin duda hacía esfuerzos para aparentarlo), como esos niños que entregan la libreta al maestro con las tareas bien hechas.

—Tenemos las piezas que faltaban y todas encajan —dijo. María Rivera, la jueza, le oía atentamente. De vez en cuando se fijaba en su cara: el tic continuaba allí, impertérrito, el ojo izquierdo se cerraba bruscamente y, al instante, transformado en ojo de chino, se abría, mientras la ceja, extendida horizontalmente, como un toldo automático que sube y baja según la luz del sol, chocaba contra la cavidad orbitaria, justo donde la nariz comenzaba a despegarse del resto de la cara, entonces la nariz le hacía un extraño, una manera desvergonzada de oler un guiso, tal vez de sorberse los mocos, y —como un ensalmo— el recorrido del tic desaparecía. Sin embargo pronto volvía a reaparecer. Tenía la cabeza rasurada. En poco tiempo aquel hombre había perdido algunos kilos. Se le veía desmejorado, aunque él parecía esforzarse en ocultarlo. O por lo menos, eso pensó la jueza.

—Tuvimos en cuenta todos los puntos de vistas —dijo el jefe de la UCO, y el tic se volvió a iniciar—; analizamos todas y cada una de las medidas que el teniente de alcalde había tomado durante su mandato, sus posibles enemigos, los constructores, los promotores, los empleados del Ayuntamiento, los políticos de la oposición, los vecinos afectados o beneficiados por su gestión..., y nada. Nos centramos en su vida sentimental, un auténtico laberinto, hasta con tres mujeres a la vez estuvo liado. ¡Qué enredo de cuernos!

—¿Y? —lo interrumpió la jueza, temiendo que el de la UCO chismorreara del asunto como una cotorra. Después se arrepintió. Aquel hombre no estaba para chismorreos.

—Pues que, al final, todo apunta a que ha sido un delito de faldas, una venganza por celos, tal como nos lo habíamos imaginado —apuntó el inspector Montosa, mientras el de la UCO sacaba unos documentos de la cartera. Se los mostró a la jueza.

—Analizamos todas las llamadas telefónicas realizadas en la zona. Eso ha retrasado la investigación. Eran miles —dijo el de la UCO, pasando un dedo a lo largo del informe que le estaba mostrando a la jueza—, cotejamos esas llamadas, las personas que las habían hecho, con los restos de ADN encontrados en las manos del teniente de alcalde, y aquí están nuestros hombres —añadió triunfante, mientras un nuevo tic le barría la parte izquierda de la cara—. Estos son —pasó unas hojas del informe y le mostró a la jueza el careto sin afeitar de dos tipos. Uno de ellos miraba fijamente a la cámara, con arrogancia; el otro bizqueaba. De perfil, los dos parecían haber pasado una mala noche de borrachera.

—¿Quiénes son? —preguntó la jueza.

—Dos eslabones de la cadena —respondió el de la UCO.

—Roque Pedrera, alias el Valladolid, alias el Finolis..., y Sebastián Velasco, alias el Bizco; dos delincuentes de poca monta: trapicheos con drogas, pequeños hurtos, pocas luces —añadió despectivo el inspector Montosa—. Los dos viven en Sierra Laguna, a unos noventa kilómetros de aquí. Tenemos registradas múltiples llamadas de ambos cerca del lugar en el que se cometió el crimen, días antes de que se cometiera, y en el mismo día del crimen. Sin duda, por los restos de ADN encontrados en las manos de don Rafael Rubiales, estos son los autores materiales del crimen. Dos sicarios de poca monta...

El de la UCO le mostró a la jueza un registro de llamadas.

—Estas son las que nos interesan —le dijo—. Sobre todo las que hicieron el mismo día del crimen. Poco después del asesinato, Roque Pedrera llama a un tal Baldomero Ruiz, otro delincuente desnortado, pero esa perla es de aquí, de Villanueva del Mar, el cual no contesta, pero inmediatamente el tal Baldomero llama a Pablo Ríos, del que ya sospechábamos por pertenecer al club de los cornudos... El marido de Josefina Martín, la prima del concejal —el de la UCO miró inquisitivamente a la jueza, por ver si ella recordaba. La jueza le confirmó en silencio que sabía de quién estaba hablando, entonces un nuevo tic asoló la cara del de la UCO.

—Hay registradas diez llamadas del Finolis a Baldomero Ruiz, todas sin contestar, y otras tantas de Baldomero Ruíz a Pablo Ríos, también sin contestar —apuntó el inspector Montosa, aprovechando el tic del de la UCO—.

Todo esto, junto con los otros datos que ya tenemos, nos hace pensar que el instigador, el autor intelectual, el Paganini del asesinato fue Pablo Ríos, por celos, por venganza... Pablo Ríos se puso en contacto con Baldomero Ruiz, al que ya conocía, le había hecho algunas instalaciones eléctricas ilegales, todo en dinero negro, en naves en las que el tal Baldomero cultivaba plantas de marihuana; quería que Baldomero le proporcionara un par de sicarios... Y ahí entran en el asunto el Finolis y el Bizco, dos tipos dedicados al trapicheo de drogas, a los que Baldomero conocía de lo del hachís, no precisamente unos profesionales del crimen.

—O sea, que tenemos a cuatro —resumió la jueza—. Ahora mismo extiendo la orden de detención y traslado. Los quiero aquí lo antes posible. Con Baldomero Ruiz no hay problema, yo misma lo mandé hace pocos días a prisión.

Al poco rato el de la UCO se despidió. Aquella misma mañana tenía que coger el avión de regreso a Madrid.

—Cuídate —le dijo cariñoso el inspector Montosa—. Yo te llamo.

El de la UCO lo abrazó con fuerza. Mientras le palmeaba las espaldas a Montosa, a María Rivera le pareció que los ojos del de la UCO se enrojecían. De la jueza se despidió con un simple apretón de manos.

—Ha sido un placer —dijo, mientras un nuevo tic comenzaba a desarreglarle la cara.

—Un tipo fabuloso —le comentó Montosa a la jueza, después de que el de la UCO se marchara.

—Lo he visto desmejorado, como si no se cuidara —dijo la jueza—. ¡Y ese tic!

El teléfono móvil de la jueza se iluminó; mientras sonaba, María Rivera escrutó la pantalla y, a continuación, lo desactivó. Era la mujer que cuidaba a su padre. Que la llamara a esa hora, no presagiaba nada bueno. Tenía que devolverle la llamada lo antes posible.

—¡Dios mío! —exclamó, con cara de asombro, con la mirada todavía clavada en la pantalla del móvil.

—Tiene un tumor cerebral. Se va a morir —dijo de pronto el inspector Montosa—. Ha querido cerrar él mismo este embrollo, antes de darse de baja. ¡Un profesional!

María Rivera lo miró sorprendida, como si no hubiera entendido bien lo que el inspector le estaba diciendo. Por las razones que fueran, se había comportado como una frívola con el de la UCO. Carlos Montosa acababa de devolverle la mirada. Le sorprendió la limpieza, la falta de reproches que había en ella.

—Tenemos trabajo que hacer —dijo la jueza, con cierta premura.

Poco después, ya sola en su despacho, llamó a la asistenta de su padre. Según le dijo, el juez Rivera había sufrido un pequeño ictus, sin ninguna consecuencia grave. Se había recuperado perfectamente y estaban ya de vuelta en casa, tras pasar un buen rato en el servicio de urgencias del hospital. Habló con él. Parecía animado. "Estaré por ahí lo antes posible, papá. Cuídate" —le dijo.

La detención de Pablo Ríos y Roque Pedrera, unos días después, se llevó a cabo tal como estaba previsto, sin ningún contratiempo. Sin embargo Sebastián Velasco, el Bizco, se encontraba en paradero desconocido. Tal vez, temiéndose lo peor, se había quitado de en medio a tiempo. El cuarto, Baldomero Ruiz, por orden de la jueza Rivera, fue trasladado desde el centro penitenciario al cuartel de la policía, donde ya —sin contactos entre ellos– lo esperaban los otros dos para ser interrogados. Pronto, ante la evidencia de las pruebas, Roque Pedrera reconoció su intervención en los hechos. Conocía, igual que Sebastián Velasco, a Baldomero Ruiz desde hacía cierto tiempo. Fue él el que, por decirlo de algún modo, los contrató. Mil euros a cada uno. Se trataba de darle un buen susto al concejal. Una paliza –dejarle los huevos vanos– de la que se debería acordar toda la vida. Lo golpearon con saña, buscándole los genitales, una y otra vez... Cuando huyeron del lugar del suceso, él creía que el concejal seguía vivo. Ignoraba que el Bizco lo hubiera estrangulado.

–¿Te suena el nombre de Pablo Ríos? –le preguntó el inspector Montosa.

El hombre negó con la cabeza. No había oído antes hablar de él.

Al poco rato interrogaron a Baldomero Ruiz que negó de entrada su participación en los hechos. Seguro que alguien quería colgarle aquel marrón –dijo. La voz apagada, quejumbrosa, como si fuera la percha de todos los males ajenos.

–A perro flaco todo se le vuelven pulgas –añadió a continuación con tono contrito.

("Imbécil" –pensó el inspector Montosa).

–Siempre es bueno contar con un Baldomero. ¿Te acuerdas de lo que te dije la primera vez que te interrogué? –le preguntó el inspector.

Baldomero asintió.

–Tenemos todas las pruebas para empapelarte por la muerte de don Rafael Rubiales: llamadas telefónicas, la declaración detallada de tu amigo Roque Pedrera, el Finolis... El móvil del crimen está claro: el concejal te jodió el negocio con el que pensabas construir chalecitos cerca de la playa. Puedes comerte tú solo el marrón o aligerarlo bastante contando la verdad. ¡Tú mismo!

Baldomero Ruiz parecía estar pensando. El rostro impenetrable.

("¿Pensando o queriendo que pensemos que está pensando?". El inspector Montosa lo escrutaba atentamente. Sabía que, de un momento a otro, aquel hombre empezaría a cantar. Necesitaba algo que accionara el gatillo, algo que legitimara su posición de chivato. Lo que le faltaba de luces, le sobraba de supuestos valores de mafioso de barrio).

—Diez veces te llamó el Finolis, después de cometer el crimen; diez veces llamaste a ese Pablo Ríos. Tú verás... La jueza está decidida a cerrar aquí el caso, contigo como máximo responsable. ¡El marroncito entero!, o llegar hasta el dichoso Pablo Ríos de los cojones. De ti depende.

—Claro que no fui yo, yo solo quería hacer un favor —exclamó entonces Baldomero Ruiz, con un tono de amigo de toda la vida—. Hace unos meses me llamó Pablo Ríos. Nos conocemos de hace tiempo. Su mujer le estaba poniendo los cuernos con Rafael, el concejal; o sea, con su primo. Estaba jodido. Buscaba a alguien que fuera capaz de darle un buen susto a Rafael; una de esas palizas que no se olvidan fácilmente. Se estaba follando a su mujer. Eso me dijo. Me dio pena, porque sabía que estaba realmente enamorado de ella. ¡Tonto que es uno! Yo conocía al Finolis, ese que habla como las monjas, y hablé con él, ¡en fin! —exclamó resignado—. Esa fue toda mi tarea. Nunca imaginé que los muy brutos iban a acabar con la vida... Si lo hubiera sabido...

—¿Cuánto te pagó? —lo interrumpió Montosa.

–Cinco mil euros –respondió con una sonrisilla inocente medio esbozada en la boca.

–Hemos registrado tu piso de punta a rabo, pero antes que nosotros alguien estuvo trasteando por allí. Buscaba algo. Ahora me explico... Supongo que el dinero lo tendrías escondido en algún lugar del piso y me temo que ese dinero ha volado. Hay que saber elegir a las amistades: el piso lo abrieron sin forzar la puerta. El que fuera tenía una llave.

Baldomero Ruiz lo miró sorprendido, como si no acabara de creerse lo que el policía le había dicho. De pronto hizo un rictus extraño con los labios, mientras se le achicaban las pupilas, como los gatos cuando les da el sol de frente. Una lucecilla parecía habérsele encendido en algún sitio de las entendederas. Se encogió de hombros. No dijo nada, pero como quien asume su fatalidad y en lo torcido de su destino encuentra algo de lo que no se avergüenza del todo, miró al policía de soslayo y, luego, con tono doctoral, sentenció: "Ya no se puede confiar en nadie".

Cuando lo hicieron pasar a su presencia, el inspector pensó que aquel hombre parecía incapaz de romper un plato. Estaba asustado, como si todo aquello lo sobrepasara. Eso era evidente. Le hizo sentarse.

–¿Sin duda se debe imaginar por qué está detenido? –le preguntó Montosa.

Esperaba como respuesta la ambigüedad de los consabidos monosílabos. Le sorprendió. Pablo Ríos hablaba hasta por los codos. De esto y de aquello. El inspector Montosa no entendía nada.

Aquel hombre, Pablo Ríos, no parecía dispuesto a callar. Una cortina tupida de palabras que no acababan de cesar manaban a borbotones de su boca. ¿Detenido? Estaba tranquilo en su casa, desayunando con su mujer y sus hijos, como todas las mañanas: "Me gusta desayunar con ellos, ese calor de hogar, se comentan cosas... Una invasión de policías, gritos, zarandeos, me cogen y casi me arrastran a la salita, me preguntan por esto y por aquello, del concejal muerto, el de Villanueva del Mar. Y yo qué sé..." La cara pálida, casi cerúlea, sudoroso. Estaba sentado, pero no paraba de moverse ni un solo instante. Lo habían tratado como a un criminal, peor que a un apestado. Hacía más de un año de lo del concejal y su mujer. Ella tuvo una debilidad y Rafael era un sinvergüenza –dijo, como si con esa expresión resumiera parte de los acontecimientos–. ¿Quién quería remover aguas pasadas? Cortó todas las relaciones que había tenido con el concejal. No había vuelto a verlo desde entonces. Lo había traicionado, y amaba a su mujer, a su mujer y a su familia, más que a nada en el mundo. ¿Qué podía hacer? Su mujer le había jurado por lo más santo, por la memoria de su propia madre, que aquella locura se había acabado, que ya estaba prácticamente acabada incluso antes de que él lo supiera, de que los grabara, porque los grabó; eso no podía ocultarlo, aunque le daba vergüenza reconocerlo. Caer tan bajo... –dijo, como si se apiadara de sí mismo–. Siguió con su trabajo, con su familia, como siempre. Olvidar, había que olvidar para volver a recobrar la felicidad pasada. Las mujeres también tienen sus debilidades, sus momentos tontos, y todo eso pasó. Insistió una y otra vez, como si fueran palabras del Evangelio, que el día del crimen él estaba en El Peñón, a kilómetros de distancia, recordaba que aquella mañana, muy temprano, había estado hablando con Antonio Valera, un guardia civil retirado... Un poco borracho, eso sí, como casi siempre; un poco borracho, pero con muy buena memoria. Se lo podían preguntar a él, al Antonio Varela, que había sido guardia civil, un buen hombre, enviudó y buscó consuelo en la bebida, pero tenía la memoria de un elefante. Recibió las llamadas de Baldomero Ruiz, una tras otra. Eso era cierto, pero no respondió a ninguna. Aquel *psicopatón* de mierda, mentiroso y medio tonto, quería que le hiciera un enganche ilegal de electricidad para una nave en la que el imbécil se había empeñado en plantar hachís. "Yo le había hecho una hacía ya muchos años, cosas de la juventud, lo que es no pensar..." Era un hombre responsable, que pensaba bien las cosas; once hombres trabajaban con él en la empresa de electricidad e informática que tenía –Electricidad e Informática Ríos–, "allí también trabajan mi hijo Pablo y mi hija Elena, que es una experta en informática", y había que pagar esos sueldos y la seguridad social y esto y lo otro. Todo legal, nada en negro. Apenas ya ni se acordaba, pero la tarde que Baldomero Ruiz fue a buscarlo para lo del enganche ilegal, hacía ya... "¿Cuánto tiempo hace ya de eso, Pablo? Pues cerca de un año, recién me había enterado de lo de mi mujer". Tomaron unas copas y en esas le debió comentar algo de lo de su mujer. Sin entrar en detalles, no había tanta confianza, pero no sabía cómo quitárselo de encima con lo del enganche. "Como es un poco tonto, hay que decirle las cosas muy claras, y aun así..." Por fin sacó un pañuelo, tras llevar un rato tanteándose en los bolsillos, y se secó el sudor. Se sorprendió cuando el inspector le comentó lo del dinero: mil euros para cada uno de los dos matones, cinco mil para el Baldomero Ruiz... Por supuesto –le respondió Pablo Ríos–, que la policía ya habría consultado su cuenta bancaria y rastreado sus facturas, y que, en consecuencia, seguro que ya habría sacado sus propias conclusiones. ¿Dinero negro? ¿Que él le hubiera pagado mil euros a cada uno en dinero negro? ¿Cómo se puede tener siete mil euros disponibles en dinero negro? El dinero no se cría en los árboles. Todos los trabajos los realizaba con su correspondiente factura, con el IVA, con los bancos de por medio. Seguro que la policía también habría hecho las averiguaciones precisas al respecto. Por lo demás, salvo a Baldomero Ruiz, no conocía a ninguno de los otros dos malhechores. "¡Que me digan ellos en la cara que me conocen a mí! –gritó envalentonándose–. Ni a ese Finolis ni a ese Bizco, o como se llamen... Tampoco va por ahí uno relacionándose con ese tipo de gente". Parecía tenerlo claro, lo repetía una y otra vez: "Baldomero Ruiz sabe bien lo que hizo y por qué lo hizo... Se la tenía bien guardada al concejal". Aquel hombre (Baldomero Ruiz), delincuente habitual, quería exonerar en él su crimen. "Tendría gracia que el tontorrón no fuera tan tonto como parecía. ¡Y yo creía que las llamadas que me hizo aquel día eran por lo del enganche ilegal! No, si al final el tonto voy a ser yo". Dijo que estaba indignado, que comprendía que la policía tenía que hacer su trabajo, investigar, aclarar los hechos, detener a los culpables, a los verdaderos... "Yo soy el primero que quiero que se aclare todo. Es más, hace unos meses contraté a un detective privado. Alguien quería complicarle la vida a mi mujer, a raíz de la muerte del concejal, que por cierto era su primo, su primo hermano..."

El inspector lo interrumpió varias veces con sus preguntas. Concretas. Y al final decidió cortar aquel interrogatorio que no le llevaba a ninguna parte. ¡A ver qué declaraba Pablo Ríos ante la jueza!

La jueza leyó con detenimiento las declaraciones de los detenidos. El inspector Montosa se las había hecho llegar. Se necesitaba un pequeño empujón para cerrar el sumario, no en falso, sino con el caso resuelto. Hacía calor allí dentro. De cuando en cuando, como una manola, la jueza Rivera aireaba un pequeño abanico de tela y varillas de madera —el mar azul, refulgente, abría y cerraba la panorámica que alguien había pintado a mano en la tela del abanico—. Herencia materna, ¡Crac! ¡Cronch! ¡Crash!, y ella movía el abanico como un ave grande mueve sus alas. Había que hablar y había un lenguaje antiguo, de cuando las señoras iban a buscar novio al teatro, "Te amo", y la mano se batía a toda velocidad sobre el abanico, o "Me eres indiferente", y el abanico se movía de forma pausada, como si se dispusiera de todo el tiempo del mundo. "No", se cerraba la panorámica pintada en el abanico de forma abrupta, "Sí", y los ojos tenían tiempo de observar la panorámica marina pintada en la tela que lentamente iba achicando las alas, antes de desaparecer... El abanico y los ojos oteando por encima del abanico. De pronto la imagen de su madre platicando con el abanico en la mano, durante las largas tardes de verano, se le había hecho presente. Fue solo un instante.

—Lo quiero aquí, ahora, en mi despacho —dijo la jueza—, antes de que se enfríe. Lo interrogaré yo misma. Los otros dos que esperen en el cuartel ("¿Detenidos?"). Sí, claro, en calidad de detenidos; después dictaré la orden de traslado al centro penitenciario. Confío poder dictar las tres órdenes de traslado juntas ("¿Preventivos, a la espera de juicio?" —le preguntó el inspector—) y cerrar ya el sumario ("Pablo Ríos se ha enrocado, no hay modo de..." —insistió Montosa—). Por eso, Pablo Ríos, aquí, en mi despacho, ya. Quiero interrogarlo yo misma... ("Te lo llevo. Me gustaría estar presente cuando..."). –Lo pensó un momento, mientras morosamente cerraba el abanico–. Quiero ya dar el carpetazo definitivo a la instrucción de este caso. Si te apetece, serás bienvenido, como siempre –añadió a continuación la jueza; la voz entrecortada, como si se avergonzara de sus últimas palabras. Poco después cortó la llamada y colocó el móvil sobre la mesa. Estaba esperando una llamada de la mujer que cuidaba a su padre. Algo raro le pasaba a su padre. ¿Se le habría repetido el ictus?

Y allí estaba aquel hombre sentado delante de ella, en su despacho, el abanico ya olvidado sobre la mesa. Detrás de él, sentado en un rincón, casi a oscuras, el inspector Montosa observaba. Tenía (la jueza) unos folios del sumario en la mano. Los había elegido a conciencia. Miró al hombre de soslayo, como si apenas reparara en él. El semblante de la cara de la jueza era de pura inocencia, como si desconociera los pormenores de aquel caso, y en las hojas que tenía en la mano, alguien le hubiera escrito un resumen, o algo así, del mismo.

–Tengo sed –dijo Pablo Ríos–, ¿podría beber un poco de agua?

–Claro que sí –dijo la jueza y, a continuación, ordenó que le trajeran un vaso de agua.

–¿Es usted Pablo Ríos Fontela? –le preguntó la jueza.

Pablo asintió.

–Sí –dijo poco después con firmeza, al comprobar que la jueza lo miraba fijamente, como si lo que aguardara de él no fueran gestos, sino palabras, y él sabía (tenía la convicción) de que con las palabras no se iba a probar su participación en el asesinato de Rafael Rubiales.

—¿Está usted casado con doña Josefina Martín Rubio, de cincuenta años de edad?

—Sí, exacto —volvió a afirmar, casi interrumpiendo a la jueza.

—¿Cuántos años llevan casados? —le preguntó la jueza. Pablo Ríos pensó un momento.

—Treinta años, señoría —respondió.

—O sea —ahora era la jueza la que parecía estar calculando—, que su mujer tenía veinte años...

Instintivamente Pablo Ríos asintió con la cabeza, sin que la jueza, que había vuelto su atención a las hojas del sumario que tenía en la mano, hubiera reparado en su gesto. Cuando empiece a beber y se distraiga, entonces será el momento —se dijo a sí misma, simulando estar abstraída por los papeles del sumario.

Pablo Ríos se había acercado el vaso de agua a los labios.

—...Tenía veinte años. ¡Uhmm! —murmuró la jueza, con un tono de voz apagado, sereno—. O sea, desde hace treinta y tres años —añadió, a continuación, tras pensarlo un momento y sin apartar la vista de las hojas del sumario.

Pablo Ríos la miró fijamente ("¡Treinta y tres años!"). No entendía bien el cálculo que, sin duda, acababa de hacer la jueza.

—Desde los diecisiete años, siendo menor de edad... Es decir, que su mujer y don Rafael Rubiales el concejal, llevaban treinta y tres años siendo amantes —prosiguió la jueza, mientras apartaba la mirada de los folios y lo miraba fijamente, con ternura, como si se apiadara de él.

Pablo Ríos, estupefacto, le clavó los ojos y, por un instante, María Rivera, la jueza de instrucción de Villanueva del Mar, sintió que en aquellos ojos —como un rayo— tras la perplejidad inicial, estallaba de pronto el odio y la rabia.

–No entiendo... –musitó.

–Sí entiendes... Pablo –lo tuteó–, me has comprendido perfectamente.

–No sé de qué me habla... ¡Quieren liarme!

–La verdad, a veces, duele...

–¡Esa no puede ser la verdad! –exclamó Pablo Ríos, con la mirada fija en el suelo– ¡No puede ser!

–Pero lo es –dijo la jueza, con un tono de voz apenas audible–. Tu mujer y don Rafael Rubiales llevaban más de treinta años siendo amantes. Estas cosas suceden... Ella misma lo ha declarado.

–¡Cómo! No quiero... no quiero hablar –musitó Pablo Ríos–. Esto es una trampa.

En ese momento, como los ojos de las mujeres que antaño jugaban y decían cosas con el abanico, la jueza lo miró con conmiseración, con esa ternura reparadora con la que las madres saben acoger a los hijos afligidos, a sus más tiernos retoños.

–Pablo, desgraciadamente no es una trampa. Es la verdad. Tenías que saberla.

Pablo Ríos rompió a llorar.

–¡Mis hijos! –exclamó–, ¿pero son mis hijos? ¡Hija de puta! ¡Cuántos años has estado engañándome!

("Ya está" –se dijo la jueza a sí misma–. "Asunto concluido")

–¿Cuándo decidiste acabar con la vida del amante de tu mujer? –le preguntó.

–Nada más oír la grabación que les hice –comenzó Pablo Ríos a relatar–. Aunque yo no quería matarlo, ¡o sí!, yo quería dejarle los huevos vanos, los huevos y toda las entrepiernas... —Ahora, entre sollozos, Pablo Ríos hablaba como un autómata.

XXII.

Toda la noche había estado lloviendo a cántaros. Escampó ya de madrugada. Ni siquiera la monotonía de las gotas de agua que chorreaban rítmicamente por los canalones había logrado (como le sucedía de pequeño) que pudiera conciliar el sueño. A duermevela. Toda la noche en duermevela, como convicto de no sabía muy bien qué causa, rumiando los más absurdos pensamientos, esos que parecen avanzar en alguna dirección, pero que pronto nos revelan su verdadera faz: una sucesión de disparates que no conducen a nada, o por lo menos a ninguna clase de conclusión, pero que machaconamente insisten una y otra vez en lo mismo, como si a nuestra mente le fuera imposible hacerse con un cabo para poder tirar de él y deshacer así el ovillo en el que estamos perdidos. Iba al juzgado, acusado de algo que no lograba descifrar... Cuando se levantó, le dolía la cabeza, como antaño le dolía en las mañanas de resaca. Margarita tenía ya preparado el desayuno. "Tienes mala cara" –le dijo–.

Se tomó un paracetamol. El café le ayudaría a despejarse. Al poco rato estaba en la calle. Consultó el reloj. Aún disponía casi de una hora. Se dirigió al paseo marítimo. El día gris, apagado. Las calles encharcadas, casi vacías. Le gustaba el mar, el olor a humedad y salitre que se respiraba a lo largo del paseo. Una cúpula de vaho ceniciento aislaba del cielo, de la tierra y del mar, a todo el pueblo. Solo a ras del paseo marítimo, como si fuera una enagua enfurecida, el batir de las olas parecía capaz de meterse debajo de aquella capa protectora, deshaciéndolo todo a su paso. El piar alocado de las gaviotas parecía anunciar un hecho inaudito y definitivo, como si el principio o el fin del mundo fueran, en comparación con lo que ellas proclamaban a los vientos, acontecimientos triviales y cotidianos. Las olas cambiaban continuamente su semblante, mientras vertían y desparramaban el final de su acuosa existencia en un cordón blancuzco y ceniciento que avanzaba impetuosamente hasta el mismo paseo marítimo, al que atravesaba en algunos tramos. Encendió un cigarrillo, al que dio una calada profunda —el sabor a sal entre los labios—, entonces reparó en que el dolor de cabeza había desaparecido. Tarareó una canción, apenas un murmullo. La canción hablaba de sueños rotos, de empezar de nuevo. El paseo marítimo, solitario, se envolvía de un vaho denso, comestible. Vistas a lo lejos, las olas semejaban gigantes hambrientos devorándose a sí mismos, como si unas a otras quisieran atragantarse de agua hasta ahogarse y, después, las que lograban sobrevivir del pugilato, más hinchadas y vengativas que al principio, volvían a chocar unas contra otras con violencia mientras iniciaban una veloz carrera en pos de la orilla, como si gozaran de la fuerza de los supervivientes, de la moral de los que saben aguantar toda clase de envites y mezquindades. Al final de aquel mar, comenzaba África, de donde parecía provenir la agitación del viento, las sacudidas peligrosas de las olas. De vez en cuando, por oriente, destellos verdes cenizos refulgían sin luz de sol que los prendiera. Parecía un milagro, cosa de brujas; mar encantado que se iluminaba desde dentro, como si alguien (un cíclope, el propio dios Neptuno), en un arrebato de poder y de fuerza, hubiera encendido las oceánicas luciérnagas marinas. Con el cigarrillo en la boca, ya medio apagado, prosiguió el paseo, hasta llegar a la altura del juzgado, entonces se desvió a la derecha.

Nunca había estado antes en el interior del nuevo edificio del juzgado. Resplandeciente, marmóreo, frío... Un funcionario le preguntó dónde iba. Le mostró la citación. Poco después, dos plantas más arriba, encontró el despacho que buscaba. Abrió la puerta. Rodeado de papeles y carpetas, con la cabeza medio oculta tras la pantalla del ordenador, antes de que el Gitano pudiera decir algo, un funcionario, como si hablara consigo mismo, gruñó con la cadencia de un autómata: "Un momento por favor, un momento...". Poco después le preguntó qué quería. Volvió a mostrar la misma citación que antes. "Ah, sí..." –musitó el funcionario, sin cambiar la cadencia de su tono, mientras se levantaba y se dirigía a la puerta que había en el fondo del despacho. "Pase, la jueza le está esperando" –dijo, franqueándole la puerta, nada más salir del despacho al que había entrado.

La jueza le sonrió. Parecía atareada.

–¡Bueno! –exclamó, mientras que con un movimiento de manos le daba a entender que estaba a su disposición.

Iba a hablar, a comentarle a la jueza por qué estaba

allí, aunque ella lo sabía, pero antes de empezar a pronunciar una palabra, fue la jueza la que volvió a hablar.

—Carlos te manda saludos —dijo—. Sabía que esta mañana ibas a venir por aquí —añadió, poco después.

—Salúdalo de mi parte —respondió el Gitano—. Desde que se fue de Villanueva, no sé nada de él.

—Él está bien —comentó la jueza de pasada—. Le dieron destino en Madrid. Allí está con su hijo. A veces nos vemos. Ahora voy con cierta frecuencia a Madrid —aclaró—, casi todos los fines de semana... A mi padre le dio un ictus. Tengo que estar al cuidado. Cuando empiece el buen tiempo, con la primavera, se vendrá aquí, a Villanueva del Mar, a vivir conmigo. Ya no puede estar solo. Así es la vida... —añadió con resignación.

—Lo siento —comentó el Gitano—. No sabía... Le das un abrazo de mi parte.

—No se entera de mucho, pero así lo haré. Y ahora dime.

Le explicó lo que pensaba, su parecer al respecto. Unos días antes, ya había presentado las alegaciones por escrito. Temía que todo aquello quedara olvidado en el gran cesto de las muertes comunes. Había motivos para sospechar. Le costaba creer que...

—¿Creer qué? —lo interrumpió la jueza María Rivera.

—Que todo se reduzca a un accidente —respondió el Gitano.

—No es solo un accidente, es conducción temeraria en estado de embriaguez; denegación de auxilio... El conductor, un chico joven, trabajador, no un bala perdida, hijo de un constructor de aquí, de Villanueva del Mar, un tal don Miguel González... No sé si lo conoces

El Gitano asintió con la cabeza. Conocía al padre y al hijo.

–Sí, es un buen muchacho. Dicen que se asustó, que no se lo esperaba... –comentó el Gitano–. El padre, don Miguel, fue maestro mío...

–Acababa de dejar a la novia en su casa. Iba a la casa de sus padres, a echar un rato. Había bebido un poco, tal vez conducía algo rápido, tampoco demasiado... Y sí, también fue un accidente. La verdad es que era de noche, apenas se veía, y ese muchacho intentó cruzar de un lado a otro de la carretera. También él iba un poco bebido. Un par de botellines de cerveza... Le fallaron los reflejos al conductor y le fallaron los reflejos a ese muchacho, a la hora de intentar evitar el choque. Un accidente. Está todo claro. He ordenado archivar las diligencias del caso. Asunto resuelto.

Le resultaba difícil imaginar a Kandel bebiendo cerveza. Nunca lo había visto probar una gota de alcohol.

–La mano de Abdelhalim al-Qurtubbí, el de Nador, puede ser muy larga... –musitó–. El narcotráfico da para mucho...

–Al principio tuvimos en cuenta esa posibilidad, pero no... Un accidente –concluyó la jueza, interrumpiéndolo–. Te aseguro que ese chico, Miguel González, no necesita la mano del Qurtubbí. Es hijo único y su padre ya tiene suficiente dinero. Un accidente desgraciado. El mismo fiscal nos pidió cerrar el caso. Se investigó...

–La teoría del accidente vale tanto para un roto como para un descosido, y, además, quién puede decir de sí mismo que ya tiene mucho dinero ¿Cuánto es mucho dinero...?

La jueza lo miró con gesto adusto. Por un momento el Gitano pensó que iba a dar por finalizada la entrevista. Luego suavizó la expresión.

—Nos gusta pensar que todos los sucesos de la vida tienen un sentido —dijo la jueza—, un por qué y un para qué. Eso de alguna manera nos consuela. Así sabríamos cómo defendernos y atacar, sabríamos quiénes son nuestros amigos y nuestros enemigos y, sobretodo, quiénes somos nosotros mismos. No todo sería absurdo, incluso la culpa encontraría más fácil acomodo en los asuntos humanos, pero...

—No todo en el azar es azaroso —argumentó el Gitano.

—Cierto —concedió María Rivera—. Y también es cierto que en lo que, a veces, parece bien causado, rige en gran medida el azar. Así es la vida: azar y necesidad, pero la justicia se mueve por los hechos, no por las conjeturas. Lo siento, Vicente. No toda la culpa puede ser redimida, ni todas las causas tienen un culpable. El caso está cerrado, por lo menos, por ahora.

"No todas, algunas sí" —pensó el Gitano—. La miró fijamente. Fue solo un instante. El Gitano tuvo la impresión de que la jueza ni se había percatado de aquella mirada suya. Sin duda era una mujer inteligente, capaz de pensar por sí misma.

Vicente Heredia, el Gitano, entendió que la entrevista se había acabado. Al despedirse volvió a insistir a la jueza en que le diera un abrazo a su padre, de su parte.

—Dale recuerdos a Carlos —dijo ya al salir—. A ver si un día de estos lo llamo.

Volvió al paseo marítimo. No lograba desprenderse de la imagen del joven Kandel cruzando de forma atolondrada la carretera. Tanto sufrimiento, tanto sacrificio, tanto empeño personal, para que luego fuera el azar el que ponía punto final a las cosas. No sabía qué pensar. El estado de la mar había empeorado. A lo largo del paseo marítimo se oía el reguero explosivo de las olas que bramaban heridas de muerte, hasta terminar rotas y deshechas en infinitas gotas minúsculas que inundaban el aire de un brebaje de salitre y de arena mojada. Inspiró con avidez, casi sin darse cuenta de lo que hacía. El recuerdo de una imagen lo sorprendió de repente, mientras expulsaba el aire que acaba de inspirar: era pequeño y corría medio desnudo, jadeando, por la arena de aquella misma playa, entonces se acordó de su hija y de la primera vez que fue al mar con ella. De pronto la imagen de la nieta de la Rubia babeando se le hizo también presente. "Dile al Miguelillo que el Pablito es mi novio..." –le había dicho la niña–. Sí, el Pablito, el hijo de Pablo Ríos, el electricista, el inductor de la muerte de Rafael Rubiales, el que había contratado y pagado al Baldomero, al hijo de la Rubia. ¿Para qué quería don Miguel González que él, el Gitano, le hiciera un informe de las actividades de Pablo Ríos, de sus junteras, de sus costumbres, de sus vicios y de sus debilidades? Entonces le pareció entenderlo todo. Su teoría del crimen perfecto, el que se asemejaba a los grandes inventos del TBO. A Carlos Montosa le había hecho gracia. Un crimen como las extravagantes máquinas del TBO, que a distancia, de manera enrevesada, lograban como resultado algo estúpido y banal. "Ese es el crimen perfecto –le había dicho a Carlos Montosa–, si lo que se logra con esa máquina es, a la distancia, supuestamente con las manos limpias y tontamente, no algo estúpido y banal, sino quitarte a alguien de en medio".

Llegó al Tomillar. El coche lo dejó aparcado cerca de la casa de la Rubia. Pensó que, seguramente, la Rubia se habría percatado de su presencia –siempre estaba atenta, como si vigilara día y noche aquel camino–. Subió andando. El cielo empezaba lentamente a despejarse de nubes. Ya no llovía. Unos metros más arriba, vio a don Miguel González Canilla. Estaba paseando al perro. Lo saludó. Poco después, llegó a su altura.

—Hacía tiempo que no te veía —dijo Miguel González—. Antes venías a echar un rato.

—El trabajo, don Miguel... —se justificó el Gitano.

—¿Y hoy por aquí? —se extrañó Miguel González.

—Supe lo de su hijo.

—Un accidente —comentó Miguel González—. Está muy afectado. No fue culpa suya, pero se llevó por delante a un..., a un muchacho, a uno de los que trabajaba en los invernaderos. ¡Cosas que pasan!

El Gitano se encogió de hombros, con resignación.

—La culpa, el sentimiento de culpa, solo es la distancia que mantenemos con la causa real de las cosas —comentó el Gitano poco después.

—Sí, supongo... —dijo Miguel González. Daba la impresión de no haber entendido nada—. Por lo visto era negro y llevaba puesta una camiseta negra, de noche ¡A quién se le ocurre! Mi hijo iba conduciendo tan tranquilo, y el negro se cruzó, borracho perdido, precisamente en la curva...

—Yo lo conocía, ese negro se llamaba Kandel, era de Guinea Conakry. Eso está en el puto coño. ¡Tal vez si la ambulancia hubiera llegado a tiempo...! Un desgraciado, ¡qué vamos a hacerle, pero es triste! ¡Dele recuerdos a su hijo!

—De tu parte... —sonrió Miguel González—. Y sí, es una pena —añadió a continuación—, pero ya no tiene remedio.

—No, no tiene remedio —asintió el Gitano—. Así son los accidentes, se pueden prevenir, pero una vez que suceden... He oído que la policía estuvo investigando la posibilidad de que fuera un ajuste de cuentas, la venganza de alguno de esos de las narcolanchas que se hubiera visto afectado por el golpe al narcotráfico que hubo recientemente. ¿Lo habrá leído? Pero no, fue su hijo, un accidente...

—Sí, el negro estaba en el sitio inadecuado en el momento más inoportuno. Así suceden los accidentes, por eso hay que andar precavido. No hay que darle más vueltas. Una pena.

—Por cierto —añadió Vicente Heredia—, que hablando de "negros" se me ha venido a la cabeza una tontería: cuando hizo obras en su casa, ¿por qué le pagó a Pablo Ríos, el electricista, en negro, sin IVA?

Miguel González lo miró extrañado.

—Qué sé yo... Ni me acuerdo ¿A qué viene eso? —le preguntó.

—Ya sabe, don Miguel, desde chico me gusta darle vueltas a las cosas... Y eso no me encaja. Desde que hacienda lo pilló en un renuncio, Pablo Ríos siempre cobraba con factura, con el IVA, todo legal. Eso dicen. Y yo lo investigué para usted.

—¡Qué tontería! ¿Y qué vueltas hay que darle a eso? —insistió Miguel González—. Ni me acuerdo. Afortunadamente puedo pagar no a uno, sino a diez electricistas, y a todos con su IVA correspondiente. En todo caso, él me lo pediría. ¡Qué sé yo! Por hacerle un favor, supongo...

—Pero de lo que sí estoy seguro que se acuerda —dijo de pronto el Gitano, como si acabara de reparar en ello— es que entonces, durante las obras, le contó a Pablo Ríos que su mujer, Josefina Martín, le estaba poniendo lo: cuernos con su primo, con Rafael Rubiales. Usted lo s;

bía y, seguramente, quiso hacerle un favor a Pablo Ríos...

—¿Adónde quieres llegar, Gitano? —lo interrumpió de pronto Miguel González.

El Gitano se encogió de hombros.

—Vienes al Tomillar, me dices lo de mi hijo y, ahora, me sales con estas... ¡Crees que soy tonto y me chupo el dedo! A lo mejor te hubiera gustado que lo de ese negro no hubiera sido un accidente, que hubiera sido intencionado, con un culpable... Un drama intencionado con su víctima: el protagonista, un negro valiente y comprometido, al que por cierto tú, con los exaltados de Hominis Dignitas, empujasteis a firmar ciertas declaraciones que podían comprometerlo... ¡Aquí todo se sabe, Gitano! Así que un drama social con bienhechores e inocentes amigos y protectores del valiente protagonista, entre los que desde luego estarías tú, Gitano, y también con culpables, porque los dramas necesitan que, además de inocentes, haya malos enrevesados que hacen las cosas malas que hacen los malos... Y, tal vez, ahí me quieres colocar a mí y a mi hijo, quieres descargar en mí y en mi hijo la culpa que a ti te corresponde en todo esto ¿Sabes lo que estás diciendo? ¿Por qué quieres desfogar conmigo?

—Creo que usted es el primer instigador de la muerte 'l concejal de Villanueva —le espetó, y fue abrir la boca ber que ya no podría cerrarla sin decir lo que pensa- 'Jna especie de asesinato a distancia, con las manos ...

Miguel González lo miró fijamente, con cara de Los ojos le chispeaban de indignación y rabia. eres enrevesado de nacimiento; un enrevesa- fantasioso. Las cosas no son como tú quie- ara que te cuadren las cuentas y te salga

288

el drama que buscas, la culpa del otro... Te recuerdo de cuando chico, en la escuela, y ya eras rarito de remate; un gitano muy rarito, de esos que se creen el más listo, el más bueno, el más justo de la clase. Das risa... Te gusta meter el dedo en el ojo ajeno, y todo eso para sentirte importante, para que se te ponga dura. En el fondo te avergüenzas de ser gitano, un gitano canastero, de los que iban a la *monda*. Y ahora, gitano, apártate de mi camino. ¡Apestas!

–Ese muchacho, Kandel, no bebía alcohol –replicó bajando el tono de voz, como si dijera un reproche.

Don Miguel González Canilla dio un ligero tirón a la cadena del perro, mientras en la cara se le dibujaba el ademán repulsivo de estar oliendo la tufarada de algo podrido, y sin decir nada, siguió ascendiendo lentamente la pequeña cuesta por la que paseaba, en dirección al bosquecillo. Lo vio alejarse despacio, sin prisa; el cuerpo erguido, como si todavía fuera joven y por él no pasara el tiempo. Entonces el Gitano se dio la vuelta. Unos metros más adelante, cerca del seto que bordeaba la casa de don Miguel González Canilla, su primer maestro de escuela, se sintió mal. Tuvo la impresión de que el café con leche de la mañana se le removía en el estómago, como si una batidora le estuviera dando vueltas sin parar. Sentía mareos y escalofríos y una violenta arcada que le ascendía con prisa desde el estómago a la boca. Intentó retenerla, pero no pudo. La arcada turbia, agria como la tuera, salió expulsada de su boca, como el caño voluminoso y compulsivo de una gárgola. Al instante la arcada y el chorro de vómito volvieron a repetirse. Aguardó un momento. Lentamente sintió que los escalofríos menguaban y que la frente se le cubría de sudor, a pesar de lo cual siguió apostado al lado del seto. Transcurridos unos minutos, se incorporó y se limpió la boca. Poco después proseguía su camino. A la altura de la casa-cueva de la Rubia, saludó con la mano, por si la Rubia estaba mirando por la ventana de la cocina. Luego se metió en el coche y arrancó. En el cielo, ya apenas sin nubes, salvo unas hilachas grisáceas y casi vaporosas, por levante, se dejaban entrever los rayos del sol. Aceleró un poco. Aquella mañana tenía bastante trabajo que hacer. Suponía que el Miguelillo lo estaría ya aguardando en la oficina.

▼

Nota final

Los hechos que se narran en esta no-
vela sucedieron en el mundo real. Los
personajes que la pueblan solo exis-
ten en la imaginación de su autor.

∿

Esta primera edición

de

Mar de cristal y fuego

de

José Fabio Rivas

se terminó de imprimir

el 10 de diciembre de 2024

cuarenta años

después de que se

descubriera

el primer planeta

situado fuera del

sistema solar

●